I0743991

DIE GESTOHLENEN SEELEN

OLYMPUS-AKADEMIE BUCH 2

ELIZA RAINE

Copyright © 2019 Eliza Raine

Alle Rechte vorbehalten.

Kein Teil dieses Buches darf ohne schriftliche Genehmigung des Autors in irgendeiner Form oder auf elektronischem oder mechanischem Wege, einschließlich Informationsspeicherungs- und Abrufsystemen, vervielfältigt werden, mit Ausnahme der Verwendung von kurzen Zitaten in einer Buchrezension.

EINS

»Oh, bei den Göttern, es tut mir so leid!«, kreischte ich, als die Flutwelle über Dasko hereinbrach und dann geräuschvoll in den Abfluss in der Mitte des Raumes floss. Dasko schloss kurz die Augen und stand dann theatralisch still, während das Wasser von seiner durchnässten Kleidung tropfte. Ein Kichern ertönte hinter mir und ich spürte, wie mein Gesicht heiß wurde.

»Pandora, bitte bleib nach dem Unterricht noch einen Moment da«, sagte der Professor schließlich. Ich nickte und mir wurde flau im Magen. »Du bist nicht in Schwierigkeiten«, fügte er hinzu und sah mich an, während er seine nassen Ärmel ausschüttelte. »Aber wir müssen noch etwas Zeit einplanen, um deine Wasserkräfte zu trainieren.«

»Ja, Professor«, murmelte ich. Ich ging in den hinteren Teil des Raumes, lehnte mich an die kühle Steinwand und beobachtete, wie die anderen Schüler abwechselnd kleine Strudel in ihren Handflächen oder kleine Wellen erzeugten, die aus der Wasserwand im hinteren Teil des Raumes tanzten und sich dann harmlos an ihren Füßen auflösten. Arketa kreischte und sprang nach hinten, als Kikos Welle zu nah an ihre hübschen Schuhe mit den hohen Absätzen herankam. Ich schaute auf meine eigenen durchnässten, fleckigen roten Converse-Schuhe hinunter. Die Gesichter von Papa und Mandy blitzten in meinem Kopf auf. Es war vier Monate her, seit ich meine Familie gesehen hatte. Vier Monate, seit ich der Olympus-Akademie beigetreten war. Und obwohl ich jetzt Kräfte hatte, wusste ich nicht, was ich mit ihnen anfangen sollte. Das ruhelose Gefühl, das mein Leben beherrscht hatte, bevor ich in den Olymp kam, hatte sich mit der Entfesselung meiner Titanenkräfte nicht verringert. Es hatte *sich verstärkt*.

Dasko sagte, dass es immer schwierig sein würde, als Nachfahre von Oceanus und mit epischen Wasserkräften in einer Unterwasserschule zu leben. Ich war mir des Ozeans um uns herum ständig bewusst, und seine aufgewühlte, sich ständig verändernde, enorme Kraft brodelte mir unter der Haut. Nachts träumte ich davon - ich träumte, dass ich das Wasser *war*, das frei um einen endlosen Globus raste und allem, was mir begegnete, Leben einhauchte. Einige der Kreaturen, die ich sah, konnte ich nicht einmal beschreiben - und sah sie nie wieder. Einige waren genau wie die, die ich als Kind in Aquarien gesehen hatte, wie die Schildkrötenfamilie, mit der Zali und ich jetzt jeden Tag schwammen. Ich konnte nicht mit ihnen kommunizieren, wie Zali es konnte, aber ich konnte ihre Stimmung und ihre Absichten spüren. Ich wusste, ob sie unruhig, glücklich oder in Gefahr waren.

Der Gong ertönte und die Schülerinnen und Schüler begannen, das Klassenzimmer des Wasserelements zu verlassen. Ich blieb, wo ich war, und ignorierte Arketas böse Bemerkung, als sie vorbeischlenderte.

»Mit etwas Glück ertränkst du dich selbst, Titanen-abschaum«, höhnte sie. Das »Titanenmädchen« war schon seit einiger Zeit zu »Titanenabschaum« herabge-wertet worden. Ich wollte nicht, dass ihre Worte mich traurig machten, aber ich konnte einfach nicht verste-hen, warum sie mich so sehr hasste. Ikarus sagte, es sei das Beste, sie zu ignorieren, also versuchte ich das. Er war allerdings nicht mehr in meinem Wasserunterricht, sondern arbeitete nur noch mit dem Luftelement, also musste ich mich allein mit ihr auseinandersetzen.

»Pandora, du musst dich mehr anstrengen. Wenn Zeus erfährt, dass du deine Kräfte nicht kontrollieren kannst...«, begann Dasko, aber ich unterbrach ihn und verdrehte die Augen.

»Dann werde ich aus der Akademie geworfen. Ich weiß, ich weiß. Ich versuche es ja.«

»Dann streng dich mehr an. Mach jetzt eine kleine Welle. Nicht höher als einen Meter«, wies er mich an. Ich starrte auf die Wasserfallwand und ließ mein Bewusst-sein leicht in das fließende Wasser gleiten. Langsam und vorsichtig zog ich eine Welle heraus. Ich zog sie von der Wand zu mir heran und spürte, wie die sanft fließende Kraft zunahm. Der Druck des Ozeans um mich herum wuchs, die wogende Masse an Energie rief nach mir. Ich stieß einen Fluch aus, als die Welle brach und mich von Kopf bis Fuß durchnässte.

»Ich kann mich nicht konzentrieren, wenn das Meer so nah an mir dran ist!«, schrie ich und meine Frustration schlug in Wut um.

»Doch, das kannst du, Pandora. Du musst nur üben, das Gefühl zu kontrollieren. Du musst üben, dich nicht davon überwältigen zu lassen.« Daskos Stimme war ruhig und seine dunklen Augen richteten sich auf meine.

»Gut«, sagte ich nach einer Pause mit zusammengebissenen Zähnen. Ich versuchte es erneut. Und wieder, und wieder. Jedes Mal verlor ich die Kontrolle über die Welle. Schließlich seufzte Dasko und sagte mir, ich solle aufhören.

»Es ist fast Zeit fürs Abendessen. Ich sehe dich morgen«, sagte er.

»Es tut mir leid«, murmelte ich. »Ich gebe mir wirklich Mühe.«

»Ich weiß, Pandora. Du wirst es schaffen«, sagte er mit einem Lächeln.

Inständig hoffte ich, dass er recht hatte.

Ich erzählte meinen Freunden, dass ich Dasko vor der ganzen Klasse durchnässt hatte, sobald wir uns zum Abendessen an unseren üblichen Platz gesetzt hatten.

»Übung macht den Meister. Ich bin mir sicher, dass du es schaffen wirst«, sagte meine Mitbewohnerin Zali, die wie immer optimistisch war. Ich schenkte ihr ein warmes Lächeln.

»Wie läufts mit dem Feuerunterricht?«, fragte mich Tak, als wir uns Kartoffelbrei auf die Teller schaufelten. Ich schaute Ikarus von der Seite her an.

»Ähm, na gut, denke ich«, antwortete ich vage.

»Ich mag den neuen Professor sehr. Er hilft mir sehr bei der Telekinese.«

»Glaubst du nicht, dass irgendetwas mit ihm nicht stimmt?«, fragte ich vorsichtig.

»Was zum Beispiel?«, fragte Tak und zog die Augenbrauen zu einem Stirnrunzeln zusammen.

Er ist ein gefährlicher rotäugiger Dämon, dachte ich, aber zuckte nur mit den Schultern.

»Ich stimme Dora zu«, sagte Ikarus. »Er hat etwas Seltsames an sich.«

»Wenn *du* das sagst, ist das eine ziemlich heftige Beleidigung«, sagte Gida, der Satyr. Ich beobachtete, wie Ikarus sich wegen der Stichelei kurz versteifte, sich dann aber entspannte und ein leichtes Lächeln über sein Gesicht zog, während seine massiven schwarzen Flügel hinter ihm raschelten.

»Wenigstens bin ich keine halbe Ziege«, sagte er mit einem Seitenblick auf den Satyr.

»Eine halbe Ziege zu sein, hat viele Vorteile«, antwortete Gida entrüstet. Als die beiden anfingen, Flügel mit Hufen zu vergleichen, war ich wie weggetreten. Meine Freunde hatten Ikarus genauso schnell akzeptiert wie mich, und mir wurde ganz warm ums Herz, wenn er lächelte und mit ihnen plauderte. Wenn wir allein auf der Spitze des Pegasusturms waren und in der Dämmerung verstohlene Küsse austauschten, redete er pausenlos über die Orte, die er besuchen und die Reiche, die er sehen wollte. Seine Begeisterung war ansteckend und so ganz anders als der launische, zurückhaltende Junge, den ich zuvor kennengelernt hatte. Je mehr Zeit ich mit ihm verbrachte, desto mehr wurde mir klar, wie anders, wie unglaublich er war. Ich wollte ihn unbedingt nach seiner Akte fragen, die ich überflogen hatte, und nach dem Ort, an dem er gefangen gewesen war und ob er deshalb so versessen darauf war, frei zu sein, aber ich wusste, dass er wütend auf mich sein würde, weil ich so neugierig gewesen war. Er war endlich dabei, sich zu öffnen, und ich hatte nicht vor, ihm dabei in die Quere zu kommen, so sehr ich auch darauf brannte, etwas über seine Vergangenheit zu erfahren.

Professor Neos hingegen war ein ganz anderes Problem. Jedes Mal, wenn Ikarus oder ich versucht hatten, Dasko von seinen leuchtenden roten Augen und von unserem Verdacht, dass er der rote Dämon war, den ich versehentlich aus der Kiste von Oceanus befreit hatte, zu erzählen, hatte der Lehrer uns verwirrt angestarrt und gesagt, dass er unsere Sprache nicht verstehen würde. Also versuchten wir auf eigene Faust herauszufinden, was wir tun sollten. Neos unterrichtete die Elemente Feuer und Erde sowie Telekinese, die nur Schüler und Schülerinnen mit guten Telepathie-Kenntnissen erlernen konnten. Ich war nicht unter ihnen, aber Tak war sehr gut darin und ließ bei jeder Gelegenheit Salz- und Pfefferstreuer über den Köpfen der anderen Schüler schweben.

Ich sah Professor Neos nur im Feuerkurs und ich war

mir sicher, dass er mir mindestens einmal pro Stunde absichtlich Blicke aus diesen roten Augen zuwarf. Am liebsten wollte ihn direkt fragen, ob er der Dämon war, aber Ikarus meinte, wir müssten uns schlauer anstellen. Ich verstand, was er damit meinte. Ich meine, ich hatte keine Ahnung, was wir tun sollten, wenn er tatsächlich zugab, dass er der Dämon war. Außerdem hatten wir schon einen Monat des neuen Semesters hinter uns und es war noch nichts Schlimmes passiert. Noch nicht.

Nach dem Abendessen verwandelte sich der Haupttempel in die Bibliothek und wir ließen uns auf unserer üblichen Couch nieder. Ikarus musste sich auf die Lehne setzen, damit seine Flügel ungehindert herunterhängen konnten, aber das schien ihn nicht zu stören. Ich setzte mich vor ihn auf das weiche Kissen, mit seinen gestiefelten Füßen zu meinen beiden Seiten, und als Tak anfing, ein Würfelspiel vorzubereiten, schlenderte Roz zu uns herüber.

»Darf ich mitspielen, Tak?«, fragte sie süßlich, mit einem kurzen Blick auf mich und Ikarus.

»Natürlich kannst du das«, strahlte er sie an. Ich sah Zali an und wusste, dass sie Roz nicht mochte. Tak und das pinkhaarige Mädchen hatten während der letzten Tanznacht *oft* zusammen getanzt, aber das war das erste Mal, dass sie uns in der Bibliothek als Gruppe ansprach.

Zali sah mich direkt an und ihre bernsteinfarbenen Augen blitzten.

»Willst du etwas anderes spielen?«, fragte sie mich.

»Klar«, sagte ich unbeholfen, als Roz sich auf einen gepolsterten Hocker gegenüber von Tak setzte. »Was hattest du...«

»Roz, was machst du bei diesen Verlierern?« Die Stimme von Arketa unterbrach meine Worte.

»Wir spielen Würfel«, sagte Roz achselzuckend und sah zu Arketa, Filis und Kiko auf. Sie alle grinsten.

»Du wirst dir etwas einfangen«, sagte Filis und rümpfte die Nase.

»Sei nicht dumm, Filis«, sagte Roz und hob die beiden Würfel auf, die Tak vor sie gelegt hatte. »Soll ich zuerst würfeln?«, fragte sie ihn. Tak nickte, als Filis knallrot wurde.

»Hast du mich gerade dumm genannt?«, zischte sie. Arketas Gesicht hatte sich verfinstert und Wut tanzte in ihren Augen.

»Nein, ich habe gesagt, dass die Idee, sich etwas von diesen Leuten einzufangen, dumm ist.« Roz sah zu den drei Mädchen auf. »Wenn ihr nicht mitspielen wollt, geht weg«, sagte sie. Mir fiel leicht die Kinnlade herunter. Das Letzte, was ich von jemandem, der so beliebt war wie Roz, erwartet hatte, war, dass sie sich auf unsere Seite stellte und nicht auf die von Arketa. Arketa kniff die Lippen zusammen, als Filis stotterte, dann machte sie auf dem Absatz kehrt und stürmte ohne ein Wort davon. Kiko hielt einen Moment inne, warf dem Tisch einen düsteren Blick zu und folgte ihr dann, als der Tisch umkippte und die Würfel auf den Boden und unter die Couch fielen.

»Sie ist wirklich sehr gut in Telekinese«, brummte

Tak, als er sich auf seine Knie begab, um die Würfel wieder aufzusammeln.

»Ja, das kann ich sehen!«, lachte Roz und ließ sich neben ihm nieder. Ich sah Zali an und verspürte bei dem Anblick ihres Gesichtsausdrucks etwas Mitleid, als sie zusah, wie die beiden gemeinsam nach den Würfeln jagten.

»Hast du den Abend nicht genossen?«, sagte ich zu ihr, als wir später am Abend die Tür zu unserem Schlafsaal schlossen.

»Na ja, es war schwer, zu Wort zu kommen, weil Roz so viel geredet hat«, antwortete Zali kurz angebunden.

»Sie hat ein wenig die Führung übernommen«, stimmte ich zu, obwohl ich insgeheim dachte, dass das gar nicht der Fall gewesen war. »Aber es war toll zu sehen, wie sie Filis in die Schranken gewiesen hat, oder?«

»Ich denke schon«, antwortete Zali und ließ sich auf ihr Bett fallen.

»Ich habe das Gefühl, dass du sie immer noch nicht magst«, sagte ich langsam.

»Ich traue ihr einfach nicht«, sagte Zali finster.

»Wir werden sie im Auge behalten«, sagte ich so beruhigend, wie ich konnte. Ich hielt es für sehr wahrscheinlich, dass ihre Abneigung gegen Roz damit zusammenhing, wie sehr sie Tak mochte, aber da sie offensichtlich nicht bereit war, darüber zu reden, beschloss ich, zur Abwechslung mal den Mund zu halten.

KAPITEL
ZWEI

Sobald ich sicher war, dass Zali schlief, kroch ich wieder aus dem Bett. In wenigen Minuten war ich am Fuß des Pegasusturms, und das Wasser, das die Kuppel umgab, leuchtete in einem düsteren Tiefblau über mir. Ich stieg in den Schlepper und wippte ungeduldig von einem Fuß auf den anderen, während er nach oben raste. Als ich oben ankam, atmete ich tief ein, als mir die kühle Luft ins Gesicht schlug, und joggte dann den Korridor entlang in Richtung der Ställe. Als ich den Stall von Peto erreichte, blieb ich stehen und sah Ikarus auf dem Boden sitzen. Seine Beine baumelten über den Rand des Turmes und seine riesigen schwarzen Flügel hingen an seinen beiden Seiten. Auch wenn er die Flügel schon seit über einem Monat hatte, verschlugen sie mir manchmal noch immer den Atem.

»Schön, dich hier zu sehen«, sagte ich mit einem Lächeln, als ich langsamer wurde. Er stand auf, drehte sich zu mir um, strich sich die Haare aus dem Gesicht und lächelte zurück.

»Ich habe gehört, dass ein hübsches Mädchen manchmal ihren Pegasus besucht«, murmelte er. Ein Schauer durchfuhr mich, als ich in seine stechend grünen Augen blickte, und ich trat dicht an ihn heran.

» Ist das so?«, flüsterte ich.

»Es sieht ganz danach aus«, antwortete er und küsste mich im Mondlicht.

»Weißt du, irgendwann werden sie uns hier schnappen«, sagte Ikarus eine Weile später, während ich Peto bürstete. Der Pegasus wieherte vergnügt, als ich mit der Bürste mit groben Borsten über seine Flanke fuhr.

»Nein. Ich glaube nicht, dass sich jemand dafür interessiert. Außerdem machen wir ja keinen Ärger.«

»Hmmm.«

»Ikarus, was machen wir mit den Dämonen?« Er seufzte. Unser Gespräch drehte sich jedes Mal, wenn wir alleine waren, um dieses Thema und wir hatten immer noch keine Antwort gefunden.

»Ich weiß es nicht. Kannst du noch mal mit Nix reden?«

»Ja. Ich habe morgen Unterricht im Fach Magische Objekte«, sagte ich. Aber bis jetzt hatte der Phönix mir noch keine nützlichen Ratschläge gegeben. »Ich werde das Gefühl nicht los, dass es nur eine Frage der Zeit ist. In dem Gedicht geht es um das Vergießen von Blut. Ich will nicht, dass wir zu spät handeln.«

»Aber wir wissen nicht, wo wir anfangen sollen«, protestierte er.

»Doch, das tun wir. Neos.«

»Dora, wenn er wirklich ein Dämon ist, dann ist er das Gefährlichste, das es in der Akademie gibt. Du darfst nie mit ihm allein sein.« Ikarus Augen blitzten grimmig auf, während er sprach.

»Wenn er uns etwas antun wollte, hätte er das schon getan! Er ist nicht hier, um den Schülern geduldig Telekinese und Feuermagie beizubringen. Nein, er hat etwas anderes vor. Er zeigt uns seine roten Augen mit Absicht - er will, dass wir mit ihm reden.« Ich war mir absolut sicher, dass das, was ich sagte, wahr war.

»Pandora, bitte.«

»Bitte was?« Ich sah Ikarus an. »Wir müssen etwas tun, wir können nicht einfach warten, bis die Dämonen anfangen, Menschen zu töten!« Er zuckte bei meinen Worten zusammen und seine Flügel flatterten hinter ihm.

»Mach nur nichts alleine. Sieh zu, dass ich bei dir bin«, sagte Ikarus schließlich. Ich verdrehe die Augen.

»Ich kann auf mich selbst aufpassen, weißt du«, sagte ich und spürte, wie die Kraft des Ozeans unter uns bei meinen Worten durch mich hindurch summte, als würden sie dadurch verstärkt werden.

»Ich weiß, dass du das kannst. Das ist eines der Dinge, die ich an dir so mag«, sagte Ikarus leise. Ich richtete mich auf und sah ihm in die Augen. »Ich glaube, wir sind als Team einfach besser«, sagte er. Mein Herz schwoll in meiner Brust an. Er hatte recht. Das waren wir.

Am nächsten Morgen wachte ich spät auf und musste schnell zu den Duschen rennen, bevor ich meinen Badeanzug anzog und zum Pool hinunterstürzte.

Mein Stundenplan für das zweite Semester war einfacher als vor der Freischaltung meiner Kräfte. Jeden Tag war meine erste Stunde Schwimmen oder Fliegen und meine letzte Stunde war Wassermagie mit Dasko. Ich hatte immer noch je einen Kurs in Olympischer Geografie, Geschichte der Mythologie und Altgriechisch, sowie Schwertkunst und Bogenschießen, aber ich hatte keinen Unterricht in den Fächern Shifting, Telepathie, Elektrizität, Erde oder Luft mehr. Mein einziger neuer Kurs war Fortgeschrittene Magische Objekte. Ich konnte immer noch Zeit mit Nix' Feder verbringen, aber ich durfte auch andere Gegenstände auf ihre magischen Kräfte testen, und Professor Fantasma versprach, dass wir uns bald mit verfluchten Gegenständen beschäftigen würden.

»Schau, sie sind schon da!«, rief Zali mir zu, als ich zum Beckenrand joggte. Fräulein Alma warf mir einen strengen Blick zu.

»Tut mir leid, dass ich zu spät komme«, murmelte ich schnell und ließ mich ins Wasser gleiten. Ich fühlte mich sofort schwerelos, denn die Kraft der Flüssigkeit stützte meinen Körper. Dank meiner Verbindung zum Wasser konnte ich stundenlang schwimmen, ohne zu ermüden, denn die Strömung trug mich, wenn meine Gliedmaßen nicht mehr wollten. Aber ich konnte trotzdem nur vier oder fünf Minuten die Luft anhalten. Und wenn mir keine Kiemen wuchsen, wusste ich nicht, wie sich das ändern sollte.

Ich schwamm schnell zu Zali, die auf die Schildkrötenfamilie auf der anderen Seite der Kuppel deutete, welche nur einen halben Meter entfernt war. Die kleinste Schildkröte zappelte aufgeregt, als wir ihr zuwinkten.

»Klasse! Ich möchte, dass ihr um die Wette schwimmt, um das rote Fähnchen von der Markierung da draußen zu holen«, rief Fräulein Alma laut. Wir alle folgten ihrem ausgestreckten Arm und blickten auf die leuchtende rote Flagge, die fünfzig Meter weiter draußen im Meer schwebte. »Zali, du musst die Strecke zweimal schwimmen, bevor du sie holen darfst, sonst wäre es kein Wettbewerb«, fügte die Lehrerin hinzu. Wir stellten uns alle an der Wand des Schwimmbeckens auf. Da es sich um einen Schwimmkurs für Fortgeschrittene handelte, waren wir nur zu zehnt, einschließlich Arketa.

»Auf die Plätze«, rief Fräulein Alma. Arketa warf mir einen bösen Blick zu und meine Haut kribbelte vor Adrenalin. Ich wollte sie schlagen.

»Fertig« Ich warf ihr einen Blick zu und konzentrierte mich dann auf das rote Fähnchen im Meer.

»Los!« Ich stieß mich kräftig von den Fliesen ab und schob mich durch das Becken. Kurz bevor ich die Kuppel erreichte, holte ich tief Luft, dann schoss ich hindurch und genoss das kalte Wasser, das über meinen Kopf rauschte. Zali sauste an mir vorbei. Ihr Schwanz blitzte lila auf, als er vor mir durch das Wasser peitschte. Ich strampelte mit den Beinen und wollte, dass mich das Wasser um mich herum schneller vorantrieb. Meine Haare flogen mir aus dem Gesicht, als ich auf die Flagge zuraste. Ich spürte einen Ruck an meinem Knöchel und rissmeinen Kopf herum. Arketa hielt sich an meinem Fuß fest, und die Kraft der Strömung zog sie mit mir mit. Sie schenkte mir ein fieses Lächeln und ich trat mit dem Fuß nach ihr, um sie loszuwerden. Sie zerrte jedoch mit aller Kraft an mir und nutzte dann ihre eigene Wasserkraft, um sich an mir vorbei nach vorne zu schieben. Ich knurrte, während Blasen aus meinem Mund entwichen, und trat hart nach ihr. Einen halben Moment lang überlegte ich, ob ich meine Kraft einsetzen sollte, um sie zurückzuziehen, aber der Gedanke an die Welle, die Dasko überrollte, ging mir nicht aus dem Kopf. Was wäre, wenn ich die Kontrolle verlieren und sie ertrinken würde? Bei diesem Gedanken spürte ich, wie die Strömung, in der ich schwamm, sich heftig zu drehen begann. Panik stieg in mir auf, während ich mich auf den Ozean konzentrierte, aber es war zu spät. Die Strömung begann zu wirbeln und die Spirale zog mich mit sich. Ich schloss die Augen, zwang mich, mich auf das Wasser zu konzentrieren und befahl der Strömung mit all meiner Kraft, anzuhalten. Die Strömung wurde zum Glück langsamer und als ich die Augen wieder öffnete, befand ich mich zehn Meter unter den anderen. Ich sah gerade noch rechtzeitig auf, um zu sehen, wie Arketa die rote Fahne von der Markierung riss, eine halbe Sekunde bevor Zali sie erreichte. Ein brennendes Stechen in meiner Brust begleitete das Aufblitzen von Enttäuschung und erinnerte mich daran, dass ich Luft brauchte. Wütend schwamm ich zurück in Richtung Pool und verfluchte im Geiste meine Unfähigkeit, meine Kraft zu kontrollieren.

»Nächstes Mal wird's besser«, sagte Zali achselzuckend, als mein Kopf die Wasseroberfläche durchbrach. Meine Verärgerung musste sich in meinem Gesicht widergespiegelt haben, denn sie legte ihre Hand auf meine Schulter und lächelte. »Lass dir von ihr nicht den Tag verderben«, sagte sie. Ich seufzte, warf einen Blick auf Arketas selbstgefälliges Gesicht und versuchte, meinen Ärger zu verdrängen.

Fräulein Alma gratulierte Arketa zu ihrem Sieg und wir durften für den Rest der Stunde in Zweiergruppen schwimmen. Zali und ich machten uns auf den Weg zu den Schildkröten. Während sie zwischendurch immer wieder ins Becken zurückkehrte, um Luft zu holen, verzog sie konzentriert das Gesicht und versuchte, mit ihnen zu kommunizieren, und ich schlug unterdessen mit der kleinen Schildkröte Purzelbäume, bis mir schwindelig wurde.

Mein nächster Kurs war *Magische Objekte* und ich freute mich darauf, wieder mit Nix zu reden. Ich wusste, dass ich Neos bald ansprechen musste. Ich konnte das Bedürfnis, zu wissen, ob er wirklich der rote Dämon war, nicht mehr lange zurückhalten.

»Nix«, sagte ich, nahm seine Feder in die Hand und

ließ mich auf einem Kissen zwischen den Bücherregalen nieder.

»Oh, bei den Göttern. Du bist ja heute ganz schön aufgedreht«, antwortete seine gereizte Stimme.

»Ich habe ein Schwimmrennen gegen Arketa verloren, weil sie betrogen hat und ich meine Kraft nicht kontrollieren kann«, sagte ich.

»Du solltest keine Rennen im Wasser verlieren. Du bist der stärkste Oceanus-Nachkomme, der mir je begegnet ist. Du musst mehr trainieren.« Ich verdrehte die Augen.

»Alle sagen immer, ich soll üben, und das tue ich auch. Aber immer wieder das Gleiche zu tun, führt auch immer wieder zu den gleichen Ergebnissen«, seufzte ich.

»Dann machst du es nicht richtig.«

»Toll. Das ist wirklich hilfreich.« Der Phönix antwortete nicht.

»Nix, ich will mit Professor Neos sprechen.«

»Du sprichst jede Woche mit ihm im Feuerkurs.«

»Ich meine, darüber, ob er ein Dämon ist.«

»Und du wirst ihn einfach fragen? Was wirst du tun, wenn er tatsächlich der rote Dämon ist?« Die Stimme des Vogels war trocken und zynisch.

»Ihn fragen, was er auf der Akademie will«, sagte ich entrüstet. »Er ist offensichtlich nicht wie das Seeungeheuer, das wir bekämpft haben. Und er hat noch kein Blut vergossen.«

»Soweit wir das wissen«, fügte Nix hinzu. Ich schluckte.

»Ich glaube, er will, dass ich ihn anerkenne. Vielleicht braucht er nur etwas von der Schule und dann ist er wieder weg.«

»*Und das schließt du aus deinen umfangreichen Erfahrungen mit Dämonen, ja?*« Seine Worte troffen vor Sarkasmus.

»Ich folgere es mit gesundem Menschenverstand «, schnauzte ich zurück.

»*Pandora, du hast dich noch nicht einmal mit Dämonen beschäftigt. Wenn ein Gott, der so mächtig ist wie Oceanus, beschlossen hat, dass dieser eine eingesperrt werden muss, dann gibt es dafür einen guten Grund.*«

»Das Gedicht jedoch besagte: ›*Aber für den Unheil erprobten Helden ist es eine Chance, diesen blutigen Krieg zu beenden.*‹ Was, wenn wir mit den Dämonen Frieden schließen sollen?«

»*Mit jedem Tropfen Blut, den sie vergießen, wird es schwieriger, sie zu töten, heißt es auch. Studiere Dämonen, Pandora. Lerne zuerst, alles was du nur kannst. Nähere dich ihm nicht.*« Ich seufzte.

»Gut.«

DREI

Nach dem Mittagessen hatte ich Geschichte der Mythologie mit Dasko, also beschloss ich, Nix' Rat zu folgen.

»Professor Dasko?« Ich meldete mich, sobald ich mich mit dem Rest meines Jahrgangs hingesetzt hatte. Wir waren jetzt alle in einer Klasse, da Ikarus und ich aufgeholt hatten.

»Ja, Pandora«, sagte er und warf mir einen Blick zu. Ich war oft die Erste, die im Unterricht Fragen stellte.

»Können wir statt des olympischen Stammbaums, der sehr interessant ist, heute bitte etwas über Dämonen lernen?«, fragte ich. Ein aufgeregtes Gemurmel ging durch den Raum.

»Eine Lektion über Dämonen *würde* in der Tat mehr Spaß machen«, sagte Thom, der Mantikor-Shifter, hinter mir.

»Ja, können wir etwas über Dämonen lernen?«, erwiderten andere Schüler.

»Dämonen werden wir erst im nächsten Semester behandeln«, sagte Dasko und neigte seinen Kopf, »aber ich schätze, sie sind ziemlich interessant.« Ich strahlte ihn an und hörte noch mehr aufgeregtes Gemurmel. Mit einem Augenzwinkern winkte Dasko mit der Hand und das Licht wurde gedimmt.

»Es gibt viele Arten von Kreaturen im Olymp. Auch wenn Monster, Dämonen und Götter alle unterschiedliche Wesen sind, können sie alle monströs, dämonisch und göttlich sein. Es ist wichtig, sich das zu merken.« Dasko warf mir einen scharfen Blick zu, und die Flammen in der Eisenschale loderten weiß auf. Als sie erloschen, schnappte die ganze Klasse nach Luft. Mein Gehirn hatte Mühe, das Bild des Wesens in der Schale zu verarbeiten. Es war ein grimmig aussehender Mann, aber von der Taille abwärts waren statt Beinen zwei sich windende Schlangenkörper zu sehen, und wo seine Finger sein sollten, befanden sich knurrende und schnappende Drachenköpfe. Riesige lederne Flügel ragten aus seinem Rücken und Feuer brannte in seinen bösartig aussehenden Augen.

»Das ist Typhon, der Vater aller Ungeheuer. Er wurde aus der Erde und dem Tartarus, den Tiefen der Hölle selbst geboren«, sagte Dasko. Der Tartarus war der Ort, an dem die Titanen gefangen gehalten wurden. Ich schreckte bei dem Gedanken zurück, an einem Ort gefangen zu sein, an dem so etwas wie diese Kreatur erschaffen wurde. »Er paarte sich mit Echidna, einer Frau, die halb Schlange war und als Mutter der Monster bekannt wurde. Viele ihrer Nachkommen terrorisieren noch heute den Olymp, obwohl die Götter sich viele von ihnen als Haustiere halten.« Ein Ausdruck der Abscheu huschte über Daskos Gesicht. »Monster wie dreiköpfige Hunde, riesige Seeungeheuer, geflügelte Löwen, monströse Adler und bösartige Drachen.« Die Bilder der Kreaturen schwebten in der Schüssel, verschwanden und wurden durch das nächste ersetzt.

»Dann gibt es Halbgötter-Dämonen, die Nachkommen von Göttern, die tödliche Aufgaben oder Vorlieben haben. Es gibt Götter, die von den Sterblichen gefürchtet werden, wie Thanatos, der Gott des Todes, Erebus, der Gott der Dunkelheit und Phobetor, der Gott der Albträume. Und sie alle herrschen über ihre eigenen Dämonen. Wie die Furien, dämonische Göttinnen der Rache. Und die Empusa, Halbgöttinnen, die von warmem Menschenblut leben.« Das Bild einer unheimlichen, verschleierten Gestalt schwebte in der Schüssel und ich bekam eine Gänsehaut. »Oder Eurynomos, der Dämon der verrottenden Leichen.« Zum Glück änderte sich das Bild nicht, um zu zeigen, wie er aussah. »Die Dämonen des gewaltsamen Todes heißen zum Beispiel Keres, und die Dämonen der Pest und der Krankheit sind die Nosoi.«

»Warum gibt es davon keine Bilder?«, fragte Tak, der ein paar Plätze weiter saß, als sich das Bild in der Schüssel immer noch nicht verändert hatte.

»Wir wissen nicht, wie manche von ihnen aussehen. Wenn du auf einige der Dämonen triffst, wirst du nicht überleben, um ein Bild von ihnen zu machen«, sagte Dasko und die Angst nagte an meinem Inneren, und Beklemmung durchströmte mich. »Monster sind eine Sache, aber Dämonen sind etwas ganz anderes. Sie haben in der Regel gottgegebene Aufgaben zu erfüllen und schrecken vor nichts zurück, um die Aufgaben ihres Meisters zu erfüllen. Viele von ihnen haben Ichor in ihren Adern, so wie ihr alle, und einige der alten Dämonen haben immense Kräfte.« Der Professor winkte mit der Hand und obwohl der Raum wieder in warmes Licht getaucht wurde, ließ das Frösteln, das sich auf meiner Haut niedergelassen hatte, nicht nach. »Gut. Egal, ob das eure Neugier befriedigt hat oder nicht, wir werden uns wieder dem Stammbaum von Hera zuwenden«, verkündete Dasko, ohne mich anzuschauen. Alle beeilten sich, ihre Hefte aufzuschlagen, und das Bild in der Flammenschale zeigte jetzt wieder Hera, königlich und schön, aber ich nahm ihr Bild kaum wahr.

Was für Dämonen hatte ich aus dieser Kiste herausgelassen?

Am nächsten Tag verschlang mich der Gedanke an die Monster und Dämonen, die Dasko beschrieben hatte. Ich ignorierte die Einladungen meiner Freunde, nach dem Abendessen Spiele zu spielen, und vergrub mich stattdessen in den Bücherregalen, um nach Büchern über die Kreaturen zu suchen, die die Welt des Olymps mit Oceanus geteilt hatten, bevor er verschwand. Aber ich konnte nichts Brauchbares finden. Ikarus half mir, einen

Band nach dem anderen zu durchforsten, da er die antike Sprache immer noch viel besser beherrschte als ich. Aber alles, was wir herausfinden konnten, war, dass Oceanus verschwunden war, kurz nachdem Prometheus auf mysteriöse Weise von den Adlern befreit worden war, die ihn täglich quälten.

»Warum hat er die Dämonen in der Kiste gefangen? Und warum ausgerechnet diese drei?« Ich seufzte und lehnte mich gegen das harte Holz der Regale.

»Wir wissen nicht sicher, ob er es war«, sagte Ikarus. »Es könnte auch jemand anderes gewesen sein, der die Kiste versteckt hat.« Ich schaute ihn finster an.

»Und sie unter Wasser versteckt? Nein, es war Oceanus.« Irgendwie *wusste* ich, dass er es war. »Und die Perle, die ich auf dem Dachboden gefunden habe. Ich bin mir sicher, dass wir sie für etwas brauchen werden«, fügte ich hinzu.

»Vielleicht weiß Professor Fantasma etwas über die Perle. Nimm sie mit in den Kurs für Fortgeschrittene Magische Objekte und frag sie«, schlug er vor.

»Was ist, wenn sie Verdacht schöpft?« Ikarus schnaubte.

»Wenn es ein interessanter magischer Gegenstand ist, wird sie dir verzeihen«, murmelte er.

»Das kannst du nicht wissen. Sie könnte sie zu Hermes bringen.«

Wir hatten unseren göttlichen Schulleiter in diesem Semester noch nicht gesehen, abgesehen von einem kurzen Blick auf ihn an dem Tag, an dem unser neuer Unterricht begann. Chiron war immer noch an der

Akademie und unterrichtete Bogenschießen, also sah ich ihn in meinem Kopf immer noch als Leiter der Schule.

»Das bezweifle ich. Und Fantasma weiß, dass du ein Titan bist. Sie wird nicht misstrauisch sein, dass du ein Titanen-Relikt besitzt.«

»Hmmm«, sagte ich skeptisch.

»Mir gehen die Vorschläge aus«, sagte Ikarus und sah mich an. Seine grünen Augen leuchteten und zum ersten Mal seit Tagen wurden meine Gedanken von Dämonen befreit. Für einen glücklichen Moment gab es nur ihn und diese faszinierend schönen Augen.

Ein durchdringender Schrei durchbrach diesen Moment. Wir drehten beide unsere Köpfe in Richtung des Geräusches, dann rannten wir zwischen den Bücherregalen hindurch darauf zu. Wir stürmten in den Gemeinschaftsraum und sahen eine große Gruppe von Menschen, die sich um etwas auf dem Boden drängten. Ich eilte hinüber, drängte mich durch die Leute und ließ Ikarus mit seinen großen Flügeln hinter mir. Als ich mich durch die Menge drängte, sah ich Zali, die sich zusammengekauert hatte.

»Was...« Ich wollte sie gerade fragen, da keuchte ich und stolperte rückwärts. Ein Dryaden-Mädchen, das ich vage von der Klasse aus dem Jahr über uns erkannte, lag ausgestreckt auf dem Boden. Ihre normalerweise gebräunte Haut war so weiß wie die Marmorfliesen unter ihr und ihre offenen, starrenden Augen waren völlig schwarz. Zali sah zu mir auf, ihr Gesicht war panisch und blass.

»Ich glaube, sie atmet nicht«, krächzte sie.

»Holt Fantasma!«, sagte ich und wandte mich an den nächstbesten Schüler.

»Jemand hat sie schon geholt«, antwortete der Junge und blickte auf das reglose Gesicht der Dryade. Ihr Mund war zu einem stummen Schrei geöffnet. Ich schauderte und beobachtete ihre Brust, in der Hoffnung, dass sie sich bewegte. Doch nichts geschah.

»Aus dem Weg«, rief eine Stimme und Kälte kroch über meinen Arm, als Professor Fantasma an mir vorbeirauschte und ihre geisterhafte Gestalt direkt durch meinen Ellbogen hindurchfuhr. Als sie das Mädchen erreichte, ging sie in die Hocke, berührte ihren Hals und blickte dann in ihre unbeweglichen Augen.

»Was ist passiert?«, fragte sie und die schweigende Menge hielt den Atem an.

»Sie... schwebte in der Luft. Sie hat geschrien und ist dann gefallen«, stammelte ein großes, schmächtiges Mädchen, das hinter Zali stand. Ihre Hände zitterten und sie wollte nicht in die schwarzen Augen des Dryaden-Mädchens schauen.

»Einer von euch muss sie für mich tragen«, sagte Professor Fantasma und richtete sich auf. Ich spürte eine Bewegung hinter mir und drehte mich um, um zu sehen, wie sich die Menge für Chiron teilte.

»Legt sie auf meinen Rücken«, sagte er mit ernster Stimme. Thom, Tak und zwei Jungen, die ich nicht kannte, eilten nach vorne und hoben ihren leblosen Körper vom Boden auf den Rücken des Zentauren. Ich erschauderte.

»Ist sie...« Zali beendete die geflüsterte Frage nicht,

aber alle sahen Professor Fantasma an, um die Antwort zu erfahren.

»Sie lebt. Aber ihre Seele ist nicht mehr in ihrem Körper. Oder in der Akademie.« Bei ihren Worten wurde mir flau im Magen, Angst kroch über meine Haut und mein Herz hämmerte. Wie konnte die Seele eines Menschen von seinem Körper getrennt werden?

»Alle in ihre Schlafsäle, sofort!«, brüllte Chiron. Panische Bewegung setzte ein, und die Schülerinnen und Schüler beeilten sich, ihre Sachen zu packen und sich in ihre Zimmer zu begeben. Ich starrte dem Dryaden-Mädchen hinterher, während Chiron vorsichtig auf den vorderen Tempel zuging, und zuckte zusammen, als Ikarus seine Hand auf meine Schulter legte.

»Wir können heute Abend nicht in den Turm gehen«, sagte er leise. »Es ist vielleicht nicht sicher.«

»Was wäre, wenn...« Ich blickte zu ihm auf, die Frage schoss mir durch den Kopf und machte mich krank. »Was, wenn es einer der Dämonen war?« Was, *wenn ich das verursacht habe?*

»Wir wissen noch nicht, was mit ihr passiert ist, Dora. Vielleicht ist es eine Dryaden-Sache.«

»Verlieren Dryaden nach dem Essen oft einfach ihre Seele?« Ich wollte nicht so schroff sein, aber meine Nerven waren so angespannt, dass ich nicht anders konnte.

»Dora, komm, wir müssen los«, sagte Zali, die mit großen Augen neben mir stand und mir meinen Rucksack hinhielt. Stumm nahm ich ihn ihr ab. »Fräulein Alma begleitet die Schüler jetzt zum Mädchenschlafsaal, wir wollen nicht allein hier zurückbleiben.« Die Angst in ihrer Stimme bescherte mir eine Gänsehaut.

»Wir sehen uns morgen«, sagte Ikarus leise zu mir, und ich starrte ihm noch eine Sekunde länger in die Augen, bevor Zali mich in Richtung der Tempeltür zerrte.

KAPITEL
VIER

Ich fühlte keine Erleichterung oder Sicherheit, als wir in unser Zimmer zurückkehrten, sondern nur die Angst, dass ich so etwas Schreckliches verursacht hatte. Zali erzählte mir, dass der Name des Mädchens Dimitra war, und als ich in dieser Nacht in meinem Bett lag, erfüllte das Bild ihrer schwarzen, starren Augen meine Träume.

»Achtung, Schüler!« Eine laute Stimme riss mich aus meinem unruhigen Schlaf.

»Das ist Hermes!«, hörte ich Zali von der anderen Seite meines Vorhangs quieken.

»Der Unterricht wird heute ganz normal fortgesetzt. Bitte meldet alles Verdächtige, das ihr bemerkt, einem der Lehrer.« Die Stimme hallte in dem kleinen Schlafsaal wider. Ich wartete auf mehr, auf die Gewissheit, dass sie den Grund für Dimitras Zusammenbruch gefunden hatten, dass sie sie geheilt hatten, aber da war nichts.

»War's das?« Ich setzte mich in meinem Bett auf und rieb mir die müden Augen.

»Ich denke schon«, sagte Zali, zog meinen Vorhang zurück und warf mir einen besorgten Blick zu. »Sie würden uns nicht in den Unterricht schicken, wenn es nicht sicher wäre«, sagte sie.

»Da wäre ich mir nicht so sicher«, murmelte ich und schwang meine Beine aus dem Bett. »Geht es in der Akademie nicht darum, uns auf die brutale Welt des Olymps vorzubereiten?«

»Ja, aber... ihre *Seele* war weg«, flüsterte Zali mit großen, verquollenen Augen. Als ich sie ansah, wurde mir klar, dass sie auch nicht viel Schlaf bekommen hatte.

»Du hast recht«, sagte ich und lächelte. »Sie würden unsere Seelen nicht riskieren, da bin ich mir sicher.«

Ich hoffte, dass meine Worte wahr waren.

Unter den Schülern der Flugklasse herrschte nervöses Stimmengewirr, alle tuschelten und murmelten über Dimitra. Meine Lauschangriffe brachten mir keine neuen Informationen ein - es klang, als wüsste niemand etwas. Meine zweite Klasse war Feuerelement mit Neos, und eine pulsierende Nervosität kribbelte in meinem Magen, während wir vor dem Gebäude der Elemente auf den Lehrer warteten.

»Hast du es getan, dreckiger Titanenabschaum? Hast

du die Seele von Dimitra gestohlen?«, höhnte Arketa und drängte sich durch die Menge, um sich vor mir aufzubauen. Ich schaute sie finster an.

»Lass mich in Ruhe, Arketa«, sagte ich und wandte mich von ihr ab. Ich hatte heute Wichtigeres zu tun, als mich um sie zu kümmern.

»Habt ihr das gehört, Leute? Sie streitet es nicht ab.« Ich ballte meine Fäuste und drehte mich zu ihr um.

»Ich hatte nichts damit zu tun, und das weißt du auch«, knurrte ich.

»Das ist genau das, was ein Monster wie du tun würde«, sagte sie mit Gift in ihrer Stimme. Wut pulsierte in mir und vermischte sich mit meinen angeschlagenen Nerven.

»Glaubst du ernsthaft, ich würde Seelen stehlen?«

»Warum nicht? Das machen Titanen nun mal. Ihr seid gefährlich, du *und* dein Freund«, spuckte sie. »Ihr solltet die Schule nicht betreten dürfen. Bevor du hierherkamst, ist so etwas nicht passiert.« Um sie herum erhob sich Gemurmel und mir wurde schlecht. Die anderen Schüler hörten ihr zu und glaubten ihr.

»Was ist dein Problem?«, rief ich, als mich die Frustration übermannte. »Wir sind ganz normale Schüler!« Während ich sprach, schoss eine Flamme aus meiner Hand auf Arketa zu. Ich starrte sie entsetzt an, als sie aufschrie und wie aus dem Nichts eine Wasserwand vor ihr auftauchte, die die Flamme auffing und sie sofort löschte.

»Nachsitzen, Pandora«, sagte eine sanfte, tiefe

Stimme. Alle sprangen auf und drehten sich um. Die Stimme war die von Professor Neos.

»Aber ich war es nicht... Das war ich nicht! Ich kann solche Flammen nicht heraufbeschwören!« Er unterbrach meine gestammelten Proteste.

»Ich habe es mit meinen eigenen Augen gesehen. Nachsitzen. Heute Mittag, mit mir.« Er blieb vor mir stehen und mein Magen drehte sich um, als er mir ein kleines Lächeln schenkte und seine schönen braunen Augen scharlachrot aufblitzten.

Ich hielt meinen Kopf während der ganzen Stunde gesenkt und tat mein Bestes, um den Blickkontakt mit dem merkwürdigen Lehrer zu vermeiden. Arketa mied mich wie die Pest, was mir recht war, denn sie übte in der gegenüberliegenden Ecke des Raumes. Als der Gong ertönte und sich alle aus dem Raum begaben, rief Neos,

»Bleib bitte hier, Pandora.« Ich schluckte.

Als alle anderen den Raum verlassen hatten, sah ich langsam zu Neos. Er grinste mich an.

»Pandora«, sagte er mit leuchtenden Augen. »Ich habe auf die richtige Gelegenheit gewartet, um mit dir zu sprechen. Allein.« Meine Haut prickelte.

»Ich war's nicht. Die Flamme. Ich habe es nicht getan«, sagte ich. Er winkte abweisend mit der Hand.

»Oh, ich weiß. Das war ich .« Mir fiel der Mund auf Mir blieb der Mund offen stehen.

»Ich brauchte eine Ausrede, um dich nachsitzen zu lassen.«

»Warum?«, flüsterte ich, aber ich kannte die Antwort bereits. Seine Augen glühten purpurrot, als er auf mich zuging.

»Ich wollte dir danken, liebes Mädchen. Du hast mich aus dieser verfluchten Kiste befreit.« Ich wollte weglaufen, bevor er zu Ende gesprochen hatte, aber ein Luftzug umschlang mich und riss mich nach hinten, wo eine Feuerwand aus dem Boden schoss und den Ausgang versperrte.

»Ich werde dir nicht wehtun, kleiner Titan. Ich will dir helfen!« Der Windstoß ebbte ab und ich taumelte nach hinten.

»Wer bist du?«, keuchte ich und mein Herz klopfte so heftig, dass ich dachte, es würde aus meiner Brust springen.

»Neos.« Er zuckte mit den Schultern. »Ein niederer Dämon, der ohne Grund mit den beiden anderen Dummköpfen in dieser Kiste gefangen war. Aber jetzt bin ich frei, dank dir, und wir können gehen und Oceanus finden.«

»Warum willst du ihn finden? Hat er dich nicht in eine Falle gelockt?«

»Aus Versehen, ja. Aber Titanen und Olympier müssen gemeinsam durch diese Welt ziehen, und er und Prometheus können das schaffen.« Die Worte des Gedichts klangen in meinem Kopf.

»Du willst Frieden?«, fragte ich misstrauisch. »Was für ein Dämon bist du?«

»Ein Feuerdämon«, grinste er und ein Heiligenschein aus Flammen erschien über seinem Kopf und warf flackernde orangefarbene Schatten auf sein hübsches Gesicht. »Lass mich dir beweisen, dass ich kein schlechter Kerl bin.« Ich schaute ihn finster an.

»Was ist mit Dimitra passiert?«

»Der dritte Dämon. Seelenräuber«, sagte er monoton. Eine Sekunde lang konnte ich nicht atmen. Es *war* also doch meine Schuld.

»Wie... wie bekommen wir ihre Seele zurück? Wie können wir ihn aufhalten?«

»Der Dämon ist einer der Keres. Das sind Halbgötter, die Geister des gewaltsamen Todes. Normalerweise nehmen sie nur die Seelen von Sterbenden, aber dieser hier ist abtrünnig geworden und hat eine Seele von Lebenden genommen. Es wird allerdings nicht leicht sein, Dimitras Seele zurückzuholen... Nur ein besonders mächtiger Gott könnte Hades dazu überreden, sie zurückzugeben. Ihm gehören die Seelen, welche die Keres nehmen.«

»Ein Gott wie... wie Oceanus«, sagte ich langsam.

»In der Tat«, grinste er mich an. »Ich sag dir was. Lass mich dir die Feuermagie beibringen. Lass mich dir helfen, den Todesdämon zu fangen. Wenn du dann siehst, dass ich auf deiner Seite bin, können wir Oceanus suchen und die Seele zu der Schülerin zurückbringen.«

Ich betrachtete den Dämon, über dem immer noch der Feuerschein schwebte. Ich glaubte nicht, dass er mich verletzen wollte. Schließlich hatte er schon oft genug Gelegenheit dazu gehabt. Und er beantwortete meine Fragen. Bis jetzt waren das die hilfreichsten Informationen, die ich jemals über die Kiste erhalten hatte.

Und wenn er wusste, wie man diesen Keres-Dämon aufhalten konnte, dann hatte ich wirklich keine andere Wahl.

»Also gut«, sagte ich misstrauisch und er klatschte erfreut in die Hände. »Wie können wir den Todesdämon aufhalten?«

»Wir müssen ihn zu uns locken.«

»Wie?«

»Du musst einen Trank brauen. Dafür brauchst du Zutaten. Sehr seltene und gefährliche Zutaten.«

»Ich werde erst nächstes Semester Zaubertränke lernen«, sagte ich.

»Dann musst du ein bisschen hinterhältig sein«, sagte Neos und seine roten Augen blitzten auf.

»Warum kannst du das nicht machen?«, fragte ich.

»Ich bin ein Dämon. Wenn ich mächtige Artefakte berühre.... Bumm.« Sein Flammenkranz explodierte hinter seinem Kopf und ich sprang zurück. »Für Dämonen gilt, Pfötchen weg«, grinste er. Ich verengte meine Augen zu Schlitzen.

»Woher weiß ich, dass ich dir vertrauen kann?«, sagte ich.

»Das weißt du nicht. Aber ich weiß, wie man Oceanus finden kann, und sonst niemand, also... so wie ich das sehe, hast du keine andere Wahl, wenn du den Seelenräuber aufhalten willst.« Ich verdrehte die Augen.

»Das ist Erpressung.« Er zuckte mit den Schultern.

»Ich bin ein Dämon. So funktioniere ich.« Er warf mir einen überheblichen Blick zu. »Wie wäre es, wenn du dir von mir ein paar Tipps zur Feuermagie geben lässt und dann entscheidest du?« Bevor ich antworten konnte, züngelten Flammen um uns herum und seine Augen schienen lebendig zu werden. Angst schoss durch mich hindurch und ich spürte die Gegenwart des Ozeans tief in mir. Meine Kraft konzentrierte sich auf die Wasserwand im hinteren Teil des Raumes.

»Ignoriere das Wasser, Pandora. Spüre das Feuer«, sagte Neos leise. »Lass die Hitze in deine Haut eindringen. Lass das Gefühl durch deine Adern brennen, durch dein Herz pumpen, deine Brust füllen. Lass die Hitze in dich hinein.« Seine Stimme war verführerisch, ich konnte ihr nicht widerstehen und tat, was er mir befahl.

Hitze durchströmte mich. Sie verbrannte mich nicht, sondern machte mich lebendig. Ich streckte meine Hände aus, als die Kraft durch meine Glieder schoss und der Ring um uns herum zu einem Inferno wurde.

Neos schrie vor Freude auf und warf seine Arme in die Höhe. Die Flammen verschwanden im Nu. Ich starrte um mich herum, meine Haut kribbelte und prickelte, und die Gegenwart des Ozeans war in meinem Kopf wieder präsent.

»War ich das?«, flüsterte ich.

»Ja, das warst du. Ich wusste, dass du es in dir hast«, strahlte er.

»Ich... Ich will diese Macht nicht«, stammelte ich und erinnerte mich an das Mädchen, das fast die Schule abgefackelt hatte. »Ich kann nicht mal das Wasser kontrollieren, geschweige denn...« Ich brach ab und stellte mir die lodernden Flammen vor.

»Ohne mich wirst du das nicht nochmal schaffen,

keine Sorge. Wir werden daran arbeiten«, sagte Neos. Ich sah ihn an und war überrascht, dass mich seine Worte beruhigten. Seine roten Augen wurden langsam wieder braun, als er mich wieder ansah. »Wir werden ein tolles Team sein, Pandora«, sagte er.

FÜNF

»Du machst wohl Witze.« Ikarus starrte mich an. »Du hattest gerade eine Privatstunde in Feuermagie bei einem Dämon? Welchen Teil von ›*Sei vorsichtig*‹ *hast* du nicht verstanden?«

»Es ist nicht meine Schuld!«, protestierte ich. »Und wenn er weiß, wie man den Seelenräuber aufhalten kann, dann müssen wir es versuchen.« Wir waren an unserem üblichen Treffpunkt, auf der Spitze des Pegasusturms, aber da ich Ikarus erzählt hatte, was bei meinem Nachsitzen mit Neos passiert war, vermutete ich, dass es heute Abend keine Küsse geben würde.

»Dora, in dem Gedicht steht, dass wir alle Dämonen *töten* müssen, nicht dass wir uns mit ihnen anfreunden sollen!«

»Ich habe mich nicht mit ihm angefreundet«, rollte ich mit den Augen. »Ich bin nicht so dumm, ihm zu vertrauen. Aber er weiß Dinge, Ikarus. Wir brauchen ihn.« Ikarus rollte mit den Augen und wandte sich von mir ab.

»Hast du einen besseren Vorschlag?«, fragte ich.

»Nein«, antwortete er schließlich. »Aber mir gefällt diese Situation nicht.«

» Mir auch nicht«, sagte ich und legte eine Hand auf seinen Arm. »Aber wir müssen tun, was wir können. Das ist besser, als hilflos herumzusitzen.« Er sah mich an und sein Blick wurde weicher.

»Es ist nicht deine Schuld, weißt du. Was mit Dimitra passiert ist.«

»Natürlich ist es das«, sagte ich und ließ meinen Blick sinken. »Ich habe den Dämon frei gelassen.«

»Aber *du* hast sie nicht angegriffen. Du brauchst dein Leben nicht zu riskieren, um ihres zu retten.«

»Doch, Ikarus. Das muss ich. Ich bin verantwortlich und sie ist völlig unschuldig.« Er wurde still.

»Was ist, wenn der Trank, den du für Neos brauen sollst, ihn stärker machen wird oder so? Was ist, wenn es gar nicht darum geht, den Seelenräuber anzulocken?«, fragte er plötzlich.

»Daran habe ich auch schon gedacht«, sagte ich. »Wenn er mir die Zutaten verraten hat, werde ich Nix danach fragen. Er sollte sich mit solchen Dingen auskennen.« Ikarus nickte.

»Also gut. Lass uns einen Keres fangen.«

»Du willst mir helfen?« Hoffnung und Dankbarkeit erfüllten mich, als ich ihn ansah. Er nahm meine Hand und drückte sie fest.

»Natürlich werde ich das. Ich werde dir immer

helfen, Dora.« Seine intensiven grünen Augen blickten tief in meine und mir stockte der Atem.

Vielleicht *würde* es heute Abend doch noch einen Kuss geben.

Der nächste Tag war ein Samstag, und als ich aufwachte, fand ich einen Zettel am Fußende meines Bettes liegen. Ich wich den neugierigen Fragen von Zali aus, indem ich ihr erzählte, dass Ikarus mir einen Liebesbrief hinterlassen hatte, woraufhin sie mir ein süßes Grinsen schenkte und mich den Brief in Ruhe öffnen ließ. Ich fühlte mich sofort schlecht, weil ich sie angelogen hatte.

Pandora,

Die Keres werden von einem gewaltsamen Tod angezogen. Wenn du also niemanden töten willst, brauchen wir die folgenden Zutaten, um den besprochenen Trank herzustellen.

Feuerrauke

Menschliches Blut

Mantikor-Feder

Rost von der Rüstung eines Helden, der im Kampf starb

Viel Glück! Neos

· · ·

Ich stieß einen langen Atemzug aus. Ich war ein Mensch, also war das Blut leicht zu beschaffen, solange wir nur ein wenig davon brauchten. Eine Mantikor-Feder... Ich hatte keine Ahnung, wo ich anfangen sollte. Ich hatte auch keine Ahnung, was eine Feuerrauke war, und was den Rost von der Rüstung eines im Kampf gefallenen Helden anging... Ich musste an das Klassenzimmer mit den magischen Gegenständen denken, das mit alten Relikten gefüllt war. Sicherlich würde ich dort etwas finden?

Bei unserer Hausarbeit putzten wir die Duschräume zusammen mit zwei Mädchen aus dem Schlafsaal nebenan, und wie immer machten sie einen großen Bogen um mich. Ich lauschte jedoch ihren Gesprächen, in denen sie sich vor allem über Dimitra unterhielten. Das Dryaden-Mädchen war in die Gästezimmer im vorderen Tempel verlegt worden, hatte eines der Mädchen gehört, und ihr Zustand hatte sich nicht verändert. Ich schrubbte die Badezimmerfliesen fester und nahm mir vor, am Nachmittag zum Klassenzimmer für Magische Objekte zu gehen, um mit Nix zu reden und nach rostigen Rüstungen zu suchen. Ich musste ihr so schnell wie möglich helfen. Doch als wir in unsere Zimmer zurückkehrten, fanden wir an jeder Tür einen Zettel, auf dem ein improvisiertes Bogenschießturnier für den Nachmittag angekündigt war.

»Ich frage mich, ob sie uns alle zusammen im Auge behalten möchten?«, sagte Zali. Das ergab Sinn, dachte ich, aber es würde die Durchführung meines neuen Plans an diesem Nachmittag unmöglich machen.

Wir trafen Tak und Ikarus unten am Trainingsplatz. Ein unvermeidliches Kribbeln durchfuhr mich, als ich seine massiven schwarzen Flügel in der Menge entdeckte. Sie waren wunderschön.

»Also, Zeit zum Bogenschießen«, grinste Tak und rieb seine Hände aneinander, als wir ihn erreichten.

»Glaubst du, dass du dieses Mal gewinnst?«, neckte Zali ihn.

»Ganz sicher«, antwortete er und reckte sein Kinn vor.

»Nö. Ich werde dich heute schlagen«, sagte ich mit einem bösen Lächeln zu ihm.

Beim letzten Mal war er Zehnter geworden. Ich war Zwölfte. Es gab knapp achtzig Schülerinnen und Schüler in der Schule, also waren wir beide ziemlich gut, und durch unser monatelanges gemeinsames Training mit Schwertern und Speeren wurden wir immer besser.

»Du bist dran, Titanenmädchen«, sagte er und wackelte mit den Augenbrauen. Ikarus lachte.

»Bitte schlag ihn, Dora«, sagte er. »Wir werden die Selbstgefälligkeit nicht ertragen können, wenn er gewinnt.« Ikarus Lachen wurde unterbrochen, als Agrius mitten durch unsere Gruppe stapfte. Tak begann zu protestieren, verstummte aber, als er erkannte, wer sich da an uns vorbeischob. Chiron trottete in seinem Kielwasser und lächelte die Schüler um ihn herum freundlich an.

»Sind alle bereit?«, rief Agrius, als er in der Mitte des

Trainingsplatzes ankam. Wir jubelten alle zustimmend.
»Fünf Gruppen. Dann Ausscheide-Runden«, rief er und die Luft zischte vor Elektrizität, dann erschienen farbige Schärpen um unsere Schultern. Wir vier hatten alle verschiedene Farben und ich trug Rot. Das bedeutete, dass ich gegen die anderen Roten antreten würde. Die zwei Besten von uns würden dann gegen die zwei Besten der anderen Gruppen antreten.

»Viel Glück«, sagte ich und ging dorthin, wo sich das rote Team versammelt hatte. Zali eilte zu den Blauen, Tak schlenderte zu den Grünen und Ikarus gesellte sich zu den Gelben.

Meine Gruppe war eine Mischung aus Schülerinnen und Schülern aller Jahrgänge, und zum Glück trug niemand aus Arketas gemeiner Truppe eine rote Schärpe. Vronti hingegen schon.

»Ich habe gehört, dass du nachsitzen musst«, sagte er zu mir, als ich die Gruppe erreichte. Überrascht hielt ich inne. Der silberhaarige Zeus-Zwilling hatte noch nie ein Wort mit mir gesprochen.

»Äh, ja«, murmelte ich.

»Als Jahrgangsleiter muss ich dich tadeln«, sagte er mürrisch und stachelte damit meine Abwehrhaltung nur noch weiter an.

»Mich tadeln? Hat das Nachsitzen mich nicht schon genug gestraft?«

»Du gibst ein schlechtes Beispiel ab. Du hast einen Schüler angegriffen.«

»Nein, habe ich nicht!«

»Es gab zehn Augenzeugen«, sagte er und

verschränkte seine schlanken Arme. Ich ballte meine Hände an meinen Seiten zu Fäusten und biss die Zähne zusammen. Er würde nie glauben, dass Neos die Flamme geschaffen hatte.

» Meinetwegen«, zischte ich.

»Bücherregale in der Bibliothek abstauben. Nächste Woche jeden Abend eine Stunde«, sagte er und wandte sich von mir ab.

»Was! Aber ich...« Er wirbelte zu mir zurück und unterbrach meinen Protest.

»Sollen es zwei Wochen werden, Titanenmädchen?«, knurrte er und seine grauen Augen bohrten sich in meine. Ich schloss meinen Mund und starrte ihn an. »Dachte ich mir.« Er schenkte mir ein selbstgefälliges Lächeln und reihte sich in die Schlange der Schüler ein, die darauf warteten, dranzukommen, um auf die Zielscheiben zu schießen. Ich knurrte seinen Rücken an. Warum war es ihm erlaubt, doppelte Strafen zu verteilen? Ich hatte zu viel damit zu tun, Dimitras Seele zu retten, als dass ich Bücherregale abstauben konnte! Schuldgefühle, dass es meine Schuld war, dass Dimitras Seele überhaupt gerettet werden musste, brachen durch die Wut. Ich muss es einfach schaffen, sagte ich mir.

Als ich an der Reihe war, hatte sich das spielerische Wettbewerbsdenken in grimmigen Entschluss verwandelt . Ich würde Vronti zeigen, dass ich weder schwach noch weich war.

Ich nahm einen Bogen von dem Stapel neben mir und legte einen Pfeil ein. Ich zog die Sehne so weit wie möglich zurück, atmete lange aus, konzentrierte mich auf den roten Kreis in der Mitte der Zielscheibe in zehn Metern Entfernung und ließ los. Der Pfeil schlug genau in der Mitte der Zielscheibe ein. Niemand klatschte. Ich war das Titanenmädchen, sie würden mich nicht anfeuern. Schnell spannte ich einen zweiten Pfeil und zielte auf die nächste Scheibe in fünfundzwanzig Metern Entfernung. Mein Pfeil landete knapp außerhalb des roten Mittelkreises. Das dritte Ziel, dreißig Meter entfernt, war immer am schwierigsten zu treffen, aber mein letzter Pfeil landete problemlos innerhalb des zweiten Rings.

Zufriedenheit durchströmte mich, als Agrius meine Pfeile betrachtete und dann zögernd nickte.

»Vronti und Pandora. Nächste Runde.« Die anderen Schülerinnen und Schüler stapften davon und setzten sich auf die provisorische Tribüne, die jetzt den hinteren Teil des Feldes säumte. Tak winkte mir zu, als ich mich ihm näherte. Er stand bei einem anderen Jungen in einer grünen Schärpe.

»Gut geschossen«, sagte er.

»Vronti hat mir für die nächste Woche jeden Abend eine Stunde Hausarbeit aufgetragen«, knurrte ich.

»So ein Scheiß«, sagte Tak stirnrunzelnd.

»Es ist so unfair.«

»Jetzt musst du ihn also im Bogenschießen schlagen? Die Motivation gefällt mir«, grinste er. »Aber ich werde trotzdem gewinnen.«

»Als ob«, stöhnte ich. Der Ozean um uns herum wogte, und ich blickte zur Kuppel hinauf. Die Kraft pulsierte durch das Wasser, gewaltig, stark und tödlich, und ich spürte sie in meinen Adern. Ich konnte Tak *und* Vronti besiegen.

Ich bekam es mit dem Sieger der gelben Gruppe zu tun und schoss meine Pfeile mit Leichtigkeit in die kleinsten zwei Ringe, was mich in die nächste Runde brachte. Ich spürte, wie sich meine Konzentration mit dem Fortschreiten des Wettkampfs steigerte, wie die Energie durch mich hindurchströmte und mich noch entschlossener machte. In kürzester Zeit waren nur noch vier von uns übrig. Vronti, Tak und ein Adler-Shiftermädchen namens Alexsis. Ihr Sehvermögen war hervorragend und ich wusste, dass sie schwer zu schlagen sein würde. Aber solange ich die beiden Jungen übertraf, war ich zufrieden.

Tak war zuerst dran. Sein erster Pfeil landete problemlos im roten Mittelkreis. Aber seine nächsten beiden Pfeile gingen daneben und er schaffte es nur knapp, die letzte Zielscheibe zu treffen. Er zuckte mit den Schultern, als er an mir in der Schlange vorbeiging.

»Ich könnte dich immer noch schlagen«, sagte er fröhlich.

Vronti war der Nächste. Seine ersten beiden Pfeile trafen den roten Kreis, und sein dritter Pfeil landete am äußeren Rand des kleinsten Rings. Es war eine gute Leistung, aber ich hatte schon Ähnliches geschafft. Das Adrenalin begann mich zu durchströmen, als ich mich auf den Weg machte, um zu schießen. Ich konnte ihn schlagen.

Mein erster Pfeil traf das nächstgelegene Ziel genau in der Mitte. Ich ging schnell zum zweiten über und konzentrierte mich auf die Mitte des Ziels. Mit einem langen Ausatmen ließ ich den Pfeil durch die Luft gleiten. Er flog genau in die Mitte des roten Punktes. Befriedigung durchströmte mich und ich hob jubelnd die Hand. Nur noch ein Pfeil. Meine Hände blieben ruhig, während ich zielte, und ich wusste, als ich losließ, dass es ein guter Schuss war. Er landete fast genau dort, wo Vrontis Pfeil gelandet war, aber die Zielscheibe war zu weit weg, um zu sehen, wer näher am Zentrum dran war. Ich hörte ein kollektives Einatmen der Zuschauer, als Agrius zur Zielscheibe hinüber stapfte und sie begutachtete. Nach einem langen Moment, in dem ich fast vergaß zu atmen, zeigte der große Mann widerwillig auf mich. Vronti starrte mich an und schritt dann in Richtung der Tribüne davon. Ein Klatschen ertönte und ich drehte mich um und sah, wie Tak, Zali, Ikarus und Gida mir zujubelten. Ein warmes Gefühl durchflutete meine Brust.

»Sehr schön«, sagte Alexsis und ging an mir vorbei. »Aber du wirst nicht gewinnen.« Das Lächeln, das sie mir schenkte, war allerdings freundlich und ich merkte, dass ihre Worte eher wetteifernd als gehässig gemeint waren. Es wäre nicht so schlimm, wenn sie gewinnen würde. Immerhin hatte ich den silberhaarigen Idioten besiegt und das war das Wichtigste. Ich beobachtete, wie sie den Bogen anhob, den Ellbogen zurückzog und tief einatmete. Dann erstarrte sie, und ich war nah genug dran, um zu sehen, dass sie am ganzen Körper zitterte. Ich machte einen Schritt nach vorne, ohne zu wissen, was los war, als sie plötzlich vom Boden abhob, ihr Kopf nach hinten kippte und der Bogen klappernd auf den Boden fiel. Ich stürzte nach vorn, gerade noch rechtzeitig, um sie aufzufangen, als sie leblos zu Boden fiel. Wir stürzten beide zu Boden, aber ich konnte verhindern, dass ihr Kopf auf dem Boden aufschlug, indem ich ihre Schultern mit meinem Arm auffing.

»Alexsis!«, rief ich, ließ sie sanft auf das Gras sinken und strich ihr das blonde Haar aus dem Gesicht. Ich erschrak. Ihre Augen waren dunkel wie die Nacht.

SECHS

Danach ging alles ganz schnell. Chiron galoppierte zu mir und Alexsis hinüber, und Agrius schob mich aus dem Weg und hob das Mädchen mühelos auf seinen Rücken. Fräulein Alma und Professor Fantasma tauchten schnell auf und begannen, die in Panik geratenen Schüler zu den Schlafsälen zu begleiten. Ich kam langsam auf die Füße und war erleichtert, als ich Ikarus hinter dem Zentauren-Schulleiter schweben sah.

»Pandora, du warst am nächsten dran, hast du gesehen, was passiert ist?«, fragte mich Chiron. Ich schüttelte stumm den Kopf.

»Sie hat es wahrscheinlich getan«, murmelte Agrius laut. Chiron starrte ihn an. In gewisser Weise hatte Agrius aber recht. Es war meine Schuld.

»Sie erstarrte, fing an zu zittern und fiel dann hin«, flüsterte ich.

»Geh jetzt zurück in deinen Schlafsaal«, sagte Chiron

sanft. Ich nickte und ging an ihm vorbei, woraufhin Ikarus herbeieilte und seine Arme fest um mich schlang, wobei sich seine Flügel schützend um meinen Körper legten.

»Dora, das hättest du sein können«, hauchte er. Ich sah zu ihm auf. Daran hatte ich gar nicht gedacht. »Du warst direkt neben ihr...« Er starrte mir in die Augen, und seine Besorgnis und Erleichterung standen ihm ins Gesicht geschrieben.

»Ich wünschte, ich wäre es gewesen«, murmelte ich.

»Nein. Nein, nur wir können das in Ordnung bringen, Dora. Dir darf nichts geschehen.«

»Mir geht es gut, Ikarus«, sagte ich. »Aber wir müssen zum Klassenzimmer mit den magischen Gegenständen gehen.« Er sah mich an und ich merkte, dass er sagen wollte, dass wir das nicht tun sollten, also sprach ich, bevor er es tun konnte.

»Wir müssen versuchen, *etwas* zu tun. Wie du gerade gesagt hast, sind wir die Einzigen, die das können.«

»Pandora, Ikarus, auf eure Zimmer, sofort!«, rief Fräulein Alma und ihre Stimme durchdrang die Blase, in die uns Ikarus mit seinen Flügeln gehüllt hatte. Er beugte sich vor und küsste mich schnell auf die Wange.

»Ich treffe dich heute Abend um zehn Uhr dort«, flüsterte er.

»Danke«, flüsterte ich erleichtert zurück. Dann war er weg und eilte in Richtung der Jungenschlafsäle. Ich drehte mich in die andere Richtung und beschleunigte mein Tempo, als ich Zali sah.

»Geht es dir gut?«, fragte ich, als ich sie vor dem Mädchenwohnheim einholte.

»Oh, Dora!«, rief sie und warf ihre Arme um mich, während sie in Tränen ausbrach.

Eine halbe Stunde später, als wir uns in Decken eingewickelt auf ihrem Bett zusammenkauerten, liefen ihre Tränen immer noch.

»Das hätten du oder Tak sein können«, sagte sie zum zehnten Mal.

»Aber uns geht es gut. Uns beiden geht es gut«, sagte ich so beruhigend wie möglich und streichelte ihren Arm.

»Aber was wäre, wenn ihr in einer anderen Reihenfolge angetreten wärt? Was wäre, wenn...« Ich unterbrach sie.

»Zali«, sagte ich streng. »Uns beiden geht es gut. Und Alexsis und Dimitra sind beide am Leben. Es ist sehr wahrscheinlich, dass sie sich wieder erholen werden. Es ist alles in Ordnung.« Ich wollte unbedingt glauben, was ich ihr sagte. Ihre großen, rotgeränderten, bernsteinfarbenen Augen schauten mich an.

»Du hast recht«, sagte sie mit einem kleinen Lächeln. »Es tut mir leid. Ich mache mir nur so große Sorgen um euch beide.« Ich drückte ihre Hand.

»Ich weiß, dass du das tust. Besonders Tak...«, sagte ich mit einem Seitenblick und wackelte mit den Augenbrauen. Sie errötete und senkte ihren Blick.

»Oh, Dora. Ich gebe das nur zu, weil ich überemotional bin, aber... ja. Besonders Tak. Wenn ich an ihn denke, mit diesen furchtbaren schwarzen Augen...« Sie erschauderte und ich drückte ihre Hand fest.

»Wie lange magst du ihn schon?«, fragte ich sie.

»Immer schon. Ehrlich gesagt, seit ich ihn das erste Mal auf der Akademie gesehen habe. Als er sich vor Filis für mich eingesetzt hat... Seitdem kann ich an niemand anderen mehr denken.«

»Warum sagst du es ihm nicht?«, fragte ich sie. Sie sah mich stirnrunzelnd an.

»Er mag mich nicht so, wie ich ihn mag. Er mag Roz.« Sie verzog das Gesicht.

»Das weißt du doch gar nicht!«, rief ich aus. »Woher willst du das wissen, wenn du es ihm nicht sagst?« Sie schüttelte nachdrücklich den Kopf.

»Nein. Er ist mein bester Freund. Was, wenn das alles kaputt macht?«

Ich biss mir auf die Lippe und dachte nach. Sie hatte nicht ganz unrecht. Aber Tak mochte sie doch sicher? Ich meine, sie war nett, witzig und klug, ganz zu schweigen davon, dass sie wunderschön war. Und sie verstanden sich gut.

»Vielleicht könntest du versuchen, ein paar Andeutungen zu machen?«, schlug ich vor.

»Was zum Beispiel?«

»Frag ihn, ob er im Moment auf jemanden steht. Sag ihm, dass du mit jemandem zusammen sein willst, von dem du weißt, dass du mit ihm befreundet sein kannst. So etwas in der Art.«

»Oh, ich weiß nicht«, sagte Zali und sah besorgt aus. »Was ist, wenn er nicht interessiert ist?«

»Dann weißt du es wenigstens und kannst deine Aufmerksamkeit auf einen anderen sexy Halbgott richten«, grinste ich.

»Es gibt ein paar davon auf dieser Schule«, lächelte sie zurück.

»Die gibt es wirklich«, stimmte ich zu.

»Und Professor Dasko...« Wir verstummten beide. Zalis Gesicht nahm einen verträumten Ausdruck an. »Professor Neos ist auch heiß«, fügte sie schließlich hinzu. Die roten Augen des Dämons blitzten in meinem Kopf auf und ich rutschte unbehaglich herum.

»Ja, doch«, murmelte ich.

»Ich schätze, du hast jetzt nur noch Augen für Ikarus«, gurrte Zali. »Ihr zwei seid so süß.«

»Ich würde Ikarus nicht als süß bezeichnen«, schnaubte ich.

»Ihr seid *zusammen* süß n.«

»Wie du meinst«, sagte ich mit einem Lächeln.

Wir unterhielten uns noch eine Weile über Freunde, die wir hatten, bevor wir auf die Olympus-Akademie kamen, und schon bald waren Zalis Augen wieder vollkommen trocken und sie gähnte.

»Zeit zum Schlafengehen«, sagte sie und schlüpfte unter die Decke. »Danke, Dora. Ich werde mir überlegen, was ich Tak sagen soll«, sagte sie, als ich vom Bett aufstand.

»Gut. Schlaf gut«, sagte ich.

· · ·

Pünktlich um zehn erreichte ich die Treppe vor dem Klassenzimmer für Magische Objekte. Ich drückte mich an das Gebäude, als ich im schwachen blauen Licht eine Bewegung sah, und trat erleichtert hervor, als ich Ikarus erkannte, dessen Flügel fest an seinen Rücken gefaltet waren. Wir sprachen nicht miteinander, als er mich erreichte, sondern drehten uns einfach um und eilten zum Klassenzimmer hinunter. Ich erwartete, dass es verschlossen war, aber die Klinke ließ sich herunterdrücken und die Tür schwang auf. Wir schlichen hinein und schlossen sie hinter uns. Der Raum war dunkel, jetzt, da kein Licht mehr von der Kuppel in den unterirdischen Raum fiel. Ich beschwor einen kleinen, zittrigen Feuerball herauf, der flackernde Schatten auf Ikarus' ernstem Gesicht erzeugte.

»Such nach einer Lampe«, flüsterte ich. »Ich kann das nicht lange aufrechterhalten und ich will hier nichts in Brand setzen. Nix wäre nicht erfreut, wenn wir seine Feder verbrennen würden«, murmelte ich, während Ikarus zu dem großen Tisch in der Mitte des Raumes eilte und sich nach einer Öllampe umsah. Er fand eine und als sie angezündet war, leuchtete das rötliche Licht fahl durch den Raum und erhellte die Regale mit den Gegenständen merklich. Ich machte mich auf den Weg dorthin, wo Nix' Kissen lag.

»Ist es nicht ein bisschen zu spät für dich, um hier drin zu sein?«, war das Erste, was der Phönix zu mir sagte.

»Hallo Nix«, sagte ich. »Es ist eine Art Notfall.«

»Da bin ich mir sicher«, murmelte er. *»Ich hoffe, das heißt nicht, dass du Ärger mit einem Jungen hast.«*

»Tut es nicht! Ich habe herausgefunden, was der dritte Dämon ist.«

»Was? Wie?« Ich hielt inne und hörte ihn innerlich aufstöhnen.

»Du hast mit dem roten Dämon gesprochen, nicht wahr?«

»Er hat mit mir gesprochen! Aber ja. Er sagt, er sei ein Feuerdämon, der aus Versehen von Oceanus gefangen wurde, und er will uns helfen, Titanen und Olympier zu vereinen«, fasste ich schnell zusammen.

»Ein Feuerdämon? So etwas gibt es nicht«, antwortete Nix.

»Wirklich?«, sagte ich überrascht. »Nun, das hat er zumindest gesagt. Und er kann wirklich gut mit Feuer umgehen. Er sagte auch, dass der dritte Dämon ein Keres-Dämon ist.« Der Phönix stieß einen scharfen Atemzug aus, ich hörte das Geräusch deutlich in meinem Kopf.

»Ihr würdet es wissen, wenn ihr so etwas in der Akademie herumlaufen hättet. Dann würden Schüler sterben.« Ich sagte nichts, denn das ungute Gefühl in meinem Magen kehrte zurück.

»Pandora...«, sagte Nix langsam. *»Bitte sag mir, dass keine Menschen sterben.«*

»Nein. Sie sterben nicht. Aber, ähm, es gibt zwei Schüler, deren Seelen verloren gegangen sind.«

»Großer Zeus, das ist schlecht«, fluchte der Vogel. *»Du musst den Dämon aufhalten, sonst werden die Seelen für*

immer an Hades verloren sein. Aber das wird nicht einfach sein.«

»Was? Nein! Neos hat gesagt, wir können die Seelen zurückbekommen, wenn wir Oceanus finden!«

»Oceanus? Er weiß, wo er ist?« Die Stimme des Vogels klang aufgeregt.

»Er behauptet, dass er weiß, wie wir ihn finden können, ja. Er hat mir die Zutaten für einen Trank gegeben, der den Todesdämon zu uns locken soll. Er sagt, wenn er bewiesen hat, dass man ihm vertrauen kann, wird er mir sagen, wie ich zu Oceanus komme.«

»Was waren die Zutaten?«, fragte Nix. Ich sagte es ihm schnell. *»Das ist ein Zaubertrank des Verderbens. Er würde einen Keres-Dämon sicher zu dir locken«*, murmelte er. Erleichterung machte sich in mir breit.

»Stimmt es, dass Oceanus die gestohlenen Seelen von Hades zurückholen kann?«

»Oceanus ist einer der mächtigsten antiken Götter aller Zeiten. Wenn jemand das kann, dann er«, sagte Nix. *»Er könnte mir auch einen neuen Phönixkörper geben.«*

»Was? Wirklich?« Die Aufregung pulsierte durch mich. »Das wäre der Hammer!«

»Hmm«, grunzte der Vogel. *»Es ist nicht leicht, die Aufmerksamkeit eines Titanen zu bekommen.«*

»Wenn er gefangen ist und ich ihn befreie, schuldet er mir einen Gefallen! Ich verspreche, dass ich ihn darum bitten werde«, sagte ich zu Nix.

»Wir sollten nichts überstürzen«, murmelte er, aber ich war mir sicher, dass seine Stimme weicher geworden war.

»Was ist eine Feuerrauke?«, fragte ich ihn.

»*Eine sehr giftige Pflanze, die in Unterwasservulkanen wächst. In der Akademie wirst du sie nicht finden.*« Mein Herz schlug heftiger. »*Aber... ich erinnere mich, dass du mir von dem hochgezüchteten Wassergarten unter der Schule erzählt hast...*«

»Ja! Da, wo die Höhle war, gibt es alle möglichen Pflanzen!«

»*Dann sieh dort nach. Du findest ein Bild davon in jedem Buch über Pflanzen aus Hephaistos Reich, das Reich des Skorpions.*«

»Okay, danke.«

»*Und was den Rost der Rüstung angeht, der wird irgendwo in der Schule aufbewahrt. Es ist eine sehr mächtige, sehr dunkle Zutat. Sie wird an einem sicheren Ort aufbewahrt.*«

»Im Turm vielleicht?«

»*Das kann ich mir vorstellen, ja.*«

»Gut. Ich kümmere mich darum«, sagte ich und stand auf.

»*Halt mich auf dem Laufenden*«, antwortete Nix und wich damit von seiner sonst eher mürrischen Verabschiedung ab.

»Wird gemacht. Tschüss, Nix«, sagte ich und legte die Feder zurück auf ihr Kissen.

Ich gab das Gespräch an Ikarus weiter, der etwas weniger besorgt aussah als zuvor.

»Ich denke, wenn Nix sagt, dass es in Ordnung ist,

dann muss es das auch sein. Er hat keinen Grund, dich anzulügen.«

»Genau«, antwortete ich. »Schleichen wir uns jetzt ins Meer, um die Pflanze zu suchen, oder brechen wir zuerst in den Turm ein?«

SIEBEN

Als Zali und ich am nächsten Morgen zum Frühstück gingen, war die Stimmung eisig und angespannt, und die Schüler, die überhaupt sprachen, unterhielten sich wieder im Flüsterton. Es war, als ob niemand Aufmerksamkeit auf sich ziehen wollte.

»Morgen«, sagte Tak, als wir uns ihm gegenüber hinsetzten. Von Ikarus fehlte immer noch jede Spur.

»Gibt es Neuigkeiten über Alexsis?«, fragte Gida schnell.

»In den Mädchenschlafsälen habe ich nichts gehört«, sagte Zali ihm. Er stieß einen Seufzer aus.

»Seid ihr befreundet?«, fragte ich ihn.

»Ja. Sie ist schon ein paar Jahre hier.«

»Es tut mir leid«, sagte ich nach einer Pause.

»Du kannst ja nichts dafür«, sagte der Satyr und schaute mürrisch auf seine Schüssel mit Haferbrei. Schuldgefühle krampften sich in meinem Magen zusammen und mein Appetit schwand.

. . .

»Ah, Pandora«, sagte eine Stimme hinter mir. Ich drehte mich um und sah Dasko mit verschränkten Armen dastehen. »Iss auf, du hast heute zusätzliche Unterrichtsstunden.«

»Was?« Ich starrte ihn an. Nachhilfeunterricht? Es war Sonntag.

»Ja. Ich habe eine Idee, wie wir deine Wasserkraft nutzbar machen können. Ich hab's satt, im Unterricht nass zu werden«, sagte er grinsend.

»Aber ich muss heute noch etwas erledigen!«, protestierte ich. Der Professor sah mich stirnrunzelnd an.

»Pandora, es gibt nichts Wichtigeres, als deine Kräfte unter Kontrolle zu bekommen«, sagte er mit tiefer und ernster Stimme. Ich sah mich nervös um und die Leute um mich herum sahen neugierig zu mir herüber. Sie sollten *nicht* denken, dass ich jeden Moment die Kontrolle verlieren konnte.

»Klar. Klar«, sagte ich schnell.

»Gut. Wir sehen uns in einer halben Stunde am Pool.«

»Bei den Göttern, du hast so ein Glück!«, grinste Zali, als er weg war. Ich stöhnte.

»Wie kommst du denn darauf? Ich muss nächste Woche jeden Tag nachsitzen und jetzt muss ich auch noch den Sonntag mit Nachhilfe verbringen!«

»Extraunterricht mit *Dasko*! Im Schwimmbad...« Sie zog die Augenbrauen hoch und ich verdrehte die Augen.

»Warum stehen alle auf ihn?«, brummte Tak und verteilte Zucker auf seinem Haferbrei. »Er ist doch ein ganz normaler Typ.«

Als ich eine halbe Stunde später den Pool erreichte, konnte ich Tak ganz und gar nicht zustimmen. Dasko war schon im Wasser, und er sah wirklich nicht wie ein normaler Typ aus. Sein Rücken und seine Arme strotzten vor Muskeln, als er Runden im Wasser drehte. Ich konzentrierte meine Gedanken auf Ikarus. Ich dachte an seine wunderschönen, intensiven grünen Augen und an das Gefühl seiner atemberaubenden Flügel, die sich um mich legten, und auf einmal fühlte ich mich weniger eingeschüchtert von dem umwerfenden Professor.

Ich glitt in den Pool, und die Kraft des Wassers brummte um mich herum. Als Dasko den Beckenrand erreichte, stand er auf und strich sich die nassen Haare aus dem Gesicht.

»Ah«, sagte er, als er mich sah. »Ich dachte, wir sollten etwas ausprobieren. Anstatt zu versuchen, mit weniger Wasser zu arbeiten, sollten wir es vielleicht mit mehr versuchen. Was du letztes Semester mit dem See-Dämon gemacht hast, war ja unglaublich.«

»Ich hatte aber Ikarus bei mir«, sagte ich ihm. »Wir haben zusammengearbeitet.«

»Stimmt«, nickte der Lehrer, »aber du konntest das

Wasser kontrollieren.« Das war richtig. Ich dachte über seine Worte nach.

»Ich hatte eine ziemlich starke Motivation«, sagte ich schließlich.

»Dann müssen wir dir jetzt eine starke Motivation geben. Was treibt dich an, Pandora?«

»Ich muss die Dämonen fangen und die gestohlenen Seelen retten«, sagte ich sofort. Dasko sah mich stirnrunzelnd an.

»Die Hälfte von dem, was du sagst, kann ich verstehen. Ihr wollt die Dämonen fangen. Aber das Zweite, was du in dieser Titanensprache sagst, die ich nicht verstehe... Hast du etwas herausgefunden?« Ich nickte. Aufregung erfüllte seine Augen.

»Das ist großartig! Jetzt nimm diesen Antrieb, dieses *Bedürfnis* und sorge dafür, dass du es nutzt. Erinnere dich daran, warum du in der Lage sein musst, deine Kraft zu kontrollieren.«

»Okay«, sagte ich.

»Bewege das Wasser von diesem Ende des Beckens zum anderen«, wies Dasko an. Ich verschmolz meinen Geist mit dem Wasser und zwang es, von uns wegzufließen. Es bewegte sich schnell und spritzte über den Rand des Beckens.

»Jetzt halte es dort fest«, sagte er. Ich hielt das Wasser still, aber je länger ich mich darauf konzentrierte, mit ihm verbunden zu sein, desto mehr wuchs die große, pochende Kraft des Wassers in mir. Es rauschte, die Wellen krachten und schwollen an, und ich konnte es nicht mehr zurückhalten.

»Vergiss nicht, warum du das hier tust!«, rief Dasko, als die wabernde Flüssigkeitsmasse am anderen Ende des Beckens zu schwanken begann.

Erinnerungen an die schwarzen Onyxaugen füllten meinen Kopf. Geisterhafte Dämonen aus schwarzem Rauch wirbelten um mich herum, und das purpurne Gesicht sprang mich an. Ich musste stärker sein, um sie zu besiegen. Ich *brauchte* meine Kraft. Entschlossen verstärkte ich meine Kontrolle. Das wallende Wasser am anderen Ende des Beckens erstarrte.

»Das ist toll! Du kannst jetzt loslassen, aber vorsichtig«, sagte Dasko. Ich lockerte meinen Griff so langsam, wie ich nur konnte, aber dann verlor ich die Kontrolle ganz und das Wasser stürzte zurück ins Becken und bespritzte uns beide.

»Das war wirklich gut, Pandora«, strahlte Dasko mich an, während ihm das Wasser aus den Haaren tropfte. »Jetzt mach es noch mal.«

Wir übten stundenlang und ich war am Ende völlig erschöpft, aber es gab keinen Zweifel daran, dass ich Fortschritte machte. Als ich zu meinem Schlafsaal stapfte, um mich für das Abendessen frisch zu machen, war ich zuversichtlich, dass ich das ganze Wasser des Beckens fünf Minuten lang an Ort und Stelle halten konnte. Wir hatten das Mittagessen ausgelassen und ich verschlang einen Teller Nudeln innerhalb weniger Minuten, nachdem ich mich neben meine Freunde an den Tisch gesetzt hatte.

»Wow«, sagte Tak und ließ eine Schüssel mit geriebenem Käse zu sich hinüber schweben. »Du bist aber hungrig.«

»Ja«, grunzte ich und aß weiter.

»Ich kann nicht glauben, dass Dasko dich nicht zum Mittagessen hat gehen lassen«, brummte Ikarus neben mir. Ich schluckte meinen Bissen hinunter.

»Wir sind gut vorangekommen. Keiner von uns wollte aufhören«, sagte ich. Die Müdigkeit überkam mich fast, als die Tische verschwanden und die Bibliothek sich vor uns materialisierte.

»Ich habe heute die Bücher über das Reich des Skorpions durchgesehen«, sagte Ikarus leise zu mir, als wir uns auf den Weg zu unserer üblichen Couch machten. »Ich konnte keinen Hinweis auf eine Feuerrauke finden.«

»Oh, das ist enttäuschend«, sagte ich und gähnte. »Ich werde morgen beim Nachsitzen weitersuchen«, sagte ich finster. »Aber jetzt gehe ich erst mal ins Bett.«

»Okay. Dann gute Nacht.« Seine intensiven Augen waren voller Sorge und ich schenkte ihm ein Lächeln.

»Gute Nacht«, sagte ich und stellte mich auf die Zehenspitzen, um ihn auf die Wange zu küssen. Seine Flügel bauschten sich auf und er schenkte mir ein Lächeln.

Ich schlief schlecht. Wirbelnder schwarzer Rauch und leuchtend rote Augen verfolgten mich in meinen Träumen und ich wachte alle paar Stunden schweißgebadet auf, unfähig, das Bild meiner Freunde zu verdrängen, die leblos und mit schwarzen Augen dalagen.

Ich gähnte immer noch, als ich nach dem Frühstück mit Ikarus und Zali in den Schlepper stieg, um zum Flugunterricht zu gehen. Ich hoffte, dass die frische Meeresluft mich aufwecken würde, und atmete tief ein, als wir die Spitze des Turms erreichten, wie ich es immer tat.

»Wir werden heute einen Hindernislauf absolvieren!«, rief Fräulein Alma. »Bitte sattelt schnell eure Pferde und stellt euch vor dem ersten Ring auf.« Wir folgten ihrem ausgestreckten Arm zu den sechs großen Ringen hinauf, die in der Luft über dem schäumenden Meer hingen. Ich rannte zu Petos Stall auf der anderen Seite des Turms und er wieherte fröhlich, als er mich sah.

»Hey, Junge«, sagte ich und schleppte die Kiste zu ihm rüber, um ihn zu satteln. Er steckte seine Flügel ein, um es mir leichter zu machen, und ein paar Minuten später standen wir mit neun anderen Schülern in einer Reihe. Ikarus hatte keinen Pegasus. Er stand am Rand der Plattform und wippte auf seinen Fersen, seine Flügel zuckten und breiteten sich hinter ihm aus. Ich konnte fast spüren, wie sehr er von der Kante springen wollte.

»Ich möchte, dass ihr durch alle sechs Ringe fliegt, eine Runde um den Turm dreht und dann hierher zurückkehrt.« Fräulein Alma schaute uns an, um sich zu vergewissern, dass wir alles verstanden hatten, und schnippte dann mit den Fingern.

Die schwebenden Ringe wurden durch flackernde Flammen zum Leben erweckt. Ich stieß einen kleinen Schrei aus und das Adrenalin begann mich zu durchfluten. Ich griff nach der Kraft des Meeres unter mir und zog sie in mich hinein. Peto und ich konnten diesen Wettkampf gewinnen. Ikarus blickte zu mir auf, mit einem bösen Funkeln in den Augen. Er wollte ebenfalls gewinnen. Ich lehnte mich in meinem Sattel nach vorn.

»Los!«, rief Fräulein Alma. Peto rannte zum Rand des Turms und sprang. Der kurze Moment der Schwerelosigkeit raubte mir wie immer den Atem, dann hörte ich, wie der Pegasus mit den Flügeln schlug, als wir zum ersten Ring flogen. Peto hatte das offensichtlich schon mal gemacht, denn ich brauchte ihn kaum zu lenken.

Sein Kopf war nach vorne gestreckt und seine Flügel schlugen hart, als wir uns dem brennenden Reifen näherten. Aber Ikarus war schon da, und seine schwarzen Flügel schimmerten blau, als er durch die Mitte des ersten Rings schoss. Dann spürte ich einen Ruck und wir taumelten zur Seite, in Richtung der Flammen. Peto wieherte, als mir klar wurde, was passiert war. Kiko war absichtlich in uns hineingekracht und flog nun mühelos durch den Reifen. Ich zog an Petos Zügeln und wir drehten gerade noch rechtzeitig ab, um innerhalb des brennenden Rings zu bleiben. Ich kniff die Augen zusammen und flog hinter dem lachenden blonden Mädchen her. Sie schaffte es vor mir durch die nächsten beiden Ringe. Ikarus war immer noch vor mir, aber zwischen dem dritten und vierten Ring war eine große Lücke und ich wusste, dass ich sie einholen konnte. Ich spornte Peto an, rief ihm aufmunternde Worte zu und wir wurden immer schneller. Meine Haare peitschten mir ins Gesicht, als wir uns auf den vierten Ring zubewegten, der tiefer lag als die anderen. Kikos Lachen verstummte abrupt, als wir an ihr vorbeisegelten und vor ihr durch den feurigen Ring flogen.

»Ja!«, jubelte ich und Peto gab ein glückliches Wiehern von sich. Jetzt mussten wir Ikarus einholen. Ein ohrenbetäubendes Kreischen durchbrach meinen Siegesmoment. Ich riss meinen Kopf zu dem Geräusch herum und starrte mit großen Augen auf die Szene. Kiko schwebte über ihrem Pegasus, mit zitterndem Körper und zurückgeworfenem Kopf. Entsetzen erfüllte mich, als mir klar wurde, was als Nächstes passieren würde.

»Peto, komm schon!« Ich drängte den Pegasus herum und wir rasten auf Kiko zu, während ihr schlaffer Körper durch den Himmel zu fallen begann. Aber sie fiel zu schnell. Ein schwarzer Streifen unter mir erregte meine Aufmerksamkeit und ich erkannte mit einem Blitz der Hoffnung, dass es Ikarus war. Er stieß mit Kiko zusammen, und mein Herz hörte fast auf zu schlagen, als sie zusammen durch den Himmel stürzten. Ich überlegte verzweifelt, wie ich das Wasser nutzen könnte, um ihren Sturz zu bremsen, aber wenn Kiko bewusstlos war, würde sie ertrinken. Dann spreizten sich Ikarus Flügel und er stieg wieder auf, Kiko schlaff in seinen Armen. Acht andere Pegasoi und ihre Reiter zischten durch die Luft und der erste Reiter, der ihn erreichte, half ihm, ihren Körper auf den Rücken des weißen Pegasus zu legen.

Fräulein Alma war wortkarg und machte große Augen, als wir zum Turm zurückkamen.

»Macht Platz! Und jemand muss Fantasma und

Agrius holen«, sagte sie, als wir uns um Kiko scharten. Ich brauchte sie nicht anzuschauen, um zu wissen, dass ihre Augen tiefschwarz waren. Übelkeit machte sich in mir breit.

»Geht es dir gut?«, keuchte Ikarus und trat neben mich und Peto.

»Ja, natürlich«, sagte ich und konzentrierte mich auf ihn. »Ikarus, du warst unglaublich. Du hast ihr das Leben gerettet.« Er sagte nichts, atmete schwer und stützte seine Hände auf seine Knie.

»Ich wusste nicht, dass du so schnell fliegen kannst.«

»Ich auch nicht. Es geht wohl nur um die Motivation«, murmelte er mit angehaltenem Atem. Genau das hatte Dasko auch im Schwimmbad gesagt, wurde mir klar.

»Wir müssen so schnell wie möglich in den Hochturm«, sagte ich leise. »Und mehr über die Feuerrauke herausfinden.« Ikarus nickte.

»Gleich heute Abend.«

ACHT

Als der Schlepper den Fuß des Turms erreichte, schallte Hermes Stimme durch die Schule und das fieberhafte, ängstliche Stimmengewirr um mich herum verstummte sofort.

»Alle Schüler zum Haupttempel. Jetzt sofort.« Ich sah Ikarus an und er griff nach meiner Hand, als wir der Gruppe zum Haupttempel folgten. Er war mit Sitzbänken gesäumt, wie schon bei der Semester-Abschlussfeier, und wir setzten uns. Ich sah mich nach Zali um und entdeckte sie schließlich mit Tak, Gida und Roz drei Reihen vor uns.

»Ikarus«, sagte eine weibliche Stimme. Wir drehten uns beide um und sahen Arketa hinter uns, deren Augen rot umrandet waren. »Sie haben mir erzählt, was du getan hast«, sagte sie leise. »Danke.«

»Ähm, ja, kein Problem«, antwortete er ihr unbeholfen.

»Alles wird gut, Arketa«, sagte ich ihr so beruhigend, wie es mir möglich war.

»Sprich mich nicht an, du Hexe«, zischte sie und ihre Augen füllten sich mit Tränen und purem Hass, während sie mich mit einem stechenden Blick ansah. Ich wich unwillkürlich zurück, denn ihre Bösartigkeit schockierte mich. »Ich habe von *allem* gehört, was da oben passiert ist. Alexsis wollte dich im Bogenschießen schlagen und Kiko wollte dich im Fliegen schlagen und sieh dir die beiden jetzt an.« Eine Träne lief ihr über die Wange.

»Nein, nein, Arketa, ich...« Ich wollte ihr sagen, dass es nicht an mir lag, aber ich wusste, dass es tief in meinem Inneren wirklich so war. Es *war* meine Schuld.

»Ikarus, wenn du schlau bist, wirst du dich von ihr fernhalten. Sie ist gefährlich.« Weitere Tränen flossen aus ihren Augen und sie drehte sich um und stapfte an den anderen Schülern vorbei. Schuldgefühle und Angst zerrten an meinem Magen.

»Niemand glaubt, dass du das tust, Dora. Mach dir keine Sorgen«, sagte Ikarus und drückte meine Hand.

»Aber... was ist, wenn ich tatsächlich gefährlich *bin*?«, flüsterte ich. Ikarus schaute sich aufmerksam die Schüler an, die uns umgaben.

»Das bist du nicht. Wir reden später darüber.« Ich sagte nichts, und eine Minute später schritt Hermes auf die Bühne. In der Gegenwart eines Olympioniken war es unmöglich, sich auf etwas anderes zu konzentrieren. Der rothaarige Mann hatte eine fast greifbare leuchtende Aura um sich herum, und es war, als wäre der Raum plötzlich viel kleiner geworden. Er trug eine Toga im antiken Stil und winzige goldglänzende Flügel flatterten an seinen Knöcheln.

»Ein abtrünniger Todesdämon scheint in der Akademie sein Unwesen zu treiben.« Schreie ertönten im Saal, als der Gott so unverblümt die Situation beschrieb. »Athene und ich haben Zeus um Hilfe gebeten, aber er besteht darauf, dass wir nicht eingreifen. Er ist der Meinung, dass dies ein wichtiger Test der Fähigkeiten der Schule ist.« Ich starrte Ikarus an, als empörte und entsetzte Rufe durch den Raum hallten. Hermes hob seine Hand und die Schüler wurden sofort still. »Ich bin mit der Entscheidung von Zeus nicht einverstanden, aber ich kann sie nicht ändern«, sagte er ernst. »Ich werde helfen, wo ich kann. Alle Schülerinnen und Schüler werden jetzt immer bewaffnet sein. Euer Unterricht wird leicht verändert, damit ihr mehr über Dämonen und Kämpfe lernt, vor allem die jüngeren Schüler. Beim Frühstück wird es Tränke geben, die Geister abwehren - seht zu, dass ihr sie trinkt.« Hermes fuhr sich mit der Hand durch den Bart und schaute sich um. »Diese Akademie ist nicht bei allen Göttern beliebt. Lasst uns beweisen, dass wir des Olymps würdig sind. Tötet den Dämon. Zeigt Zeus, was ihr könnt.« Erneutes Gemurmel, lebhaft und hoffnungsvoll, hallte durch den Tempel. »Und vergesst nicht, die Abwehrtränke zu trinken.« Ein weißes Licht blitzte auf, und der Gott verschwand. Das Gemurmel wuchs zu lautem Geplapper heran und ich hörte den Schülern um mich herum sprachlos zu.

»Hermes will, dass *wir* den Dämon töten?«

»Wenn die Tränke funktionieren, müssen wir uns

keine Sorgen machen, dass noch eine weitere Seele von jemandem entführt wird!«

»Heißt das, dass wir jetzt alle wieder sicher sind?«

»Wie tötet man einen Dämon?«

»Ich kann die neuen Unterrichtsstunden kaum erwarten, Dämonen sollten wir doch erst im zweiten Jahr durchnehmen!«

»Ich frage mich, welche Waffen wir bekommen werden?« Ich sah Ikarus an, der immer noch meine Hand festhielt.

»Das ist wirklich gut, Dora. Tränke, die uns alle beschützen«, sagte er mit einem Lächeln.

»Ja«, nickte ich.

»Meinst du, wir müssen trotzdem noch den Locktrank herstellen?«

»Wenn Neos sagt, dass das der beste Weg ist, den Dämon anzulocken, dann... ja. Ich denke schon.«

»Ich bitte um eure Aufmerksamkeit!« Wir sahen alle zu Chiron auf, der jetzt dort stand, wo Hermes gerade noch gestanden hatte. Der Zentaur sah angespannt und wütend aus. »Wenn ihr den Tempel verlasst, holt euch bitte einen Trank und eine Waffe bei Agrius und Fräulein Alma ab. Dann macht euch wie gewohnt auf den Weg zu eurer nächsten Unterrichtsstunde.« Alle standen sofort auf, gierig nach den Gegenständen, die sie schützen würden. »Und denkt bitte daran, dass alle Lehrerinnen und Lehrer hier euch helfen können. Wenn ihr in Schwierigkeiten seid oder etwas Verdächtiges seht, kommt zu uns.« Chirons Augen waren flehend, aber die meisten Schüler ignorierten ihn und drängten sich in Richtung Ausgang zu Fräulein Alma und Agrius.

Der Trank, den Fräulein Alma mir gab, war bitter und scharf, aber es war nicht viel davon in dem kleinen Glasfläschchen, also schluckte ich ihn in einem Zug herunter. Den winzigen, glitzernden Dolch, den ich aus einer Auswahl von Messern und Schleudern ausgewählt hatte, steckte ich in meinen Rucksack. Ich konnte mir nicht vorstellen, wie ein Dolch im Kampf gegen einen unsichtbaren Dämon, der Seelen raubte, helfen sollte. Hoffentlich würde der Trank das Messer überflüssig machen. In der Mittagspause verglichen alle ihre Waffen und sprachen angeregt darüber, wie sie den Dämon fangen und töten würden.

»Das Problem ist doch, ihn erst mal zu finden«, sagte Tak.

»Ich glaube nicht, dass es das einzige Problem ist«, sagte Zali stirnrunzelnd. »Was würdest du tun, wenn du ihn finden würdest?«

»Zustechen, natürlich«, antwortete er, hob seinen Dolch vom Tisch und wedelte damit vor ihr herum. Sie rollte mit den Augen, lächelte aber. Die angespannte Angst der letzten Tage hatte sich gelegt und die Sicherheit, welche die Tränke boten, und die Herausforderung an die Schüler heiterte die Stimmung deutlich auf. Ich wusste, dass ich mich freuen sollte, dass das Geheimnis gelüftet war und dass Ikarus und ich die Last nicht mehr allein tragen mussten, aber stattdessen hatte ich nur ein flaues Gefühl im Magen. Kiko, Alexsis, Dimitra... Sie alle lagen leblos im vorderen Tempel, und ihre Seelen waren gestohlen worden. Und jetzt taten alle so, als wäre es ein Spiel, den Dämon zu töten. Wenn ich nicht gerade über den Seelenräuber nachdachte, beherrschte Arketas Hass meine Gedanken. Sie hasste mich wirklich. Aber warum?

In der Feuerklasse hielt ich meinen Kopf gesenkt und übte im hinteren Teil des Raumes, kleine Feuerbälle heraufzubeschwören. Ich überlegte, ob ich ausprobieren sollte, was Neos mir gezeigt hatte, nämlich die Hitze mit meiner Haut verschmelzen und durch mich hindurch-fließen zu lassen, aber ich widerstand der Versuchung. Ich wollte nicht in einem Raum voller Schüler die Kontrolle über das Feuer verlieren.

»Pandora, ich habe gehört, dass der Schulleiter dich nach deinem Angriff auf das arme Mädchen letzte Woche länger nachsitzen lässt«, sagte Neos und kam zu mir herüber. Ich starrte ihn an.

»Das stimmt«, sagte ich mit zusammengebissenen Zähnen.

»Nun, ich habe mit ihm gesprochen und du wirst stattdessen bei mir nachsitzen.«

»Was?«

»Du könntest etwas Übung gebrauchen«, sagte er und sah meinen kleinen Feuerball spöttisch an. Er löste sich unter seinem vernichtenden Blick auf. »Feuerunter-richt, nach dem Abendessen. Jeden Abend diese Woche.«

Das Rot blitzte für den Bruchteil einer Sekunde in seinen Augen auf, bevor er wieder davonschlenderte.

Als ich Ikarus beim Abendessen davon erzählte, wurden seine grünen Augen dunkel und wütend.

»Das gefällt mir nicht, Dora. Ich traue ihm nicht«, stieß er hervor.

»Mir auch nicht. Aber ich kann nichts dagegen tun. Wir brauchen ihn. Außerdem ist er ein Lehrer. Zum Nachsitzen kann ich nicht Nein sagen.«

Nach dem Abendessen ließ ich Ikarus zurück, der in der Bibliothek nach weiteren Büchern über das Reich des Skorpions suchte, und stapfte zurück zum Klassenzimmer für Feuerkunde. Neos lehnte lässig an einer Säule vor den fünf Elementartüren.

»Pandora«, sagte er, als ich mich ihm näherte. Ich sah ihn finster an.

»Das ist so eine Zeitverschwendung. Ich muss das Zeug von deiner Liste zusammensuchen und die Seelen retten, die entführt wurden«, schnauzte ich ihn an.

»Es besteht keine Eile, kleiner Titan. Ihr habt jetzt alle eure Zaubertränke, die euch schützen, und die Seelen gehen schon nicht verloren«, lächelte er. Ich wusste, dass ich mich darüber ärgern sollte, dass er mich so ansprach, aber ein Teil von mir mochte es irgendwie. Es war besser als *Titanenabschaum*.

»Wie auch immer«, brummte ich.

»Sag mir, Pandora. Zu welcher dieser Türen fühlst du

dich am meisten hingezogen?« Ich wollte gerade antworten, aber er hielt eine Hand in die Höhe.

»Warte. Fühle es. Versuche, es wirklich zu fühlen. Welche Tür übt die stärkste Anziehungskraft auf dich aus?«

Ich seufzte und starrte nacheinander auf jede Tür. Die Lufttür mit dem sorgfältig eingeritzten weißen Windstoß fühlte sich kühl, weit weg und unerreichbar an. Die Stromtür mit dem riesigen gelben Blitz fühlte sich nach gar nichts an. Für mich war sie einfach nur Stein, während ich sie anstarrte. Die Erdtür mit dem kunstvollen Wurzelmuster, das zu einem Baum führt, gab mir ein leichtes, warmes Gefühl, wenn ich mich darauf konzentrierte, aber mehr auch nicht. Aber die Wassertür... Eine pulsierende, anschwellende, kaum zu bändigende Energie strömte aus dem Stein, dem Boden und der Kuppel über mir und erfüllte meine Muskeln mit Kraft. Ich öffnete den Mund, um zu sprechen, aber Neos unterbrach mich wieder.

»Warte, warte! Da ist noch eine Tür«, sagte er leise. Ich schaute auf die Feuertür und konzentrierte mich. Echte, scharfe und sengende Hitze schoss durch meinen Körper, von Kopf bis Fuß. Meine Haut kribbelte und zischte und ein Hochgefühl überkam meinen Geist. Es war kein Gefühl von starker, fester, lebensspendender Freiheit, wie es mir das Wasser gab. Es war weniger gewaltig, weniger überwältigend, weniger *konstant*. Aber es war stärker. Es war heftig, mächtig und verzweifelt und... ich wollte es. Ich wollte die Kraft dieser Tür.

»Du spürst es genauso stark wie das Wasser, Pandora«, sagte Neos von hinten.

»Nein«, sagte ich und starrte immer noch auf die Tür, während ich die Hitze durch mich hindurch schmelzen ließ. »Nein, das Wasser ist stärker.« Ich wollte, dass die Worte wahr waren, aber ich wusste nicht, ob sie es tatsächlich waren. Wasser war irgendwie sicherer als Feuer. Feuer war... gefährlich und voller Leidenschaft, und ich stammte von Oceanus ab. Ich musste mit dem Wasser eins werden. Mühsam erinnerte ich mich daran, wie es sich angefühlt hatte, als ich zum Ozean selbst geworden war, als ich den Meeresdämon bekämpft hatte. Die Glückseligkeit, die Kraft, die Kontrolle. Ich riss meinen Blick von der Feuertür los. Plötzlich wurde mir kalt und ich bekam eine Gänsehaut.

»Dagegen anzukämpfen, wird nicht helfen, kleiner Titan. Nur wenige können so mächtige Kräfte in gegensätzlichen Elementen ausüben. Du bist etwas Besonderes, Pandora.« Seine Stimme hatte wieder diesen verführerischen Klang angenommen, und ich ertappte mich dabei, wie Hoffnung mich erfüllte. Ich *musste* besonders mächtig werden. Ich musste in der Lage sein, zu meiner Familie in der Welt der Sterblichen zurückzukehren.

»Kannst du...« Ich fing an, ihn zu fragen, aber brach ab, bevor ich den Satz beenden konnte. Ich konnte keinen Feuerdämon um Hilfe bitten. Das war sicher eine schlechte Idee.

Er betrachtete mich für einen langen Moment, seine Augen brannten rot und ein halb amüsiertes Lächeln lag auf seinen Lippen. Ich hielt meinen Mund fest verschlossen. Ich sollte nicht fortgeschrittenere Feuermagie erlernen wollen, um mächtiger zu werden. Ich sollte den Menschen helfen, deren Leben ich ruiniert hatte und deren Seelen meinetwegen gestohlen worden waren.

»Ich denke, ich kann dich heute vom Nachsitzen befreien, kleiner Titan. Geh und such deine Zutaten.« Ich drehte mich um und rannte in Richtung Bibliothek, bevor er ein weiteres Wort sagen konnte.

»Morgen um dieselbe Zeit, Pandora!«, hörte ich ihn hinter mir rufen.

NEUN

Ich rannte geradewegs an den Sofas vorbei und stürzte mich auf die Bücherregale. Ich lief die Regale auf und ab, bis ich Ikarus entdeckte, der mit einem großen gebundenen Buch auf dem Boden saß.

»Hey, alles in Ordnung?« Er sprang auf, als er mich sah, und seine Federn schüttelten sich hinter ihm.

»Ja«, keuchte ich. »Neos hat mich heute vom Nachsitzen befreit, um die Zutaten für den Locktrank zu finden.« Ikarus runzelte die Stirn.

»Warum sollte er das tun?« Ich sah auf meine Füße hinunter und zögerte mit meiner Antwort.

»Ich glaube, er weiß, dass er mir ein bisschen Angst gemacht hat«, gab ich zu.

»Was? Wie hat er dir Angst gemacht?« Ikarus ließ das Buch fallen, als er auf mich zukam.

»Er hat nichts Schlimmes getan«, sagte ich schnell. »Es ist nur..., wenn ich mit ihm zusammen bin, ist meine

Feuermagie stark. Wirklich stark. Das Gefühl hat mich ein bisschen erschreckt, das ist alles.«

»Neos ist gefährlich«, knurrte Ikarus.

»Er wird mir nicht wehtun«, sagte ich und wusste, dass es wahr war.

»Hmm«, grunzte Ikarus.

»Hast du etwas gefunden?«, fragte ich ihn, um das Thema zu wechseln.

»Nein«, schüttelte er den Kopf. Ich seufzte.

»Lass uns heute Abend lieber den Rost holen«, sagte ich.

»Du willst in den Turm einbrechen?« Ich nickte.

»Ja. Wir wissen, dass er wahrscheinlich da drin ist, und ich habe es satt, überhaupt nicht voranzukommen.«

»OK. Mitternacht?«

»Mitternacht«, stimmte ich zu.

Ikarus wartete in den Schatten, als ich später in der Nacht leise zum Turm schlich. Ich hatte mir Sorgen gemacht, dass die Lehrerinnen und Lehrer nachts patrouillieren oder besonders wachsam sein würden, aber das Gelände war so leer wie in den vorherigen Nächten. Ich vermutete, dass sie auf den Schutztrank vertrauten oder an ihrer eigenen Lösung für das Dämonenproblem arbeiteten.

An der schweren Eisentür des Turms befand sich ein Vorhängeschloss und Ikarus rief sofort einen kleinen Luftwirbel in seine Handfläche. Er richtete den Wirbelwind auf das Schloss und schloss die Augen, als die Luft in das Schloss eindrang.

»Was machst du da?«, flüsterte ich.

»Pssst«, zischte er zurück. Dann ertönte ein Klicken und das Vorhängeschloss öffnete sich. Er lächelte, als er seine Augen öffnete. »Ich habe gelesen, dass man mit Luft Schlösser knacken kann, wenn man sie nur fest genug darin herumwirbelt«, grinste er.

»Netter Trick«, grinste ich zurück.

Wir schoben die Tür mit einem leisen Knarren auf und schlichen hinein. Ich ließ einen kleinen Feuerball über unseren Köpfen schweben, damit wir in der Dunkelheit sehen konnten. Wir befanden uns in einer runden Eingangshalle mit den gleichen karierten Bodenfliesen wie im vorderen Tempel und einer Wendeltreppe, die um die Steinmauer herum nach oben führte. Etwa alle zehn Meter waren Türen angebracht, die in den Turm hineinführten.

»Wow«, murmelte ich. »Hinter welcher Tür ist es? Hier gibt es bestimmt hundert davon.«

»Da sind Schilder an den Türen«, sagte Ikarus und deutete zur nächstgelegenen Tür. Ich eilte hin und mein Feuerball erzeugte genug Licht, um die Worte über der ersten Tür lesen zu können.

»Zähne und Klauen«, stand auf dem Schild. Ich ignorierte mein Verlangen, herauszufinden, was sich in einem Raum mit diesem Namen befand, und ging die Treppe hinauf. Schließlich kamen wir zu einem Raum mit der Aufschrift »Kriege und Verletzte« an.

»Das klingt vielversprechend«, sagte ich und hielt inne.

»Das klingt morbide«, murmelte Ikarus, stieß aber vorsichtig die Tür auf. Ich schickte den kleinen Feuerball vorsichtig hinein und betrat dann den Raum. Sofort überkam mich ein kaltes Unbehagen und meine Instinkte versuchten, mich wieder aus dem Raum zu ziehen. Ich ignorierte sie und machte einen weiteren Schritt hinein.

Mein Herz schlug mir bis zum Hals, als ich eine Bewegung sah, aber ich erkannte schnell, dass das flackernde Licht unheimliche Schatten auf die Reihen von Kampfrüstungen an der gegenüberliegenden Wand warf, sodass sie aussahen, als wären sie lebendig. Ich holte tief Luft und versuchte, meine Nerven zu beruhigen.

»Hier drüben«, flüsterte Ikarus. Ich drehte mich um und sah, dass er an einem hohen Schrank stand und sein eigener Feuerball nur wenige Zentimeter von seinem Gesicht entfernt war, als er durch das Glas spähte. Ich ging auf Zehenspitzen zu ihm hinüber und er zeigte auf eine Reihe von Fläschchen mit Pulvern und Flüssigkeiten in einem schmalen Holzhalter. »Könnte es eine von ihnen sein?«

»Schauen wir mal«, sagte ich und öffnete den Riegel der Schranktür. Ich hob die winzigen Etiketten um den Hals jedes Fläschchens an und versuchte, die schnörkelige Schrift zu lesen, aber der Text ergab keinen Sinn für mich.

»Kannst du das lesen?«, flüsterte ich Ikarus zu. Er lehnte sich vor.

»Es ist Altgriechisch«, sagte er.

»Was steht da?«

»Doxa.«

»Was soll das heißen?«

»Ruhm.«

»Hm. Dieses Fläschchen gibt dir also Ruhm?« Ich betrachtete die schmutzig aussehende blaue Flüssigkeit darin. Ikarus zuckte mit den Achseln.

»Oder vielleicht stammt es von jemandem oder etwas Glorreichem. Wie auch immer, wir sind nicht deswegen hier.«

»Diese beiden Fläschchen haben eine rötliche Farbe, könnte das Rost sein?«, sagte ich und zeigte auf die beiden auf der rechten Seite.

»Warte, ich sehe nach«, sagte er und beugte sich über die kleinen Etiketten. Ein leises Knarren lenkte meine Aufmerksamkeit zurück auf die Tür, durch die wir gekommen waren. Wir hatten sie hinter uns geschlossen, und sie war immer noch zu. Vorsichtig schickte ich meinen kleinen Feuerball in diese Richtung, Adrenalin schoss durch mich hindurch und meine Augen suchten in der Dunkelheit nach der Quelle des Geräusches.

Die Flammen spiegelten sich flackernd wider und ich zuckte leicht zusammen, als ich mein eigenes Spiegelbild in einer Rüstung erkannte. Sie war so hochglanzpoliert, dass sie brandneu aussah. Ich legte den Kopf schief, während ich mein Spiegelbild betrachtete. Es veränderte sich. Ich wurde größer, und ein Helm mit

Federn in sattem Rot erschien auf meinem Kopf. Um meinen Körper herum erschien eine Lederrüstung, die zur Hälfte mit einem verschlungenen Wellenmuster und zur anderen Hälfte mit wirbelnden Flammen bedeckt war.

»Es ist dieses Fläschchen hier«, sagte Ikarus hinter mir, aber ich registrierte seine Worte kaum.

»Schau…«, hauchte ich und richtete meinen Blick auf die Kriegerin, die ich auf dem Brustpanzer sehen konnte. Ich schritt auf sie zu.

»Dora, komm zurück«, zischte Ikarus, aber seine Worte bedeuteten mir nichts. Die Augen meines Spiegelbildes waren jetzt klar sichtbar, und da waren winzige Flammen in meiner Iris, die heftig brannten. Von meiner Spiegelung in der Rüstung ging Macht aus, und ich keuchte auf, als eine riesige Welle hinter mir auftauchte. Mit einem kleinen Lächeln streckte mein Spiegelbild beide Handflächen aus. Ich erstarrte, weil mir bewusst war, dass ich meine Hände nicht bewegt hatte, und dann erhob sich die Welle über den Kopf des Spiegelbildes und brach aus der Rüstung heraus.

Ich keuchte auf, als sie mich kalt und hart traf, dann taumelte ich rückwärts und Ikarus schrie, als ich mit ihm zusammenstieß und das Wasser um uns herum rauschte.

»Was hast du getan?«

»Ich… ich habe nur…« Ich spürte, wie er mich von hinten in die Höhe zog und auf die Füße stellte. Ich drehte mich um und packte ihn, dann bemerkte ich dunkelgrüne Flecken auf seinem Arm. »Was ist das?«

»Ich weiß nicht, eine der Phiolen ist zerbrochen, als du hingefallen bist und mich angestoßen hast.«

»Hast du den Rost?« Das Wasser um uns herum wurde ruhiger, aber wir hatten schon viel Lärm gemacht. Wir mussten aus dem Turm herauskommen.

»Ja. Kannst du das Wasser loswerden?«

Ich konzentrierte mich, um das Wasser zu vertreiben. Langsam begann es zu versiegen. Ikarus rannte zur Tür, riss sie auf und wir rannten die Treppe hinunter, während der kleine Feuerball hinter uns herschwebte. Sobald wir draußen waren, rannten wir weiter in Richtung Pegasusturm und hielten erst an, als wir im Schlepper waren.

»Wir sollten zurück in unsere Zimmer gehen«, keuchte Ikarus. »Sie werden wissen, dass jemand im Turm war.«

»Hier oben würden sie nicht suchen«, keuchte ich, »und wir müssen überprüfen, ob wir das Richtige haben. Wie gehts deinem Arm?« Ich brach ab, als ich auf die Stelle mit den grünen Flecken schaute. Ikarus gesamter Unterarm war jetzt mit einer fleckigen dunkelgrünen Substanz bedeckt.

»Dora, warum sieht mein Arm so aus?«, sagte er langsam und hielt ihn hoch.

»Was stand auf dem Etikett des Fläschchens?«, fragte ich.

»Ich weiß nicht, da waren so viele«, sagte er mit leichter Panik in der Stimme.

»Tut es weh?« Er schüttelte den Kopf.

»Es juckt ein bisschen.«

»Okay, wir waschen es ab, sobald wir können.« Die Türen des Lifts öffneten sich und wir traten in den Korridor hinaus.

»Wo kam das ganze Wasser her?«, fragte mich Ikarus.

»Es war so komisch! Da war dieser Brustpanzer und er war wirklich gut poliert und…« Ikarus stürzte zu Boden und schnitt mir damit das Wort ab.

»Ikarus!«, rief ich und ließ mich neben ihn fallen, ohne zu spüren, wie meine Knie auf den Steinboden aufprallten. Er riss seine Augen auf und ich dachte, mein Herz würde stehen bleiben, sah dann aber, dass sie immer noch leuchtend Grün waren. *Es war nicht der Seelenräuber.*

»Dora, warum seid ihr zu dritt?«, murmelte er. Zu dritt? Ich schaute auf seinen Arm, wo sich der grüne Dreck weiter nach oben und unter seinen Ärmel schlängelte.

»Wir müssen das Zeug von deinem Arm waschen«, sagte ich und versuchte, ihn auf die Füße zu ziehen. Aber er war schwer, und seine Flügel machten ihn nur noch schwerer.

»Wer ist das?«, sagte er mit einem halben Lächeln und zeigte über meine Schulter. Ich wirbelte herum, aber da war niemand. »Hallo!«, sagte er fröhlich und winkte.

Es war, als ob er betrunken wäre oder so. Ich musste die Substanz so schnell wie möglich von seinem Arm entfernen.

»Warte hier«, sagte ich zu ihm und lief den Korridor entlang zu den Ställen. Ich lehnte mich über die Tür des ersten Stalls, um zu sehen, ob die Tränke mit Wasser gefüllt war. Das war der Fall, also ging ich hinein, sprach leise mit dem dösenden Pegasus und holte einen Eimer aus der Ecke. Das Tier schlug ein wenig mit den Flügeln und legte sich dann wieder hin. Vorsichtig rannte ich zurück zu Ikarus, wobei ich versuchte, nicht zu viel von dem Wasser zu verschütten.

»Hier«, sagte ich und schob seinen Ärmel hoch. Das grüne Zeug hatte sich jetzt über seine Schulter, auf seine Brust und seinen Rücken ausgebreitet. »Du musst dein Hemd ausziehen.«

»Meine Hemden passen nicht mehr«, sagte er mir. »Seit ich richtige Flügel habe.«

»Ich weiß«, lächelte ich ihn an und legte meine Hände zögernd an den Saum seines Hemdes.

»Was machst du da?«

»Ich muss dir dein Hemd ausziehen, Ikarus.«

»Oh. Früher durfte ich nie ein Hemd tragen.« Seine Augen verfinsterten sich, als er sprach, und er setzte sich schwerfällig auf. »Keine Hemden für einen Jungen mit Babyflügeln.«

»Ikarus, es tut mir leid«, flüsterte ich.

»Nicht deine Schuld. Sie haben mich immer dazu gebracht...« Er packte meinen Arm, und seine Augen waren plötzlich voller Panik.

»Lass mich nicht dorthin zurückgehen, Dora, sie dürfen mich nicht kriegen! Ich muss frei sein!« Mir gingen die Worte aus der Akte durch den Kopf, die ich gesehen hatte. *Gefangen... Seltsame Experimente...* Die

Angst auf seinem Gesicht ließ mein Herz schmerzen, als er einen erstickten Schrei ausstieß.

»Schon gut, schon gut, dein Vater ist jetzt nicht hier«, sagte ich beruhigend und umfasste sein Gesicht mit meinen Händen. Er starrte mich mit seinen großen grünen Augen an. »Lass mich das Zeug von dir abwaschen.« Sein Gesicht entspannte sich plötzlich und sein Arm fiel von meinem herunter. Ich zog ihm das Hemd über die Schulter, zog einen Arm hindurch und riss mir meinen eigenen Kapuzenpulli vom Leib. Ich knüllte ihn zusammen, tauchte ihn in den Eimer und begann, den grünen Schleim abzuwischen. Er sagte nichts, während ich arbeitete, aber ich konnte hören, wie sein Herz raste, als ich mich dichter zu ihm lehnte. Ich achtete darauf, seine Flügel nicht zu berühren, obwohl ich es so sehr wollte. Er hatte mich nie gefragt, ob ich sie anfassen wollte, und es fühlte sich irgendwie nicht richtig an, sie unaufgefordert zu berühren.

Als das ganze grüne Zeug von seiner Haut verschwunden war, ließ ich den Kapuzenpullover in den Eimer fallen und setzte mich neben ihn.

»Wie geht es dir?«, fragte ich. Er drehte sich langsam um und sah mich an.

»Besser. Ich konnte Dinge sehen, von denen ich nicht glaube, dass sie wirklich hier waren und...« Er brach ab.

»Es muss ein Wahnsinnstrank oder so etwas gewesen sein«, sagte ich. Er starrte mich einen Moment lang an. »Woher wusstest du das?«, sagte er leise.

»Was?«

»Das über meinen Vater. Woher wusstest du von

meinem Vater?« Mein Magen krampfte sich zusammen, als ich ihm in die Augen sah. Ich konnte ihn nicht anlügen.

»Ich habe deine Akte gesehen. Auf dem Schreibtisch von Chiron«, gab ich zu. »Ich habe nicht alles gelesen, aber ein paar Sätze habe ich überflogen.«

Es war fast so, als könnte ich sehen, wie die Mauern, die er in den letzten Wochen so mühsam abgebaut hatte, wieder um ihn herum in die Höhe schossen. Seine schönen Augen verhärteten sich und er kniff den Mund zusammen. »Es tut mir leid, Ikarus, ich wollte nicht neugierig sein, ehrlich!«

»Was hast du gelesen?« Seine Worte waren kaum mehr als ein Flüstern.

»Dass dein Vater dich eingesperrt hat und dass Hermes dich gerettet hat. Das ist alles.«

»Das ist alles?«, wiederholte er ungläubig.

»So habe ich das nicht gemeint, oh Gott, es tut mir so leid!« Tränen stiegen mir in die Augen und ich streckte meine Hand nach ihm aus, aber er zog seine eigene aus meiner Reichweite.

»Pandora, ich habe dir vertraut. Warum hast du mir nicht gesagt, dass du etwas so Wichtiges über mich weißt?«

»Ich wollte dich nicht zwingen, darüber zu reden! Ich wollte, dass du es mir erzählst, wenn du bereit dafür bist. Wenn ich zurücknehmen könnte, was ich gesehen habe, würde ich es tun, ich schwöre es.« Er schnaubte.

»Dafür ist es zu spät.« Er stand schwerfällig auf.

»Ikarus, bitte, es tut mir leid.« Er starrte auf mich herab.

»Ich muss nachdenken«, sagte er schließlich und stolperte zum Schlepper.

»Es tut mir leid«, wiederholte ich, während mich Schuldgefühle und Reue immer wieder überkamen. Er blieb stehen und Hoffnung erfüllte mich, als er sich umdrehte.

»Nimm das lieber«, sagte er und warf mir ein kleines Glasfläschchen zu. Ich fing es instinktiv auf. Es war mit rotem Pulver gefüllt. Der Rost. Als ich wieder aufblickte, war er im Schlepper. Ich ließ die Tränen frei über meine Wangen laufen.

ZEHN

Am nächsten Morgen war ich zur Abwechslung mal vor Zali wach. Ich hatte kaum geschlafen, und meine Mitbewohnerin runzelte besorgt die Stirn, als sie mich sah.

»Dora, was ist los? Du siehst...«, sie brach ab.

»Müde? Ich bin nur müde«, log ich. Ich war lange auf dem Pegasusturm geblieben und hatte überlegt, wie ich das, was ich getan hatte, wieder gutmachen konnte. Ikarus brauchte Zeit, das hatte ich schließlich eingesehen. Es gab nichts, was ich tun konnte. Er hatte sein ganzes Leben damit verbracht, zu lernen, anderen nicht zu vertrauen und war schlecht behandelt worden. Und jetzt hatte ich ihm einen Grund gegeben, mir nicht zu vertrauen. Ich konnte nur hoffen, dass er verstehen würde, warum ich ihm nicht gesagt hatte, was ich wusste.

Und in der Zwischenzeit konnte ich mich nicht von dem Dämon oder der Rückgabe der gestohlenen Seelen ablenken lassen. Das *musste* meine absolute Priorität sein.

Ich wusste nur nicht, wie ich es alleine schaffen sollte.

Meine erste Stunde an diesem Morgen war Schwimmen und nicht Fliegen, also musste ich ihn nicht sehen. Ein Teil von mir wollte ihn sehen, aber ein anderer Teil wusste, dass ich ihm nichts zu sagen hatte und fürchtete sich davor, den kalten Blick wiederzusehen, den er mir am Abend zuvor zugeworfen hatte. Der Aufenthalt im Wasser erfrischte mich und befreite mich ein wenig von meiner müden, schweren Angst. Die Schildkröten waren da, und die kleinste schoss sofort zu mir herüber, als Fräulein Alma uns die Erlaubnis gab, zu ihnen hinüber ins Meer zu schwimmen. Als er mich erreichte, stieß er mit dem Kopf gegen meine Hand und seine ausdrucksstarken kleinen Augen fixierten meine. Es war, als wüsste er, dass ich eine harte Nacht hinter mir hatte. Ich lächelte ihn an, und er schlug einen Purzelbaum im klaren blauen Wasser. Ich tat das Gleiche, und unser kleines Spiel heiterte mich auf.

Unsere zweite Lektion würde wahrscheinlich nicht so viel Spaß machen. Agrius stapfte auf den Trainingsplatz, und sein Gesicht war so ernst wie immer.

»Wir gehen raus«, bellte er.

»Raus?« Vronti und Astra traten neben ihn und blickten umher.

»Alle Erstklässler machen heute einen Ausflug«, sagte Astra. Agrius verschränkte mürrisch die Arme hinter ihr. Ein aufgeregtes Gemurmel ging durch die Menge.

»Wohin gehen wir?«, fragte Thom laut.

»Zu den Ställen in Dionysos' Reich, dem Reich des Stiers.« Ein Schauer durchfuhr mich und Tak stieß einen kleinen Ausruf der Erregung aus und packte mich an der Schulter.

»Taureanische Ställe! Weißt du, was für Tiere Dionysos hält?« Seine Augen leuchteten vor Aufregung und ich nickte ihm zu und dachte an meinen Mythologie-Unterricht.

»Ja! Er hält Sphinxen und Chimären und...«

»Beruhigt euch, Leute!«, brüllte Agrius über die Aufregung hinweg. »Ihr werdet heute nichts Gefährliches sehen, ihr seid Erstklässler. Aber Hermes hat beschlossen, dass es euch guttun würde, früher auf eure erste Klassenfahrt zu gehen, also geht es heute schon los.« Er hielt das offensichtlich für keine gute Idee. »Hermes wird uns in fünf Minuten vom vorderen Tempel abholen, also macht euch jetzt auf den Weg dorthin.«

So aufgeregt ich auch war, die Tiere in den Ställen zu sehen, so aufgeregt war ich auch, etwas von Olympus zu sehen. Das Adrenalin schoss durch mich hindurch, als ich der Menge durch den Haupttempel folgte und halb zuhörte, wie Tak die Tiere aufzählte, die wir hoffentlich sehen würden. Würden wir Dionysos sehen? Das Reich des Stiers war das Reich der Baumhäuser. So sehr ich die Unterwasser-Akademie auch liebte, der Gedanke, in einem Wald zu sein und zum ersten Mal seit Monaten wieder einen *Baum* zu sehen, erfüllte mich mit Freude.

Und meine Aufregung war berechtigt.

Als wir den vorderen Tempel erreichten, schnippte Hermes mit seinen Fingern und plötzlich waren wir von Bäumen umgeben. Und die Bäume im Reich des Stiers waren nicht bloß irgendwelche Bäume. Sie waren *riesig*. Ich verrenkte mir den Hals und versuchte, alles zu erfassen. Dunkelbraune Stämme ragten aus dem erdigen Waldboden, auf dem wir standen, und in den langen, robusten Ästen ruhten Holzhütten. Die Hütten waren mit bunten, wirbelnden Mustern bemalt, einige sogar in die Stämme der Bäume geschnitzt, und winzige tanzende Lichterketten beleuchteten die Bereiche, die von riesigen grünen Blättern beschattet wurden. Ich atmete tief ein, sog den würzigen Geruch der Erde ein und lauschte dem Rascheln der Blätter und dem Knacken der Zweige. Die Wärme der Lichtstrahlen, die durch das Blätterdach des Waldes fielen, umschmeichelte mein Gesicht und es fühlte sich wunderbar an.

»Willkommen im Reich des Stiers«, sagte eine weibliche Stimme, und wir schauten alle nach links. Eine zierliche Frau, wahrscheinlich in ihren Zwanzigern und kaum 1,50 m groß, lächelte uns an. Sie trug ein wunderschönes fließendes weißes Kleid und einen silbernen Kranz mit zarten grünen Blättern in ihrem warmen braunen Haar. »Ich bin Prinzessin Morea aus dem Haus Augeas.« Ich atmete tief durch und schaute Tak an. Er grinste mich an. Eine echte Prinzessin?

»Die Prinzessin wird uns zu den königlichen Ställen führen«, grunzte Agrius. »Bleibt zusammen, lauft nicht weg und tut, was man euch sagt.« Die Prinzessin lächelte ihn an und gestikulierte in Richtung eines Baumstamms, der so breit war wie mein Haus.

»Kommt bitte hier rüber.« Wir bewegten uns alle eifrig auf den Baum zu.

»Ist das der Palast?«, fragte jemand in der Nähe von Prinzessin Morea.

»Nein. Diese Hütten sind Teil des Königreichs Augeas. Der Palast ist viel höher oben in den Bäumen«, antwortete sie leise.

»Können wir ihn sehen?« Sie stieß ein trillerndes Lachen aus und Agrius schnaubte.

»Weißt du, wie schwer es ist, eine Einladung in einen taureanischen Palast zu bekommen?«, sagte er und rollte mit den Augen. »Viel Glück dabei.« Die Prinzessin hob eine Augenbraue und wandte sich wieder dem Schüler zu.

»Einladungen sind exklusiv, das ist wahr. Aber du musst immer die Hoffnung bewahren. Man weiß ja nie.« Ihre Augen leuchteten. Sie wandte sich dem Baumstamm zu und sagte etwas in einer Sprache, die ich nicht verstand, und dann begann eine längliche Form im Holz zu leuchten, die eine Tür bildete. »Wir haben hier viele

Kreaturen, und sie sind alle unberechenbar, also haltet euch bitte an die Regeln. Betretet nicht die Gehege. Klopft oder schreit nicht und stört die Tiere nicht auf andere Weise. Und benutzt keine Magie in ihrer Nähe.« Alle nickten.

»In einer Stunde treffen wir uns alle wieder hier«, rief Agrius, und wir folgten Prinzessin Morea in den Baum.

»Die Gehege der Tiere sind ringförmig an der Außenseite des Baumstamms angeordnet«, erklärte die Prinzessin, als wir durch den schwach beleuchteten Waldgang gingen. »Wir sehen sie von der Mitte des Baumes aus, so dass wir sicher sind und sie doch beobachten können.« Das ergab Sinn, dachte ich. »Die gefährlichsten Kreaturen werden woanders gehalten, das sind nur die, die mein Vater, der König, euch heute zeigen möchte.« Ich dachte an die Zoos in meiner Heimat und hoffte, dass es den Tieren nichts ausmachte, hier ausgestellt zu werden. Als hätte die Prinzessin meinen Gedanken gehört, fuhr sie fort. »Nachts können sie sich frei im Wald bewegen und tagsüber kommen sie freiwillig zurück, um gefüttert zu werden. Man kümmert sich gut um sie.« Sie wurde langsamer und sprach ein weiteres Wort in der seltsamen Sprache. Die Rinde, die eine Mauer um uns herum bildete, begann sich zu heben und ich keuchte auf, als dahinter Glas zum Vorschein kam. Wir standen neben einem riesigen Gehege, das einem Löwengehege glich. Alle, auch ich, begannen, das Gehege nach einem Tier abzusuchen.

»Es ist wichtig, daran zu denken, dass viele der Kreaturen, die wir hier halten, inzwischen weiterentwickelte Formen haben, die ein empfindungsfähiges Leben unter den Bürgern von Olympus führen. Wir halten hier nur wilde, unentwickelte Kreaturen. So gibt es zwar viele Harpyien, Greife oder Telkhine, die im Olymp leben, aber genauso viele, die in der Wildnis leben und nichts von ihren weiterentwickelten Gegenstücken wissen.«

Ein dumpfer Schlag lenkte meine Aufmerksamkeit von der Prinzessin auf das Gehege. Ein riesiges Tier sprang von einem Pferch herunter, wo es sich in einem gewundenen, belaubten Baum versteckt hatte. Es hatte zwar den Körper und die Gliedmaßen eines Löwen, aber den Kopf eines gemein aussehenden Adlers. Ein hakenförmiger, vergilbter Schnabel ragte unter harten, schwarzen Augen hervor und leuchtend hellbraune Flügel schlugen auf seinem Rücken aus.

»Das ist ein Greif«, sagte Prinzessin Morea. Ich beobachtete ihn wie gebannt, als er sich an das Glas heranpirschte und den Kopf neigte. »Ihr könnt euch gern frei hier umsehen und die anderen Tiere anschauen. Ich bin hier, wenn ihr irgendwelche Fragen habt.«

»Komm schon!«, sagte Tak und zog mich am Arm, während die Schülerinnen und Schüler in beide Richtungen eilten und dabei einen gesunden Abstand zum Glas einhielten.

Ich ließ mich von ihm zum nächsten Gehege ziehen und hielt dann an, um zu sehen, was sich darin befand.

Er war mit Sand gefüllt und sah leer aus, bis auf ein staubiges Steingebäude auf der Rückseite. Wir beobachteten die dunkle Tür in der Steinhütte, aber es passierte nichts.

»Ich kann nicht glauben, dass wir hier sind, im Reich des Stiers«, sagte ich.

»Ich kann nicht glauben, dass wir gleich eine Sphinx sehen könnten!«, antwortete Tak. Schließlich seufzten die beiden Schüler, die immer noch mit uns warteten, laut und gingen weiter. »Wir sollten wohl aufgeben«, sagte Tak.

»Ich denke schon.«

Wir gingen schnell zum nächsten Gehege und ich stieß unwillkürlich einen kleinen Schrei aus. Das Becken war bis zur Hälfte des Glases mit Wasser gefüllt, und von der Oberfläche stieg Dampf auf. Auf dem trockenen und dunklen, felsigen Ufer des Beckens lag das hässlichste Ding, das ich je gesehen hatte. Es sah aus wie ein Hund, nur dass es Flossen hatte, die in seltsamen Schwimmhäuten endeten, und einen Schwanz wie ein Seehund. Es döste, sein knochiger Rücken war mit verfilztem Fell bedeckt.

»Was ist das?«, hauchte ich.

»Ein Telkhin!«, sagte Tak aufgeregt. »Die weiterentwickelten Versionen arbeiten in Hephaistos Schmieden und machen richtig coole Sachen für die Götter, wie Hades Unsichtbarkeitshelm.«

»Hades hat einen Unsichtbarkeitshelm?«

»Ja. Wie kannst du das nicht wissen?« Tak schüttelte ungläubig den Kopf. »Jedenfalls sind sie wirklich tolle

Schmiede.« Ich schielte auf die Finger mit den Schwimmhäuten.

»Wie das?« Tak zuckte mit den Schultern.

»Ich weiß es nicht«, sagte er. »Sie sind es einfach.«

Wir gingen weiter um den Stamm des Baumes herum und sahen in etwa der Hälfte der Ställe Tiere, und die meisten von ihnen schliefen. Da war ein Pegasus, der dreimal so groß war wie Peto. Seine riesigen weißen Flügel füllten den ganzen Stall aus, während er in der Mitte schlief, und ich fragte mich, wie glücklich er auf so engem Raum war. Schließlich kamen wir zu dem Greif zurück, der an der Scheibe auf und ab lief.

»Was haltet ihr von den Ställen?«, fragte uns die Adelige.

»Sie sind toll!«, strahlte Tak. Sie lächelte ihn an und sah mich an.

»Ich... Ähm...« Ich war mir nicht sicher, was ich sagen sollte. Sie waren unglaublich, sicher, aber die Gehege schienen so *klein zu sein.* »Haben die Tiere genug Platz?«, schoss es aus mir heraus. Tak erstarrte neben mir und Prinzessin Morea hob die Augenbrauen.

»Ja, natürlich haben sie das. Ich werde es euch zeigen«, sagte sie und bedeutete uns, ihr zu folgen. Tak stieß mich mit dem Ellbogen an, als wir uns auf den Weg machten, und sah mich böse an. Ich schätze, man sollte ein Mitglied der königlichen Familie nicht herausfordern. »Hier«, sagte sie und blieb vor dem leeren, mit Sand gefüllten Pferch mit dem Steinbau auf der Rückseite stehen. Sie legte ihre Hand gegen das Glas und flüsterte unhörbar. Etwas bewegte sich im Inneren der Steinhöhle. »Das ist Sting. Er ist der Lieblingsmantikor von Dionysos.« Mein Herz begann in meiner Brust zu hämmern, als ein schlanker Löwe aus der Höhle schlich. Würde das meine Chance sein, eine Mantikor-Feder zu bekommen? Riesige schwarze Krallen säumten die Vorderseite seiner Pfoten und hinter ihm erhob sich ein geschuppter Schwanz, der in einem glühend roten Stachel endete, wie der eines Skorpions. »Er ist etwas Besonderes, da Mantikore normalerweise Flügel haben.«

Keine Flügel. Meine Aufregung verflog augenblicklich.

»Also keine Federn«, sagte ich leise. Die Prinzessin drehte sich mit einem kleinen Stirnrunzeln zu mir um.

»Nein. Aber er kann gehen, wann immer er will. Durch die Rückseite der Steinhöhle. Aber er entscheidet sich dagegen. Die Kreaturen sind hier nicht unglücklich.« Die Augen des Mantikors trafen meine durch das Glas und er schnippte träge mit der Zunge, die aus seinem Maul hing, und zeigte mir seine messerscharfen Zähne, während er näherkam. Der rote Stachel pulsierte mit einem glühenden Licht.

»Er ist wunderschön«, sagte ich.

»Das ist er, nicht wahr?«, seufzte die Prinzessin, wandte sich von mir ab und blickte liebevoll zu Sting. »Und schlau, für ein wildes Tier.«

»Was isst er denn?«, fragte Tak enthusiastisch.

»Fleisch«, antwortete sie einfach und warf ihm einen Seitenblick zu.

»Oh«, antwortete er und hoffte offensichtlich auf

eine blutigere Antwort. Ein Gedanke kam mir in den Sinn.

»Gibt es hier noch andere Mantikore?«, fragte ich.

»Ja. Da sind zwei. Sie schlafen tagsüber, deshalb überrascht es mich nicht, dass ihr sie nicht gesehen habt.«

»Haben sie Flügel?«, fragte ich hoffnungsvoll.

»Ja...«, antwortete sie und ihre braunen Augen funkelten, als sie mich anschaute. »Warum?«

»Ich brauche eine Mantikor-Feder«, sagte ich schnell.

»Du brauchst was?«, wiederholte Tak und verzog das Gesicht.

»Für den Unterricht in Fortgeschrittene Magische Objekte«, log ich schnell. Keiner meiner Freunde war mit mir in dieser Klasse, also war es eine glaubwürdige Lüge. Prinzessin Morea legte ihren Kopf schief und betrachtete mich.

»Eine Mantikor-Feder kann für viele Dinge verwendet werden, glaube ich«, sagte sie. »Ich habe die Akademie ebenfalls besucht, weißt du«, fügte sie mit einem kleinen Lächeln hinzu.

»Wirklich?« Tak starrte sie an.

»Natürlich. Nicht die, die ihr besucht. Könige und Adlige werden an einen Ort geschickt, der...«, sie machte eine Pause, »angenehmer ist«, beendete sie ihren Satz. »Aber ich erinnere mich an den Unterricht in Zaubertränke und Magische Objekte. Was willst du mit einer Mantikor-Feder?« Ich schluckte, als Tak sich ebenfalls zu mir umdrehte.

»Nichts Besonderes. Ich habe nur gelesen, dass sie nützlich sein können«, sagte ich so beiläufig, wie ich konnte.

»Hmmmm«, sagte sie. »Nun, zufälligerweise wird einer der Mantikorställe in ein paar Minuten leer sein, um gereinigt zu werden. Deine Klasse muss aber zur gleichen Zeit gehen. Aber... wenn ein Schüler schnell genug wäre und wüsste, dass er genau fünf Stände rechts von hier ist, könnte er sich vielleicht hineinschleichen und eine heruntergefallene Feder schnappen...« Sie zwinkerte mir kurz zu und ging davon, bevor ich mich bedanken konnte. Ich bog nach rechts ab, in die Richtung, in die sie gezeigt hatte.

»Was ist hier los?«, fragte Tak und lief mir hinterher, als ich anfing, den Korridor entlangzurennen.

»Nichts, ich will nur eine Feder.«

»Ich schätze, sie sind ziemlich cool, aber sind sie es wert, zu spät zu kommen und Ärger mit Agrius zu bekommen?« Eine weitere Zutat für den Zaubertrank in die Hände zu bekommen, war es wert, Ärger mit Agrius zu bekommen, aber das konnte ich Tak nicht sagen. Stattdessen zuckte ich mit den Achseln.

»Warum nicht? Er hasst mich doch jetzt schon.«

»Das ist wahr.«

KAPITEL
ELF

Wir wurden langsamer, als wir den Pferch fünf Türen weiter erreichten. Es waren keine anderen Schülerinnen und Schüler in der Nähe, denn sie waren alle auf dem Weg zurück zum Treffpunkt vor dem Baum. Als ich vor dem Pferch stand, hob sich die Scheibe vor dem Stall langsam.

»Bist du dir sicher, dass du da rein willst? Was ist, wenn der Mantikor noch da drin ist?«, sagte Tak besorgt.

»Dann würden sie ihn nicht öffnen, wenn noch Schüler hier sind«, sagte ich und ging ein paar Schritte näher heran. »Bleib hier und steh Schmiere. Wenn jemand kommt, um den Käfig zu reinigen, denk dir eine Ablenkung aus.«

»Okay«, antwortete er und schaute den Korridor auf und ab.

. . .

Ich rümpfte die Nase, als ich hineintrat, denn der Geruch der Tiere hier war viel stärker als in den Pegasus-Ställen, an die ich mich gewöhnt hatte. An der einen Wand des Stalls wuchs ein Baum, genau wie bei den Greifen, und auf der anderen Seite gab es eine Reihe von großen, sandigen Felsen. Auf der Rückseite befand sich eine felsige Höhle, deren Eingang dunkel und still war. Als ich sicher war, dass ich keine Bewegung sehen konnte, trat ich auf den Sand. Ich begann, den Boden nach Federn abzusuchen. Da waren kleine Steine und Dinge, die verdächtig nach Knochen aussahen, und ein paar Blätter und Klumpen von Schlamm und Dreck, aber ich konnte keine Federn sehen.

Ich ging zum Fuß des Baumes und schaute an den Ästen hoch, in der Hoffnung, dass sich vielleicht eine Feder beim Klettern verfangen hatte. Zu meiner Enttäuschung konnte ich aber nur grüne Blätter sehen. Plötzlich gab es ein lautes Klicken und ich riss meinen Kopf herum, um zu sehen, wie die Glasfront des Geheges sich materialisierte. Ich erstarrte und wusste nicht, was passiert war. Warum hatte sich die Stalltür geschlossen? Und wo war Tak?

Ich wartete ein paar Sekunden und hielt im Korridor hinter dem Glas nach Tak Ausschau, aber er war schon weg. Alles, was ich sah, war ein silberner Blitz, der um die Biegung verschwand. Waren es Astra oder Vronti, die silberhaarigen Zwillinge? Ein Rascheln hinter mir ließ mich wieder herumwirbeln. Das Blut in meinen Adern gefror zu Eis. Rote Augen leuchteten aus dem Inneren der Höhle.

. . .

Angst durchflutete mich, als eine riesige Pfote auftauchte und meine Augen richteten sich auf die tödlich scharfen, schwarzen Krallen eines Mantikors. Wie konnte er noch hier drin sein? Das Gehege war offen gewesen! Ich machte einen wackeligen Schritt rückwärts. Ich musste hier raus. Ich brauchte Hilfe. Ich machte noch einen Schritt, schneller, als ein gehörnter Löwenkopf der Tatze aus der Höhle folgte. Ich stieß einen kleinen, unwillkürlichen Schrei aus, als ich mit dem Rücken gegen das Glas stieß und die Kreatur erstarrte. Ihre Augen waren auf mich gerichtet. Ich war zu verängstigt, um meinen Blick von dem Mantikor abzuwenden, und schlug mit der Faust gegen die Scheibe hinter mir, erst leicht, dann immer fester, als das Tier langsam auf mich zukam. Als es aus der Höhle auftauchte, stockte mir der Atem. Es hatte keine Flügel.

»Sting?«, flüsterte ich. Er hielt wieder inne und legte den Kopf leicht schief. »Wie bist du hier reingekommen?«, murmelte ich und versuchte, meine Stimme nicht zittern zu lassen, während ich immer noch an die Scheibe klopfte. Ich hatte keine Ahnung, ob auf der anderen Seite jemand war. Sicherlich hatte Tak Hilfe geholt?

Der Blick des Mantikors huschte zu meinen Händen und der blitzende Skorpionstachel ragte hoch über seinem Rücken auf, während er seine Zähne fletschte. Ich erstarrte und hörte auf zu klopfen. Der Stachel senkte sich, und das Knurren wurde leiser.

»Okay, dann mache ich das nicht mehr«, hauchte ich. »Warum bist du nicht draußen im Wald?«, sagte ich und versuchte, mit der gleichen beruhigenden Stimme zu sprechen wie mit Peto. Das Biest kam langsam und ohne zu blinzeln auf mich zu. Ich warf einen Blick zu dem Baum hinauf. Könnte ich vor ihm dort oben sein? Das bezweifle ich, dachte ich. Er konnte bestimmt viel schneller klettern als ich. Sting machte einen weiteren Schritt und war jetzt weniger als einen Meter von mir entfernt. »Du willst mich doch nicht fressen«, sagte ich und schenkte ihm ein schwaches Lächeln. »Du bist doch heute schon gefüttert worden, oder?«

Bitte, bitte, bei den Göttern, lass ihn heute schon gefüttert worden sein, betete ich. Vielleicht könnte ich um ihn herumgehen, zur Höhle und auf diesem Weg hinaus? Er machte noch einen Schritt auf mich zu.

Das Adrenalin schoss durch mich hindurch. Der Raum war zu trocken und meine Kraft sprudelte nicht mehr so wie in der Unterwasserakademie in mir herum. Ich war mir des Wassers in der Telkhine-Bucht ein paar Gehege weiter bewusst, aber ich konnte es nicht aus der Bucht holen und benutzen. Konnte ich genug aus dem Nichts herbeizaubern, um mir nützlich zu sein? Hitze kribbelte auf meiner Haut, als Sting einen weiteren langen Schritt auf mich zu machte. Er war jetzt nur noch einen halben Meter entfernt, und sein massiger Kopf und seine blitzenden roten Augen waren auf mich gerichtet. Ich hob eine zitternde Hand und rief einen Feuerball herbei. Er explodierte über mir und Sting blieb stehen, seine Katzenaugen bewegten sich zu dem knisternden Ball.

Die Worte der Prinzessin erklangen in meinem Kopf. *Verwende keine Magie in der Nähe der Kreaturen.* Hatte ich gegen die königlichen Regeln verstoßen? Was würde mit mir passieren, wenn ich nicht von Sting gefressen würde? Das waren doch sicher außergewöhnliche Umstände, dachte ich verzweifelt, als der Mantikor seinen Blick von dem Feuerball abwandte und wieder auf mich richtete. Er hob eine Pfote vom Boden ab und verringerte den Abstand zwischen uns noch weiter. Ich schwitzte jetzt, sowohl vor Angst als auch wegen der aufsteigenden Hitze, die mich zu verschlingen begann. Ich wollte, dass der Feuerball über mir größer wurde, aber Sting sah ihn nicht mehr an. Ich wollte ihn nicht verletzen, das wollte ich wirklich nicht. Aber...

»Ganz langsam jetzt!« Eine wohlklingende Männerstimme schallte durch den Raum und Sting drehte seinen Kopf zur Höhle herum. Ein älterer Junge mit weichen braunen Haaren und warmen braunen Augen kroch aus der Höhle, mit einem großen Sack in der linken Hand. »Wenn er gewollt hätte, hätte Sting dich schon getötet. Wenn du einen Feuerball nach ihm wirfst, wird er dich *definitiv* töten.«

»Ich bin mir ziemlich sicher, dass er mich sowieso fressen wird«, flüsterte ich.

»Nein, er frisst keine Menschen, wenn er haben kann, was ich hier habe«, grinste der Junge und winkte dem Mantikor mit dem Sack zu. Sting schaute zwischen mir und dem Sack hin und her und wandte sich dann dem Jungen zu. Dieser zog einen riesigen Klumpen rohen Fleisches aus dem Sack und warf ihn auf den höchsten der großen Sandfelsen. Ich hielt den Atem an, während der Mantikor dem Fleisch hinterher sprang. Er überwand die Entfernung leichtfüßig. Der Feuerball verpuffte, während ich erleichtert zusammensackte.

»Siehst du?«, grinste der Junge, als Sting sich flach auf den Felsen fallen ließ und seine riesigen Zähne in das Fleisch bohrte. »Gut, dass ich heute Putzdienst habe, jeder andere hätte ihn vielleicht mit dir spielen lassen. Was machst du denn hier drin?«

»Ich... Ich war hier drin gefangen. Das Glas...«, stammelte ich und drückte meine verschwitzten Handflächen flach gegen die Scheibe hinter mir. Das war viel, *viel* zu knapp gewesen.

»Sting sollte in seinem Stall eingeschlossen sein, wenn Schüler hier sind«, sagte der Junge stirnrunzelnd. »Na ja, ist ja nichts passiert. Komm schon. Wenn du zu der Schulklasse gehörst, müssen wir uns beeilen.« Er hielt mir seine Hand hin und ich stieß mich nervös von der Scheibe ab und sah Sting an. »Keine Sorge, er wird dich ignorieren«, sagte der Junge. Und das tat er auch, als ich durch den Raum schlich und erleichtert die Hand des Jungen ergriff.

»Wer bist du?«, fragte ich, als er mich in die dunkle Höhle zog.

»Prinz Phyleus«, kam seine Stimme zurück, als wir durch die Dunkelheit krochen. »Du hast wahrscheinlich schon meine Schwester getroffen.«

»Prinz?«, schrie ich halbherzig auf und meine Stimme hallte vom Felsen wider. Er lachte.

»Ja. Keine Sorge, ich werde niemandem erzählen, was passiert ist. Ich bin auch ständig in Schwierigkeiten«, sagte er, als unsere Umgebung sich langsam erhellte und ich den Ausgang der Höhle sah.

Wir traten auf den schmutzigen Waldboden und richteten uns schnell auf. Ich zog meine Hand unbeholfen zurück und strich über meine nackten Knie, die vom Stein der Höhle aufgeschürft und zerkratzt waren.

»Vielen Dank, dass du mich gerettet hast«, sagte ich mit meiner förmlichen Stimme, ohne ihm in die Augen sehen zu können.

»Keine Sorge. Vielleicht bist du in Zukunft vorsichtiger in der Nähe von tödlichen wilden Tieren«, sagte er fröhlich. Ich schaute zu ihm auf. Er grinste. »Deine Klasse ist auf der anderen Seite des Baumes versammelt. Du solltest dich besser beeilen.« Ich nickte.

»Danke«, sagte ich wieder und lief in die Richtung, in die er deutete.

Als ich den riesigen Baumstamm umrundete, begegnete ich Taks erleichtertem Gesichtsausdruck mit einem wütenden Blick. Er sah schuldbewusst aus und öffnete den Mund, als ich neben ihm zum Stehen kam. Der Rest der Klasse stand in einer Gruppe zusammen, sah zu mir herüber und murmelte.

»Pandora?«, brüllte Agrius, bevor Tak etwas sagen konnte. Ich zuckte zusammen. »Wo bist du gewesen?

Ich habe allen gesagt, dass wir uns hier vor zehn Minuten treffen sollten! Auch du!« Ich drehte mich um, als der wütende Mann auf mich zu stapfte und die anderen Schüler in alle Richtungen davonliefen. Astra und Vronti starrten mich beide an, kalt und ausdruckslos.

»Ich... ähm... ich habe mich verlaufen«, sagte ich lahm. Agrius blickte auf mich herab.

»Nachsitzen. Du wirst nach deiner letzten Stunde Runden auf dem Trainingsgelände drehen müssen.« Ich unterdrückte mein Stöhnen, bevor es mir entwich, denn die Augen des Lehrers blitzten vor Wut.

»Ja, Professor«, sagte ich stattdessen und blickte ruhig zurück.

»Wo in Zeus' Namen warst du?«, zischte ich Tak zu, als Agrius davon gestampft war.

»Ich weiß nicht, was passiert ist! Ich habe Wache gehalten, wie du gesagt hast, und dann hörte ich deine Stimme, die mich vom Korridor her rief. Als ich zurück in den Stall schaute, konnte ich dich nicht sehen, also folgte ich der Stimme und wurde dann mit den anderen Schülern von Agrius und der Prinzessin eingesammelt. Ehrlich, Dora, es tut mir so leid.« Seine flehenden Augen verrieten mir, dass er nicht log, und ich entspannte mich etwas.

»Jemand hat dich ausgetrickst«, knurrte ich. »Und ich glaube, es war einer von ihnen.« Ich nickte in Richtung der Zeus-Zwillinge.

»Astra und Vronti? Nein, die sind zu brav. Was ist eigentlich passiert? Hast du die Feder bekommen?«

»Nein«, seufzte ich und sah ihn an.« Ich werde dir beim Abendessen erzählen, was passiert ist, wenn Zali und...« Ich zögerte und dachte an Ikarus. Würde er sich beim Abendessen zu uns setzen? Ich bezweifelte es. »Wenn Zali und die anderen dabei sind«, beendete ich. »Obwohl ich nicht sicher bin, ob du mir glauben wirst.«

ZWÖLF

Nachdem Hermes uns zur Akademie zurückgebracht hatte, wurde uns gesagt, dass es für das Mittagessen im Haupttempel zu spät sei, und wir bekamen Sandwiches, die wir zu unserer nächsten Stunde mitnehmen sollten. Die anderen warfen mir ein paar böse Blicke zu, weil ich sie um ihre Mittagspause gebracht hatte, und ich hielt entschuldigend den Kopf gesenkt.

In Fortgeschrittene Magische Objekte besprachen wir Methoden zum Aufspüren von verfluchten Gegenständen, und obwohl mich das normalerweise interessierte, konnte ich mich nicht auf das konzentrieren, was Professor Fantasma sagte. Wer hatte mich in diesem Gehege eingesperrt? Und hatten sie gewusst, dass Sting frei herumlief, oder war das nur ein Zufall gewesen? Es kann kein Zufall gewesen sein, dachte ich mir. Jemand hatte Tak weggelockt. Und wieso hatte er mich oder die Glasfront nicht gesehen? Dazu brauchte man schon starke telepathische Kräfte. Mein Blick fiel auf Astra, die dem Lehrer aufmerksam zuhörte. Ich war mir sicher, dass ich Silber gesehen hatte. Die Zwillinge waren sehr gut in Telepathie und in jedem anderen Fach auch. Aber sie hatten keinen Grund, mir etwas anzutun. Wenn mich jemand mit einem Mantikor in eine Falle locken wollte, dann war es Arketa.

Mein letzter Kurs war Wasserkunde und ich konzentrierte mich darauf, allen aus dem Weg zu gehen und niemanden nass zu machen. Das Adrenalin brummte immer noch in mir und ich traute mich nicht, mich dem Wasser zu öffnen, das uns umgab. Dasko runzelte ein wenig die Stirn über meine kleinen Strudel, als er kam, um zu sehen, wie ich mich anstellte, aber zum Glück fragte er nicht, was los war.

»Achtung, bitte!«, rief er gegen Ende der Stunde. »Eure Prüfungen für das zweite Semester werden in zwei Monaten von Hermes beaufsichtigt.« Wenigstens kam Zeus dieses Mal nicht.

»Ich weiß, dass wir einen etwas schockierenden Start in dieses Semester hatten, aber die Götter sind bestrebt, die hohen Erwartungen an die Akademie aufrechtzuerhalten. Jeder, der zu viele der Prüfungen nicht besteht, wird gebeten, die Akademie zu verlassen.«

Meine Haut schien sich an meinem ganzen Körper zu straffen, als die Angst mich durchströmte. *Geh und wandere für immer allein durch die Welt der Sterblichen.* Ich durfte nicht versagen.

»Wenn ihr zusätzliche Hilfe braucht, wendet euch bitte an eure Lehrer. Dafür sind wir ja da«, sagte er zum Schluss. Seine Augen ruhten auf meinen. Was er meinte, war klar. Ich brauchte mehr Hilfe. Der Gong ertönte und ich stieß einen Seufzer aus, als die anderen Schülerinnen und Schüler ihre Taschen packten und aus dem Raum strömten. Ich stapfte zu Dasko hinüber.

»Ich schätze, ich brauche Nachhilfeunterricht«, murmelte ich.

»Ich habe diesen Sonntag wieder Zeit, wenn du willst«, lächelte er mich an.

»Ja. Klar«, seufzte ich. Dasko schaute zu dem letzten Schüler hinüber, der den Wasserraum verließ.

»Sei nicht so traurig, Pandora, du brauchst die zusätzlichen Stunden nur, weil du das Potenzial hast, sehr mächtig zu sein. Das ist eine gute Sache.«

»Es fühlt sich nicht so an«, brummte ich. »Und die anderen Schüler hassen mich immer noch.« Ich überlegte, ob ich ihm sagen sollte, dass ich dachte, einer von ihnen hätte versucht, mich zu töten, aber das klang zu dramatisch. Ich wusste ja nicht, ob es einfach ein Unfall war.

»Arbeite einfach hart, das wird es sich auszahlen«, sagte er. Sein Blick war sanft und beruhigend.

»Das werde ich«, sagte ich. »Und ich danke dir. Dafür, dass du deine Zeit für mich opferst.«

»Gern geschehen.«

· · ·

Als ich zu meinem Nachsitzen mit Agrius auf dem Trainingsplatz ankam, war er schon da und warf Speere auf ein großes Übungsziel.

»Du bist schon wieder zu spät, Pandora«, sagte er.

»Ich musste mit Professor Dasko sprechen«, antwortete ich.

»Zieh dich um und lauf zwanzig Runden«, grunzte er. Ich starrte auf seinen riesigen Rücken, als er sich wieder dem Ziel zuwandte, und stapfte dann zu den Umkleideräumen.

Ich war am Verhungern, als ich damit fertig war, im Kreis um den Trainingsplatz zu laufen. Ich zog mich nicht einmal um, sondern ging direkt in den Haupttempel und betete, dass noch Hotdogs übrig waren. Ich schwankte leicht, als ich unseren üblichen Platz am Esstisch erreichte, denn Ikarus' Abwesenheit war wie ein Schlag in die Magengrube. Vielleicht hatte er sich nur verspätet, so wie ich, dachte ich, aber tief in mir wusste ich, dass er nicht kommen würde.

»Dora! Tak hat uns erzählt, was vorhin passiert ist, wir wollen unbedingt den Rest hören!«, rief Zali, als sie mich sah. Ich setzte mich neben sie und sie runzelte die Stirn. »Warum hast du dich nicht umgezogen?«

»Zu hungrig«, sagte ich und beugte mich vor, um Brötchen und Würstchen auf meinen Teller zu legen.

»Wo ist Ikarus?«, fragte Tak und sah sich um.

»Wir, ähm, haben uns gestritten«, murmelte ich und sah ihn nicht an.

»Wirklich? Weswegen?«

»Egal. Er nimmt sich nur ein bisschen Zeit. Zum Nachdenken.« Meine Stimme versagte für einen Moment und ich nahm mir einen Hotdog und schob ihn mir in den Mund, bevor ich oder jemand anderes noch mehr sagen konnte. Tak öffnete den Mund, um zu sprechen, aber Zali unterbrach ihn schnell.

»Also, im Mantikor-Gehege, was ist da passiert? Und warum willst du eine Feder?«

Zwischen Bissen erzählte ich ihnen von Sting und wie ich nur knapp dem Tod entronnen war.

»Ein Prinz? Du hast einen echten Prinzen getroffen? Meine Güte, Dora, du hast so ein Glück!«, rief Zali, als ich fertig war.

»Glück?« Ich starrte sie an. »Hast du gehört, dass ich dachte, ich würde bei lebendigem Leibe aufgefressen werden?«

»Ja! Aber ein Prinz hat dich gerettet! Das ist einfach perfekt!«

»Zali, nichts in meinem Leben ist perfekt«, brummte ich.

»Ja, was ist so gut an Prinzen?«, schimpfte Tak. »Und wer hat mich ausgetrickst und das Glas wieder heraufbeschworen?« Ich zuckte mit den Achseln.

»Ich weiß es nicht. Die einzige Person hier, die mich so sehr hasst, dass sie das tun könnte, ist Arketa.«

»Könnte sie es gewesen sein?«

»Ich habe sie nicht gesehen. Und ich glaube nicht,

dass ihre Telepathie gut genug ist, um mich vor Tak zu verstecken.« Wir wurden alle still, als Professor Neos an unseren Tisch schritt. Die Schüler um uns herum wurden still, als er sie anlächelte.

»Pandora«, sagte er und blieb mir gegenüber stehen.

Oh, bei den Göttern. Ich hatte mein Nachsitzen mit ihm verpasst, stellte ich fest, und mein Magen kribbelte.

»Ich war beim Nachsitzen bei Agrius«, stotterte ich. Er zog eine Augenbraue in die Höhe.

»Das ist eine Menge Nachsitzen, junge Dame.«

»Ich weiß«, stieß ich hervor.

»Eine weitere Woche sollte das Nichterscheinen wettmachen.« Ich starrte ihn an.

»Aber...«, fing ich an, aber er lächelte nur und schlenderte in Richtung des Lehrertisches auf dem Podium davon. Ich stöhnte und schloss meine Augen.

»Wie soll ich irgendetwas zustande kriegen, wenn ich zwei Wochen lang jeden Abend nachsitzen muss und mir Dasko am Sonntag Nachhilfe gibt?«

»Tja, jetzt gibt es nicht mehr viel zu tun, außer zu lernen«, sagte Zali mitfühlend. »Nur noch zwei Monate bis zu den nächsten Prüfungen.«

»Ja, ich nehme ein paar Nachhilfestunden bei Fantasma«, sagte Tak. Wir unterhielten uns eine Weile über die Prüfungen und ich fühlte mich ein bisschen besser, weil ich nicht die Einzige war, die zusätzliche Zeit investieren musste.

Nach dem Essen entschuldigte ich mich und ging direkt zu den Bücherregalen, zu dem Abschnitt über das Reich des Skorpions. Ich hatte immer noch keine Informationen über die Feuerrauke gefunden. Ich hatte gehofft, dass Ikarus auch hier sein würde, aber es fehlte jede Spur von ihm. Beim Abendessen hatte ich seine großen schwarzen Flügel nirgendwo im Tempel gesehen und ich machte mir Sorgen um ihn. Wenn er sagte, er brauche Zeit, dann würde ich ihm die geben, sagte ich mir. Das Problem war nur, dass Geduld definitiv *nicht* zu meinen Tugenden gehörte.

DREIZEHN

Bei dem dritten Buch über das Reich des Skorpions, das ich aufschlug, hatte ich Glück.

Feuerrauke wachsen in warmem Wasser und sind sehr schöne, sehr gefährliche Pflanzen.

Ich las weiter und meine müden Augen wurden plötzlich wach, als sie das Bild einer Pflanze mit atemberaubenden orangen und roten Blüten sahen, die wie wilde Flammen schimmerten.

Sie sind selten, weil sie nur für kurze Zeit blühen. Einmal eingepflanzt, brauchen sie vier Wochen zum Wachsen, und blühen dann nur genau zwölf Stunden, bevor sie in Unterwasserflammen aufgehen und aufhören zu existieren.

Meine Hoffnungen sanken und es fühlte sich an, als wäre mein Magen voller Steine. Zwölf Stunden? Ich musste unter die Schule tauchen und nach einer seltenen Pflanze suchen, die nur zwölf Stunden lang existierte? Ich stieß einen langen, unglücklichen Seufzer aus. Das würde nicht einfach werden.

»Geht es dir gut, Dora?«, fragte mich Zali, als ich in unseren Schlafsaal stapfte.

»Ja. Müde von der ganzen Aufregung auf unserem Ausflug«, sagte ich.

»Und... Ikarus?«, fragte sie und setzte sich neben mich auf mein Bett. Ich sah die Besorgnis in ihrem Gesicht und mir stiegen die Tränen in die Augen.

»Ich habe ihn im Stich gelassen«, flüsterte ich und versuchte, die Tränen zurückzuhalten.

»Oh Dora, ich bin sicher, dass du das nicht getan hast«, sagte meine Freundin und warf ihre Arme um mich.

»Das habe ich, Zali. Ich habe ihn angelogen.«

»Worüber?«

»Dinge, bei denen ich hätte ehrlich sein sollen«, murmelte ich in ihr lockiges Haar. Sie zog sich zurück und sah mich einen Moment lang an.

»Ich bin sicher, du hattest einen guten Grund«, sagte sie schließlich mit einem leichten Nicken.

»Du hast zu viel Vertrauen in mich«, sagte ich zu ihr und eine Träne rollte mir die Wange hinunter.

»Sei nicht so. Ich weiß, dass du ein guter Mensch bist. Wenn du also gelogen hast, dann hatte das einen Grund. Ich bin sicher, das wird er merken.«

»Oh, das hoffe ich«, sagte ich ihr und betete, dass die Worte wahr waren.

»Das wird er. Warte nur, morgen sitzt er wieder mit uns beim Abendessen.«

Aber er war nicht da. Und auch am nächsten Tag erschien er nicht zum Mittagessen . Gida gesellte sich zu uns und plauderte über einen Plan, mit dem er und einige ältere Schüler den Keres-Dämon ködern wollten, indem sie den Schutztrank nicht tranken. Ich hatte nur halb zugehört und den Tempel nach Ikarus' Flügeln abgesucht, aber als ich merkte, was er sagte, schenkte ich ihm meine volle Aufmerksamkeit.

»Ist das nicht sehr gefährlich?«, sagte ich.

»Ja, natürlich«, sagte der Satyr mit anschwellender Brust. »Aber wir sind die fortgeschrittensten Schüler hier. Die meisten verbringen nur zwei Jahre an der Akademie. Wir sind schon fast vier Jahre hier.«

»Aber wie willst du den Dämon aufhalten, wenn er kommt?«, fragte Zali besorgt.

»Wir stellen einen Trank her, mit dem wir ihn sehen

können, damit wir ihn aufhalten können, bevor er uns erreicht«, sagte er.

Ich runzelte die Stirn und fragte mich, ob es so etwas wie der Zaubertrank war, den wir herzustellen versuchten. Würden sie wirklich so mutig sein, ihre Schutztränke nicht zu trinken? Was wäre, wenn noch mehr Menschen verletzt oder ihre Seelen gestohlen würden?

»Ich finde, das klingt zu riskant. Es muss einen besseren Köder geben, als den Schutztrank nicht zu trinken«, sagte ich. Der Satyr zuckte mit den Achseln.

»Ja, es gibt viele, aber unser Plan ist am einfachsten und funktioniert am ehesten.« Ich dachte über die Notiz von Neos mit der Liste der Zutaten für den Köder-Trank nach. Sollte ich sie mit den anderen teilen? Wenn sie versuchen würden, den Dämon zu fangen, sollten sie dann nicht auch diese Informationen haben? Ich würde Neos fragen, beschloss ich.

»Wie wollt ihr ihn töten? Wird das die Seelen zurückbringen?«, fragte Tak.

»Das ist der Teil, den wir noch nicht herausgefunden haben«, antwortete Gida. »Wir müssen noch ein bisschen weiterforschen.« Neos hatte gesagt, dass nur ein mächtiger Gott Hades davon überzeugen könnte, die Seelen zurückzugeben, wenn sie den Dämon hätten. Gab es eine andere Möglichkeit, ihn zu töten und die Seelen zurückzubekommen? Ich hoffte inständig, dass Gida und die älteren Schüler bei ihren Nachforschungen etwas herausfinden würden; dass es einen einfacheren, sichereren Weg gab.

»Halte uns auf dem Laufenden«, sagte ich.

• • •

Der Gong läutete zur nächsten Stunde und Tak, Zali und ich standen zusammen auf, um zu Geschichte der Mythologie zu gehen. Mir wurde flau im Magen. Jetzt würde ich Ikarus sehen, ganz sicher. Wir machten uns auf den Weg zu der blau verhangenen Tür und als ich das Klassenzimmer betrat, sah ich sofort seine schwarzen Flügel. Er saß auf der anderen Seite des Raumes und schaute niemanden an. Niemand saß neben ihm. Emotionen durchzuckten mich und ich unterdrückte den Drang, zu ihm hinüberzugehen. *Er hatte mich um Zeit gebeten.* Tak schaute mich an, hielt inne und ging dann zu Ikarus. Ich beobachtete, wie Tak ihm auf die Schulter klopfte und sich neben ihn setzte, woraufhin Ikarus ihm einen Seitenblick zuwarf und dann grunzte.

»Lassen wir den Jungs ein wenig Zeit für sich«, sagte Zali und zog mich sanft in den hinteren Teil des Klassenzimmers. Ich versuchte, nicht verletzt zu sein, weil Ikarus mich nicht einmal ansah. Ich versuchte, mir nichts daraus zu machen, dass es ihm so leichtfiel, mich nicht einmal anzuschauen. Aber ich konnte die Traurigkeit, die mich überkam, nicht aufhalten.

»Hallo, Klasse. Wir werden heute über die Bestrafung durch die Götter sprechen«, sagte Dasko und schlenderte durch den Vorhang nach vorne in den Raum. »Es ist wichtig, dass wir alle verstehen, dass die Götter, egal ob es richtig oder falsch ist, jede Strafe verhängen können, auch wenn sie dem Verbrechen nicht angemessen scheint.« Ich zog meinen Notizblock heraus.

»Nun, Zeus ist der Herr der Olympier, wie ihr alle wisst. Und er benimmt sich nicht immer so, wie seine Frau Hera es sich wünscht. Er ist dafür bekannt, dass er die Aufmerksamkeit auf sich zieht, indem er zu viel Zeit mit Frauen verbringt, die *nicht* seine Ehefrau sind. Und Hera hat sich im Laufe der Jahre einige interessante Methoden einfallen lassen, um diese Frauen zu bestrafen. Als Zeus eine Frau namens Io vor Hera verstecken wollte, verwandelte er sie in eine Kuh. Aber Hera wusste, was er vorhatte, und schickte eine Bremse, die die Kuh jeden Tag biss, bis Io so wenig Schlaf bekam und sich so unwohl fühlte, dass sie fast verrückt wurde.« Ich kratzte mich ein imaginäres Jucken auf meiner Schulter und rümpfte die Nase.

»Und viele Sterbliche haben bereut, dass sie glaubten, etwas besser zu können als die Götter. Actaeon glaubte, er sei ein besserer Jäger als Artemis. Sie ließ ihn von seinen eigenen Jagdhunden fressen. Arachne glaubte, sie sei eine bessere Weberin als Athene. Nachdem sie einen von den Musen ausgeschriebenen Wettbewerb gewonnen hatte, verwandelte Athene sie in eine Spinne. Marsyas forderte Apollon zu einem Lautenwettstreit heraus und wurde bei lebendigem Leib gehäutet, als er verlor.«

Unbehaglich rutschte ich in meinem Stuhl hin und her und schrieb »Götter sind in allem besser« auf die Notizblockseite.

»Aber ich denke, von allen berühmten Bestrafungen hat Tantalus die seine am meisten verdient.« Die Flammen in der Feuerschale in der Mitte des Raumes loderten auf und zeigten einen gut gekleideten Mann in einer Toga, der strahlte.

»Tantalus war ein Halbgott, ein Sohn des Zeus, und er hatte das Glück, eine Einladung zum Essen mit den Olympiern zu bekommen. Aber Tantalus war kein netter Mann. Er wollte die Götter auf die Probe stellen, weil er nicht glaubte, dass sie alles wussten. Also tötete er seinen eigenen Sohn und machte aus dessen Leiche einen Eintopf.« Ich war nicht die einzige Person im Klassenzimmer, die bei Daskos Worten zusammenzuckte. Zali sah mich mit entsetzten Augen an.

»Er servierte den Eintopf den Göttern, aber die wussten natürlich, was er getan hatte. Zeus verdammte Tantalus' Königreich und zwang ihn, auf ewig in einem Wasserbecken in der Unterwelt zu stehen. Jedes Mal, wenn er versucht, aus dem Becken zu trinken, zieht sich das Wasser zurück. Er steht unter einem Baum mit reifen Früchten, und jedes Mal, wenn er versucht, die Früchte zu pflücken, entziehen sie sich ihm. Er wird für immer hungrig und durstig sein und niemals die Dinge erreichen können, die seine Bedürfnisse stillen würden.« Meine Augen waren auf die Flammenschale fixiert, die einen alten, gebückten Mann zeigte, der verzweifelt versuchte, mit seinen Händen Wasser aus einer Pfütze um ihn herum zu schöpfen, aber das Wasser entwich ihm jedes Mal, wenn er es versuchte.

»Wie schrecklich«, flüsterte Zali.

»Er hat es aber auch irgendwie verdient«, flüsterte ich zurück.

»Sisyphos und Ixion sind ebenfalls Opfer der endlosen Folter im Reich von Hades. Ich möchte, dass ihr zu zweit eure Bücher über das Reich der Jungfrau durchseht und herausfindet, was jeder von ihnen getan hat, um Zeus zu verärgern.«

»Haben die Götter den Eintopf gegessen?«, fragte ein Junge in der ersten Reihe lautstark.

»Nein, natürlich nicht«, sagte Dasko und schüttelte den Kopf. »Na ja, Demeter hat aus Versehen ein bisschen was gegessen, weil sie abgelenkt war. Aber Zeus hat den Jungen wieder zum Leben erweckt, und abgesehen von einem kleinen Teil seines Ellbogens, der ihm fehlte, ging es ihm gut.«

»Das ist gut«, flüsterte Zali, deren Gesicht immer noch etwas blass war.

Ikarus saß für den Rest der Woche nicht mehr bei uns. Es tat mir jedes Mal weh, wenn ich ihn allein an einem anderen Tisch sitzen sah, seine großen Flügel wie ein Schutzschild um sich gewickelt. Ich wollte so gerne zu ihm gehen und mit ihm reden, aber ich musste ihm beweisen, dass ich seine Bitte respektieren konnte. Außerdem wollte ich keine Konfrontation erzwingen, die damit enden würde, dass er mir nie verzeihen würde. Stattdessen versuchte ich mich darauf zu konzentrieren, die Zutaten für den Zaubertrank zu besorgen und meine Elementarkräfte zu kontrollieren. Mein Nachsitzen mit Neos erwies sich als mehr nützlich als beängstigend, wenn es um meine Feuermagie ging.

. . .

Wenn ich die Tatsache ignorieren konnte, dass er ein Dämon war, war er eigentlich ein richtig guter Lehrer. Er versuchte nicht mehr, mir Angst zu machen, sondern begann jedes Nachsitzen mit einer kleinen Flamme in der Schale in der Mitte des Klassenzimmers. Er erklärte mir, dass Feuer nicht wie Wasser funktionierte, das in gleichmäßigen und festen Mustern fließt, sondern dass es unregelmäßig und unberechenbar war. Wasser existierte in bestimmten Mengen, während das Feuer wachsen und schrumpfen konnte. Wasser musste von irgendwoher heraufbeschworen werden, was schwer war, wenn man nicht über viel Kraft verfügte, aber Feuer konnte von überall her ins Leben gerufen werden, indem man einfach die Luft nutzte, die immer um uns herum war.

Je mehr er die Unterschiede zwischen den beiden erklärte, desto mehr machte die Feuermagie Sinn. Wo die Nachteile des Wassers lagen, traten die Vorteile des Feuers hervor. Wir übten, Feuerbälle zu machen, die nicht größer als ein Fußball waren, sie durch den Raum zu lenken und zu schrumpfen, während sie umherflogen, und meine unterschwellige Angst vor den Flammen ließ nach.

» Können wir den anderen Schülern von dem Köder-Trank erzählen, jetzt, wo sie von dem Todesdämon wissen? «, fragte ich Neos am Ende unseres Nachsitzens am Freitag.

»Nein, ich glaube nicht, dass das eine gute Idee ist«,

antwortete er schnell.

»Warum nicht?«

»Weil du dann überall in der Schule Schülerinnen und Schüler hättest, die den Dämon ködern und ihre Seelen riskieren würden. Das würdest du doch nicht wollen, oder?«

»Wenn sie den Schutztrank getrunken haben, ist das doch kein Problem, oder?«

»Der Schutztrank schützt nur ihre Seelen. Todesdämonen haben andere Möglichkeiten, Schaden anzurichten, Pandora«, sagte er ernst.

»Wie denn?«, fragte ich erschrocken.

»Sie können deinen Geist angreifen, deinen Körper lahmlegen oder manchmal sogar von Anderen Besitz ergreifen.«

»Was?« Angst durchströmte mich bei seinen Worten. »Wir sind also doch nicht sicher?«

»Keres will Seelen. Sie würde diese Dinge nicht tun, wenn sie keinen guten Grund hätte. Aber sie würde es tun, wenn sie zum Beispiel angegriffen werden würde.«

»Wie sollen *wir* sie dann fangen?«, fragte ich. »Das klingt unmöglich!«

»Nicht, wenn du einen anderen Dämon an deiner Seite hast«, antwortete er grinsend und seine roten Augen blitzten auf.

VIERZEHN

»**S**o ist es gut«, sagte Zali und steckte einen winzigen Zopf aus meinem Haar zu den anderen, die sie geflochten hatte.

»Es sieht toll aus, danke«, sagte ich zu ihr.

»Gern geschehen. Ikarus wird mit dir reden *müssen*, so gut siehst du aus«, strahlte sie. Mein Magen drehte sich um. Ich hatte mich schon den ganzen Tag vor dem Schultanz gefürchtet. Die letzten Male hatte es so viel Spaß gemacht, mit Ikarus zu tanzen, während sich seine Flügel um uns schlangen. Jetzt wusste ich nicht, ob er mich überhaupt ansehen würde. Ich wollte eigentlich gar nicht hingehen, aber Zali bestand darauf.

»Ich glaube nicht, dass es ihn interessiert, wie ich aussehe«, sagte ich.

»Dann versuch, mit ihm zu reden«, sagte sie leise.

»Ich kann nicht. Er sagte, er brauche Zeit zum Nachdenken.«

»Hmmm. Jungs sollte man nicht zu lange mit dem

Denken allein lassen. Ohne weiblichen Input kommen sie zu allen möglichen dummen Schlussfolgerungen«, sagte sie.

Als wir den Haupttempel betraten, wurde eine lebhafte Melodie gespielt, und ein lauter Trommelschlag hallte von den Marmorsäulen wider, aber nur wenige Schüler tanzten. Ich sah Arketa und Filis zusammen dastehen und kaum miteinander sprechen. Ihre normale Ausstrahlung von Schönheit und Gelassenheit fehlte irgendwie und ohne Kiko sahen sie komisch nebeneinander aus, dachte ich. Sie war vielleicht genauso böse wie sie, aber sie hatte nicht verdient, was mit ihr passiert war. Und ihre Freunde vermissten sie eindeutig.

»Da ist Tak«, sagte Zali und wir gingen zu ihm hinüber, wo er sich mit Thom unterhielt.

»Ich habe gehört, dass du im Reich des Stiers in Schwierigkeiten geraten bist«, sagte er zu mir, als wir sie erreichten.

»Oh, ich, ähm«, stammelte ich. Außer Ikarus, Zali, Tak und Gida sprach niemand von den Schülern je mit mir.

»Gut, dass du heil rausgekommen bist. Ich habe gehört, dass Mantikore ziemlich gefährlich sein können«, sagte er spielerisch, um darauf hinzudeuten, dass er ein Mantikor-Shifter war.

»Ja, er war ziemlich unheimlich«, sagte ich vorsichtig.

»Ich weiß, ich habe ihn bei unserem Besuch gesehen. Er heißt Sting, stimmts?« Ich nickte.

»Ich glaube nicht, dass es viele weiterentwickelte Mantikore in Olympus gibt. Er ist so gut ausgebildet, wie es nur geht. Tak sagte, du interessierst dich wirklich für Mantikore?«

»Das tue ich, ja«, sagte ich und warf Tak einen Blick zu. Er zuckte mit den Achseln und seine Augen funkelten.

»Ich würde gern mit dir darüber reden. Ich musste natürlich eine Menge recherchieren.«

»Wirklich?« Ich sah ihn überrascht an und er lächelte.

»Klar«, sagte er und schob sich die braunen Haare aus dem Gesicht. Ich suchte nach Anzeichen dafür, dass er mich aufziehen oder ein fieser Witz oder Streich folgen würde. Er war aber noch nie fies zu mir gewesen. »Es gibt nicht viele Leute, die auf Mantikore stehen«, sagte er schließlich mit einem Achselzucken. »Schön, jemanden zu finden, der das tut.«

Ich merkte, dass er wirklich mit mir reden wollte. Ich hatte ein schlechtes Gewissen, weil ich mich eigentlich gar nicht für die Kreaturen interessierte, sondern nur eine Feder brauchte, aber ich lächelte ihn an. Es war ja nicht so, dass es ein langweiliges Gesprächsthema war.

»Das wäre toll«, sagte ich. »Danke.«

»Klar. Willst du etwas trinken?« Ich nickte und mein Herz machte einen kleinen Hüpfer. Ich hatte nicht erwartet, dass ich heute Abend neue Freunde finden würde.

»Ich werde uns etwas holen.« Er drehte sich um und ging in Richtung des Punschbrunnens.

. . .

»Tak!«, zischte ich und drehte mich zu ihm um. »Warum hast du ihm gesagt, dass ich auf Mantikore stehe?«

»Du wolltest doch unbedingt in den Käfig und dir eine Feder holen«, protestierte er und hielt beide Hände in die Höhe.

»Dafür hatte ich meine Gründe!« Ich schlug mir die Hände vors Gesicht.

»Er ist nett«, sagte Zali. »Es kann nicht schaden, mit ihm zu reden.« Sie hatte recht. Warum war ich so nervös?

»Pandora?« Ich wirbelte herum und sah mich Ikarus gegenüber.

»Ikarus«, hauchte ich und trat auf ihn zu. Er hielt mir unbeholfen einen Drink hin.

»Oh, danke«, sagte ich und nahm das Glas entgegen. »Wie geht es dir?«, fragte ich und blickte in diese intensiven smaragdgrünen Augen, während mein Bauch Purzelbäume schlug.

»In Ordnung«, zuckte er mit den Schultern und sein dunkles Haar fiel nach vorn. »Wie geht es dir?« Ich zuckte ebenfalls mit den Achseln.

»Okay«, sagte ich.

»Hattest du Glück mit dem Trank?«, fragte er und sah sich zögernd um. Ich schüttelte den Kopf.

»Nein. Aber ich habe etwas über Feuerrauke herausgefunden«, sagte ich. Mein Herz hämmerte jetzt gegen meine Brust. Ich wollte nicht über den Zaubertrank reden. Ich wollte ihn fragen, ob er mir verziehen hat.

»Oh. Das ist gut«, sagte er.

»Ja.«

»Ich habe gehört, du hattest Probleme im Reich des Stiers?«

»Oh, ja, ich wollte eine Mantikor-Feder besorgen«, sagte ich.

»Hast du sie bekommen?«

»Nein.« Wir verfielen in peinliches Schweigen.

»Pandora«, ertönte Thoms Stimme von hinten und er hielt mir ein Glas Punsch hin, als ich mich zu ihm umdrehte. »Oh, hi«, sagte er zu Ikarus. Ikarus' grüne Augen huschten zwischen mir und Thom hin und her, als ich den zweiten Drink annahm.

»Thom erzählt mir von Mantikoren«, sagte ich schnell.

»Okay. Bis später dann«, sagte Ikarus und wandte sich von mir ab, bevor ich meinen Mund öffnen konnte.

»Warte!«, sagte ich und machte einen Schritt hinter ihm her, aber seine Flügel verschwanden in der Menge, da er sich zu schnell von mir entfernte. Ich biss die Zähne zusammen, während ich beide Gläser umklammerte und Frustration in mir aufstieg.

»Habe ich etwas unterbrochen?«, fragte Thom. Ich schloss die Augen, atmete tief durch und drehte mich mit einem Lächeln wieder zu ihm um.

»Nein, ist schon gut«, sagte ich. »Haben Mantikor-Flügel immer die gleiche Farbe?«, fragte ich ihn.

»Nein, ganz und gar nicht«, sagte er aufgeregt und

fing an, mir von den verschiedenen Farben der Federn zu erzählen. Ich würde ihn fragen, wo ich eine Feder finden könnte, dachte ich. Wenn der heutige Abend mit Ikarus ein totaler Reinfall war, musste ich wenigstens mit dem Zaubertrank vorankommen.

Thom zuzuhören, wie er lebhaft über die Kreaturen sprach, machte viel mehr Spaß gemacht, als ich gedacht hatte. Seine Leidenschaft für das Thema war anstekkend, und er wusste viel Interessantes zu erzählen. Ehe ich es mich versah, hatte ich beide Gläser geleert und verspürte den brennenden Wunsch, selbst Mantikore zu studieren.

»Wenn du drei Jahre hierbleibst, kannst du dich natürlich auf mythische Tiere spezialisieren. Dann kannst du mit richtig coolen Sachen arbeiten, wie Drachen und Chimären.«

»Drachen?«

»Ja, schlangenartige Eidechsen mit großen Flügeln.« Ich lachte.

»Ich weiß, was ein Drache ist! Ich wusste nur nicht, dass es sie im Olymp gibt.«

»Ach ja, ich hatte vergessen, dass du aus der Welt der Sterblichen kommst.«

»Woher kommst du?«

»Aus dem Reich des Krebses.«

»Das ist das Reich von Hera?«, fragte ich.

»Ja. Es ist wirklich schön. Überall Wälder und Seen und große weiße Steinhäuser.«

»Wie haben deine Eltern reagiert, als du herausgefunden hast, was deine Kraft ist?«, fragte ich zaghaft.

»Mein älterer Bruder war auch ein Mantikor-Shifter, also waren sie nicht überrascht«, grinste er.

»Oh, cool«, antwortete ich und versuchte mir vorzustellen, wie sehr sich seine Kindheit von meiner unterschied.

»Was willst du mit deinen Kräften machen? Willst du auf der Akademie bleiben und dich auf etwas spezialisieren?«

»Ähm...«, sagte ich. Was ich wirklich wollte, war stark genug zu werden, um nach Hause zu meinem Vater und Mandy zurückzukehren. Aber darüber hinaus... Ich war mir wirklich nicht mehr sicher. »Ich möchte den Olymp sehen«, antwortete ich schließlich. »Die Welt hier klingt unglaublich.«

»Ja, aber man kann nur die Hälfte von ihr besuchen. Ich würde so gern eines der verbotenen Reiche sehen.«

»Ich auch«, sagte ich. Seine Augen leuchteten, als er mich ansah und ich konnte nicht anders als zu lächeln. Seine Begeisterung war ansteckend.

»Willst du tanzen?«, sagte er und ließ seinen Blick von mir zur Tanzfläche schweifen.

»Oh, ich, ähm, na ja, ähm...« Ich stotterte und war aufrichtig schockiert. Normalerweise mieden mich die Leute komplett. Und sie forderten mich schon gar nicht zum Tanzen auf. Der Gedanke an Ikarus verdrängte mein plötzliches Hochgefühl. »Es tut mir leid, Thom, ich kann nicht.«

»Oh, okay«, sagte er und schaute mit einem kleinen

Lächeln zu Boden. »Ich kann sowieso nicht besonders gut tanzen«, sagte er.

»Ich auch nicht«, sagte ich ihm und wir schauten uns beide unbeholfen im Raum um, jetzt da der Gesprächsfluss unterbrochen war.

»Ist das nicht Tak?«, sagte Thom plötzlich und deutete auf die Tanzfläche. Tak tanzte zu einem langsamen Lied, dessen Rhythmus durch den Raum pulsierte, und schlang seine Arme um die Taille eines großen, hübschen Mädchens. Es war Roz, wurde mir klar.

Oh nein! Wo war Zali? Aber bevor ich meine Augen von den beiden losreißen konnte, um nach ihr zu suchen, lehnte sich Roz an ihn und ihre Lippen trafen aufeinander.

»Oh super!«, rief Thom. »Roz ist in Ordnung.« Ich hörte ihn kaum, denn meine Augen suchten den Tempel nach Zalis dunklen Locken ab und ich betete, dass sie den Kuss nicht gesehen hatte. Aber als ich sie endlich sah, stand sie da und starrte Tak und Roz mit einem düsteren Gesichtsausdruck an.

»Ich muss gehen«, sagte ich schnell. »Aber danke, dass du mit mir gesprochen hast.«

»Ja, klar, jederzeit«, rief er mir hinterher, als ich auf meine Freundin zustürmte.

»Zali?«

Sie drehte mir ihr Gesicht zu , als ich sie erreichte, und ich konnte sofort die Tränen in ihren Augen sehen.

Ich warf einen Seitenblick auf Tak und Roz, die immer noch auf der Tanzfläche standen und sich küssten.

»Ich habe dir doch gesagt, dass er mich nicht mag«, flüsterte sie. Ich hörte ihre Worte gerade noch über die Musik hinweg.

»Zali, Roz hat ihn geküsst, und du weißt ja, wie Jungs sind...«, fing ich an, aber ihre Lippen begannen zu zittern und dann rannte sie an mir vorbei. Ich eilte zum Punschtisch, stellte meine beiden Gläser ab und rannte ihr zum Ausgang hinterher.

Ich fand sie in unserem Zimmer leise weinend auf ihrem Bett wieder.

»Oh Zali, es tut mir leid«, sagte ich und setzte mich vorsichtig neben sie. Sie sah zu mir auf und ihr tränenüberströmtes Gesicht ließ mein Herz schmerzen.

»Ich wusste es. Ich wusste es die ganze Zeit«, sagte sie traurig.

»Nur weil er sich beim Tanzen zu einem Kuss hat hinreißen lassen, heißt das nicht, dass er dich nicht mag«, sagte ich. Sie sah mich finster an und frische Tränen tropften aus ihren bernsteinfarbenen Augen.

»Ich glaube, es ist ziemlich klar, wen er mag«, sagte sie.

»Vielleicht ist er nur mit ihr zusammen, weil er denkt, dass du nicht an ihm interessiert bist.« Sie schüttelte den Kopf.

»Nein. Mit Roz kann ich nicht mithalten. Sie ist wunderschön und klug und witzig und...«, sie brach ab.

»Du bist all das und noch viel mehr«, sagte ich zu ihr, nahm ihre Hand und drückte sie. »Und du bist seine beste Freundin. Ich bin mir sicher, wenn er wüsste, wie du dich fühlst...«

»Nein! Auf keinen Fall werde ich es ihm jetzt sagen«, sagte sie wütend. »Nein, er hat seine Entscheidung getroffen.«

»Sie hat ihn einfach geküsst. Ich glaube nicht, dass er eine Wahl getroffen hat«, sagte ich sanft. Zali gab einen verärgerten Laut von sich.

»Das ist mir egal. Wie ich schon sagte, es gibt viele attraktive Halbgötter an dieser Schule, unter denen ich wählen kann.« Sie setzte sich aufrecht hin und wischte sich mit den Handflächen über die feuchten Wangen.

»Wenn du dir sicher bist, dann freue ich mich für dich«, sagte ich.

»Ich bin mir sicher. Morgen wirst du eine neue Zali kennenlernen. Eine, die nicht darauf wartet, dass ein dummer Junge erwachsen wird.«

»Klingt toll«, sagte ich und beugte mich vor, um sie so fest wie möglich zu umarmen.

FÜNFZEHN

In der Nacht wachte ich mehrmals auf, weil mich Träume von Feuer und Flutwellen aus dem Schlaf rissen, und ich war mir sicher, dass ich leises Weinen von Zalis Seite des Zimmers hören konnte. Ich wollte sie trösten, aber wenn ich traurig war, brauchte ich Zeit für mich. Stumm betete ich, dass sie sich am nächsten Tag wirklich besser fühlen würde, statt sich so mies zu fühlen, wie ich es tat, seit ich Ikarus' Vertrauen verloren hatte. Wenn ich an ihn und seinen Gesichtsausdruck, als Thom mit mir gesprochen hatte, dachte, zuckte ich noch immer zusammen. Ich wusste, dass ich ausnahmsweise mal nichts falsch gemacht hatte, aber das Timing war furchtbar. *Typisch.* Aber ich klammerte mich an die Tatsache, *dass* er bereit war, mit mir zu reden. Er hatte mir sogar einen Drink gebracht. Das war doch sicher ein Friedensangebot? So konnte ich wenigstens versuchen, mit ihm zu reden.

· · ·

Am nächsten Morgen stand ich vor Zali auf und ließ sie ausschlafen. Ich ging zum Frühstück, bevor mein sonntäglicher Nachhilfeunterricht mit Dasko begann. Ich dachte mir, dass sie die Ruhe brauchen konnte.

»Tust du etwas, um den Todesdämon zu fangen?«, fragte Dasko mich, als ich im flachen Ende des Beckens stand und mich darauf konzentrierte, einen menschengroßen Wasserball über mir in der Luft schweben zu lassen.

»Natürlich tue ich das«, sagte ich und drehte mich zu ihm um. Der Wasserball stürzte über mir zusammen. Ich stieß einen langen Seufzer aus, während ich mir die nassen Haare aus dem Gesicht strich. Das war der Grund, warum wir im Schwimmbad übten, erinnerte ich mich.

»Gut«, sagte er. »Ich habe nämlich die Vermutung, dass wenn nur ein Titan die Dämonen aus der Kiste herauslassen konnte, dann vielleicht auch nur ein Titan sie vernichten kann.«

»Weißt du, wie man einen Todesdämon vernichtet?«, fragte ich ihn mit einem Hoffnungsschimmer in meinen Worten.

»Es gibt ein paar Möglichkeiten, aber sie erfordern alle gefährliche Waffen oder mächtige Wesen. Ich finde es ungeheuerlich, dass die Schülerinnen und Schüler das selbst erledigen sollen«, sagte er und seine sonst so freundlichen Augen blitzten wütend auf.

»Die Lehrer tun also nichts?«, fragte ich, ohne zu erwarten, dass er ehrlich antworten würde.

»Die Lehrer tun, was sie können, aber die Befehle von

Zeus waren klar.« Er sah mich einen Moment lang intensiv an. »Was willst du tun, um ihn zu töten?« Ich seufzte und begann zu sprechen, aber ich wusste schon, was passieren würde.

»Professor Neos ist der dritte Dämon. Er hat mir gesagt, wie man einen Trank herstellt, der den Dämon zu uns lockt.« Ich beobachtete, wie Daskos Gesicht sich vor Frustration verzog.

»Diese verfluchte Sprache!«, rief er aus. Wann immer ich versuchte, ihm *etwas* über Neos zu erzählen, verstand er kein Wort von dem, was ich sagte.

»Es tut mir leid«, sagte ich leise.

»Es ist nicht deine Schuld«, seufzte er.

»Das ist es.« Meine Worte waren kaum mehr als ein Flüstern und sein Gesichtsausdruck wurde weicher, als er mich ansah.

»Pandora, die meisten Menschen hätten die Kiste geöffnet. Ich mache dir keinen Vorwurf.«

»Ikarus hätte es nicht getan. Er hat es mir verboten. *Du hast es mir verboten*. Und jetzt liegen diese armen Menschen mit gestohlenen Seelen da, und das alles nur meinetwegen.« Heiße Tränen sammelten sich in meinen Augen.

»Willst du ein Geheimnis wissen?«, sagte Dasko. Ich begegnete seinem Blick und nickte.

»Ich wusste, dass du die Box öffnen würdest.« Mir fiel die Kinnlade herunter.

»Was?«

»Wenn ich gewusst hätte, was da drin ist, hätte ich dir nie geholfen, sie zu finden, das schwöre ich«, sagte er und trat auf mich zu. »Aber ich wusste, dass ein Titanen-relikt wie dieses eure beiden Kräfte freisetzen würde. Und ich dachte, es gäbe mehr Hinweise darauf, wo Oceanus und Prometheus sind. Ich hatte wirklich keine Ahnung, dass es solch gefährliche Dämonen beherbergen würde. Wenn jemand Schuld hat, dann bin ich es.« Seine ernsten, ehrlichen Augen waren auf meine gerichtet und ich war fast erleichtert. Es war immer noch meine Schuld, dass ich die Kiste geöffnet hatte. Niemand hat mich gezwungen, das zu tun. Aber wenigstens konnte ich die Last mit jemand anderem teilen. Wenigstens wusste ich, dass Dasko das Gleiche getan hätte.

»Warum hast du mir gesagt, ich soll sie nicht öffnen?« Er breitete seine Hände entschuldigend aus.

»Ich musste es tun. Das war der beste Weg, um sicherzugehen, dass du sie öffnest. Und wenn du es nicht getan hättest, hätten wir sie wie geplant Zeus überge-ben.« Ich starrte ihn an und versuchte zu verstehen, was ich fühlte. Hatte er mich benutzt? Aber zu welchem Zweck? Nichts in der Kiste hätte ihm helfen können, er war kein Titan.

»Warum willst du den Titanen helfen?«, fragte ich ihn misstrauisch.

»Ich habe dir schon einmal gesagt, dass es an der Zeit ist, dass deine Vorfahren und die Olympier sich versöhnen. Wenn die Unsterblichen zusammenarbeiten, können sie unermessliche Kräfte freisetzen. Du bist der Schlüssel dazu, Pandora. Du und Ikarus.«

»Ikarus wird wütend auf dich sein«, sagte ich leise.

»Wenn du es ihm sagst, dann ja, wahrscheinlich.«

»Wir, ähm, reden im Moment nicht miteinander.« Dasko zog eine Augenbraue hoch.

»Ihr braucht euch gegenseitig. Vor allem, wenn ihr diesen Keres-Dämon besiegen wollt. Ihr zwei seid die stärksten Schüler dieser Schule.« Ich verzog mein Gesicht.

»Das ist nicht wahr.«

»Vielleicht noch nicht, aber ihr habt das Potenzial dazu.« Ich sah ihn zweifelnd an.

»Was ist jetzt gerade im Meer um uns herum?«, fragte er mich. Ich stieß mit meinem Bewusstsein mit Leichtigkeit ins Meer hinaus. Es erforderte kaum Konzentration,

»Die Schildkröten sind eine halbe Meile unter uns, östlich von uns ist eine Delfinschule... Drei Wale über uns. Und noch etwas anderes, aber das habe ich noch nie gesehen. Ich glaube, es ist eine Art Schlange«, antwortete ich. Dasko lächelte mich an.

»Weißt du, wie selten diese Fähigkeit ist?«

»Aber ich kann nicht einmal das Wasser in diesem Pool richtig kontrollieren.«

»Das wird schon. Mit Zeit und mehr Übung. Aber deine rohen Sinne und deine Kraft ... das kann man nicht erlernen, Pandora. Und die Art, wie Ikarus Luft fühlen und manipulieren kann, das ist die gleiche Kraft. Ihr zwei könntet zusammen unglaubliche Dinge erreichen.« Ich dachte an Ikarus, wie er über dem glitzernden Ozean durch die Lüfte schwebte und ein überwältigendes Gefühl der Zuneigung machte sich in mir breit.

»Ich muss ihn erst dazu bringen, mir zu verzeihen«, murmelte ich.

»Was hast du getan?«

»Ich habe ihn angelogen.«

»Er ist nicht wie andere Kinder aufgewachsen. Er braucht vielleicht länger, um zu verzeihen, als du es tun würdest. Aber ich bin sicher, er wird es tun. Ihr zwei habt eine Bindung.«

Eine Bindung. Das gefiel mir. Ich hoffte bei den Göttern, dass es wahr war. Ich vermisste sein verruchtes Grinsen, die Art, wie seine Augen aufleuchteten, wenn er davon sprach, die Welt zu sehen, die Sanftheit hinter seiner harten Fassade. Und ich vermisste seine Küsse.

»Ich hoffe es«, sagte ich.

Aber in der Flugstunde am Montagmorgen ging er direkt an mir vorbei und sah die ganze Stunde über niemanden an. Er sprang von der Kante, sobald Fräulein Alma es erlaubte, und kam erst am Ende der Stunde zurück. Auch beim Essen setzte er sich immer noch nicht zu uns, aber zu meinem Entsetzen tat Roz das. Sie und Tak konnten die Augen nicht voneinander abwenden, während Zali mürrisch in ihrem Essen herumstocherte. Sie machte gute Miene zum bösen Spiel und versuchte, gleichgültig zu wirken, aber ich konnte die Traurigkeit in ihren Augen sehen, wenn sie ihn ansah. Tak schien nicht zu bemerken, dass seine beste Freundin nicht sie selbst war, und ich fragte mich, wie er so ahnungslos sein konnte. Ich war mir jetzt nicht mehr so sicher darüber, ob er Zali eigentlich doch mehr mochte, als er zugeben würde. Vielleicht war er wirklich nicht auf eine romantische Art an ihr interessiert.

So sehr ich Roz meiner Mitbewohnerin zuliebe ablehnen wollte, konnte ich es nicht. Sie war frech und lustig und stellte mir Fragen über mein Leben in der Welt der Sterblichen. Ich ertappte mich dabei, wie ich mit diebischer Freude ihre Reaktionen beobachtete, als ich ihr von Filmen, Fernsehsendungen und dem Kino erzählte.

»Das klingt unglaublich«, hauchte sie.

»Es *ist* unglaublich. Es ist alles erfunden, auf Computern und so«, sagte ich. »Nicht wie hier, wo es echt ist.«

»In einer Welt, in der man nichts sehen kann und die meisten nicht an Magie glauben, tust du so, als würde Magie existieren, damit die Leute darüber lesen und sie sich angucken können?«

»So in der Art, ja«, sagte ich.

»Und man kann es echt aussehen lassen, obwohl es das nicht ist?«

»Mit Schauspielern und Computern, ja.«

»Das ist verrückt«, sagte sie. Ich lachte.

»Ich schätze, das ist es. Wenn ich jemals dorthin zurückkehren kann, bringe ich dir einen Film mit.«

»Ich will so ein Computerding«, sagte sie.

SECHZEHN

Am Dienstag hatte ich Unterricht in Magische Objekte für Fortgeschrittene und als ich den unterirdischen Klassenraum betrat, herrschte eine seltsam angespannte Stille. Unterdrücktes Gemurmel ging von den wenigen anderen Schüler aus, die sich um den langen Tisch am Ende des Raumes drängten, und ich trat neugierig näher. Mein Blick fiel auf drei Pokale, die alle völlig unterschiedlich waren.

»Guten Tag, Klasse«, krächzte die Stimme von Professor Fantasma zu uns herüber. Die Schüler traten zur Seite, damit ihre geisterhafte Gestalt den Tisch erreichen konnte. »Wie versprochen, werden wir uns heute verfluchte Gegenstände ansehen.« Ich spürte eine Welle der Aufregung. »Diese drei Gefäße können Flüssigkeit aufnehmen. Eines wird diese Flüssigkeit in Edelmetall verwandeln. Eines verwandelt die Flüssigkeit in ein Stärkungsmittel für Hellseherei. Das Dritte wird denjenigen, der von ihm trinkt, töten.« Ich holte scharf Luft. »Wer möchte raten, welches was bewirkt?«

Niemand trat vor, aber alle reckten ihre Hälse und schauten sich die Kelche genau an. Der erste war der größte. Er hatte einen Rand aus winzigen blutroten Rubinen, die in das glänzende goldene Metall eingelassen waren, aus dem er gefertigt war. Der Ring aus Rubinen wiederholte sich auf halber Höhe des Kelchkörpers, dann verliefen kleine Streifen entlang des Stiels und fächerten sich am Boden des Bechers auf. Der zweite Kelch war aus einem glänzenden Silbermetall gefertigt. Er war zwar nicht mit Edelsteinen besetzt, aber er war mit verschlungenen, wunderschönen Mustern graviert. Ich konnte griechische Säulen, wirbelnde Wolken, sich windende Ranken und Rosen und vieles mehr erkennen. Der letzte Kelch schien aus Marmor zu sein. Er sah genauso aus wie das Gestein, aus dem die Säulen in den Tempeln bestanden, mit dünnen, aschfarbenen Adern , die sich durch das weiße Material zogen. Er war kürzer und gedrungener als die beiden anderen und sah schwer aus.

»Macht der Goldene das Edelmetall?«, fragte ein Mädchen namens Skye.

»Wie kommst du darauf?«, fragte Fantasma sie. Sie zuckte mit den Achseln.

» Er ist aus Gold und mit teuren Edelsteinen besetzt.«

»Sehr gut. Aber nein. Es soll dich das glauben lassen, aber es ist ein Trick. In Wirklichkeit ist er todbringend.«

»Dann ist der silberne mit den Mustern das Mittel

fürs Hellsehen«, sagte ein Junge namens Felix. »Haben die Muster nicht etwas mit der Orakelsprache zu tun?«

»Sehr gut«, lobte Fantasma ihn. »Das sind die Glyphen, mit denen die Orakel Gegenstände mit Magie verfluchen.«

Ich musste an die Rüstung denken, die ich in der Nacht gesehen hatte, als wir uns in den Turm geschlichen hatten, und an die wirbelnden Muster auf der ledernen Kampfausrüstung, die mein Spiegelbild getragen hatte. Das hatte doch sicher nichts mit Orakeln zu tun?

»Warum sollte es ein Fluch sein, die Zukunft zu sehen? Der Kelch ist doch sicher ein Geschenk und kein verfluchter Gegenstand?«, sagte Skye.

»Seine eigene Zukunft zu sehen, ist kein Geschenk, das versichere ich dir«, sagte die Professorin ernst.

Wenn ich meine eigene Zukunft kennen würde, wüsste ich, ob ich jemals zu Papa und Mandy zurückkehren würde, dachte ich. Ich wüsste, ob ich in der Lage wäre, den Todesdämon zu fangen und die Seelen zurückzugeben, die durch mich gestohlen wurden. Wäre es dieses Wissen es wert, etwas Schlimmes zu sehen?

»Also, der letzte und einfachste Kelch schafft Edelmetall. Dieser Marmorkelch ist eines der wertvollsten Dinge in ganz Olympus.« Wir alle schauten uns das Objekt genauer an.

»Wie kommt es dann, dass es hier in der Akademie ist und nicht in Besitz eines reichen Mannes?«

»Aha, das ist eine sehr gute Frage, Pandora«, sagte Fantasma. »Stellt euch hier auf«, sagte sie und gab uns ein Zeichen, uns vor die Kelche zu stellen. »Ich möchte, dass ihr alle ein oder zwei Augenblicke lang jeden Kelch in der Hand haltet. Schließt eure Augen und *spürt* nach der Magie. Spürt die Wünsche des Kelches, seine Kraft und seine Bedürfnisse. Versucht herauszufinden, ob ihr ihnen vertraut.«

Ich wartete nervös neben Felix, während er den goldenen Becher in der Hand hielt. Es hatte Wochen gedauert, bis ich Nix in der Phönixfeder gespürt hatte, würde es hier nicht dasselbe sein? Mit einem kleinen Schaudern ging Felix zum nächsten Kelch über und ich trat an den Tisch. Ich betrachtete den Kelch einen Moment. Die Rubine waren so rot, wie ich es noch nie gesehen hatte. Sie sahen wirklich wie Blut aus. Zögernd legte ich beide Hände an den Kelch und hob ihn an.

Ein kaltes Kribbeln durchfuhr meine Finger, als sie ihn berührte, und ich zuckte leicht zusammen, weil meine Nerven blank lagen. Ich hatte dieses Gefühl auch schon zu Hause gespürt, aber ich hatte es immer als statischen Schock abgetan. Ich konzentrierte mich, und das Kribbeln veränderte sich. Es war, als würde das Eis von meinen Fingerspitzen bis zu meinen Armen vordringen. Als ich den Kelch betrachtete, schien das Rot der Rubine zu verschwimmen und sich auszubreiten, als würde sich das Metall ebenfalls tiefrot färben.

Ich legte ihn schnell weg, und überall auf meiner Haut bildete sich eine Gänsehaut.

»Böse. Eindeutig böse«, murmelte ich. Der wunderschöne silberne Becher war der nächste. Ich hob ihn fast eifrig auf und drehte ihn in meinen Händen, um die

Glyphen zu betrachten. Es gab kein bestimmtes Bild, es sah einfach so aus, als hätte jemand, der fließende Linien und enge Spiralen liebte und sehr viel künstlerisches Geschick besaß, auf der Oberfläche herumgekritzelt. Ich konzentrierte mich und versuchte, etwas von dem Kelch zu spüren. Aber da war nichts. Kein Brummen, kein Zischen, kein Prickeln von Energie. Kein Gefühl von Hoffnung, Glück oder Unheil. Einfach... nichts. Ich zuckte mit den Schultern, stellte ihn zurück auf den Tisch und ging zu Felix, der mir den Marmorkelch reichte. Er warf mir einen unsicheren Blick zu und ich runzelte die Stirn, als ich ihn anhob.

Ich brauchte diesen Kelch. *Ich brauchte diesen Kelch.* Der Gedanke überflutete meinen Kopf und wiederholte sich immer wieder. Nicht nur den Kelch. Ich schaute mich im Raum um, suchte nach glitzerndem Metall oder glänzenden Juwelen. Ich brauchte das alles. All diese wertvollen Dinge wurden hier unten in dieser fensterlosen Grube verschwendet! Der Gedanke war so stark, dass er mich erschreckte, und ich zwang mich, den Becher wieder auf den Tisch fallen zu lassen. Ich ließ ihn zu früh los und er schwankte einen Moment lang bedenklich auf der Tischoberfläche, bevor er gnädigerweise unversehrt zum Stillstand kam.

»Geht es dir gut, Pandora?«, fragte mich Professor Fantasma.

»Ich, ähm, der Kelch...«, sie lächelte mich wissend an und bedeutete mir, mich zu den anderen zu setzen, die schon alle Kelche in der Hand gehalten hatten.

»Also, Klasse«, sagte sie, als wir alle auf den Kissen

auf dem Boden saßen. »Wer möchte mir sagen, was er gefühlt hat?«

»Der Goldene ist böse«, sagten ein paar Leute unisono. Die Lehrerin nickte.

»Es ist ein alter Fluch, der an ihn gebunden ist. Nur wenige wären so töricht, jetzt davon zu trinken, wo das Böse so tief in das Metall übergegangen ist, dass es so deutlich aus ihm heraussickert. Aber das war nicht immer so. Als der Fluch noch frisch war, war die Absicht des Bechers noch verborgen, und viele starben, sobald ihre Lippen das Metall berührten.«

»Der Marmorbecher hat mich... gierig gemacht«, sagte Felix leise.

»Mich auch!«, rief ich aus. »Als ob ich all die teuren Sachen in diesem Zimmer haben wollte.« Ein paar andere Schüler nickten, aber die meisten schauten interessiert.

»In der Tat. Dieser Kelch gehörte König Midas. Der Fluch, der auf ihm liegt, führt dazu, dass jeder, der ihn oft benutzt, den Reichtum über alles andere auf der Welt stellt. Du würdest mit Freuden deine ganze Familie in Gold verwandeln, nur um von noch mehr Schätzen umgeben zu sein.« Ich starrte sie entsetzt an. Wie konnte man Gold mehr lieben als seine eigene Familie?

»Deshalb ist er hier unten. Niemand ist so dumm, unbegrenzten Reichtum und ewige Einsamkeit zu wollen.« Ich starrte den Kelch an. Ich musste vorsichtiger sein mit dem, was ich anfasste, dachte ich, nicht zum ersten Mal seit dem Vorfall mit der Rüstung.

»Als ich den silbernen berührte, war ich sehr

neugierig auf mein Leben und darauf, was ich damit machen werde«, sagt Skye.

»Ja. Dieser Fluch lässt dich vor Verlangen brennen, Wahrheiten über deine Zukunft zu erfahren. Aber wenn du davon trinken würdest, würdest du wahrscheinlich nur Rätsel sehen, die dich für den Rest deines Lebens verwirren und verfolgen würden. Hellsehen ist ein unzuverlässiges Unterfangen. Was du siehst, ist nicht immer unausweichlich, sondern kann dein ganzes Handeln für immer bestimmen. Niemand will so leben.«

»Ich habe nichts gespürt«, sagte ich. Fantasma sah mich an.

»Wirklich?«

»Ich habe es versucht, aber da war nichts.«

»Das ist sehr, sehr interessant«, sagte sie und schaute über ihre Brille zu mir. »Haben alle anderen auch Neugier auf ihre Zukunft verspürt, als sie den silbernen Kelch in der Hand hielten?« Alle nickten.

»Pandora, bleib bitte nach dem Unterricht noch ein paar Minuten. Das ist wirklich sehr interessant.« Mein Magen krampfte sich zusammen. Was hatte das zu bedeuten?

Den Rest der Stunde verbrachten wir damit, in den Lehrbüchern nach Beispielen für verfluchte Gegenstände zu suchen, die eine Aura der Macht ausstrahlten, die uns half zu erkennen, was sie taten. Am Ende der Stunde blieb ich auf dem Boden sitzen und beobachtete, wie alle anderen ängstlich den Raum verließen.

»Komm bitte her, Pandora«, rief Fantasma vom Tisch aus. Ich stand auf und gesellte mich zu ihr. »Es gibt nur wenige Gründe, warum du den Kelch nicht spüren kannst. Entweder gibt es etwas an deinen Titanenkräften, das seine Kraft negiert und verhindert, dass er funktioniert, oder du hast eine so unentschlossene, turbulente Zukunft vor dir, dass der Kelch sie nicht ergründen kann.« Ich blinzelte.

»Hoffentlich Ersteres«, sagte ich leise.

»In der Tat. Schau in den Becher. Siehst du etwas?« Ich beugte mich vor, und sah hinein.

»Sie haben ihn mit Wasser gefüllt?«, sagte ich.

»Schau genauer hin«, tadelte sie. »Sieh tief in den Becher. Nimm ihn in die Hand.« Ich tat, was sie mir sagte. Zuerst war nichts zu sehen, genau wie vorher. Aber dann spürte ich eine leichte Hitze, die von dem Metall ausging. Das Wasser begann sich leicht zu kräuseln und wirbelte dann in dem glänzenden Becher umher. Dann... Flammen. Es waren *Flammen* in dem Wasser. Ich spürte, wie mir der Mund offenstehen blieb. Die Flammen rasten umher und verschmolzen mit dem winzigen Strudel, der in der klaren Flüssigkeit feurig orange leuchtete.

»Da ist Feuer drin«, hauchte ich.

»Feuer? Oh je«, sagte Fantasma. Ich sah sie an und die Hitze unter meinen Fingerspitzen erstarb augenblicklich.

»Oh je?«, wiederholte ich. »Was soll das heißen?«

»Das bedeutet, dass deine Titankräfte die Kräfte des Kelchs nicht blockiert haben.«

Ich dachte darüber nach, als sie mir den Kelch sanft abnahm und ihn ans andere Ende des Tisches schob.

»Ich habe also eine... turbulente Zukunft vor mir?«, fragte ich und erinnerte mich an ihre Worte von kurz zuvor.

»Es sieht so aus. Tut mir leid, Schätzchen.« Ich überlegte, was ich sagen sollte, als sie anfing, die Bücher der Schüler wegzuräumen.

»Kann ich irgendetwas tun, damit sie weniger turbulent wird?«

»Das bezweifle ich. Das ist aber auch nicht verwunderlich, denn du und der Junge seid die ersten Titanenschüler seit Jahren. Deine Zukunft könnte schwierig zu lesen sein, denn du könntest wieder in der Welt der Sterblichen landen.«

Mir stockte der Atem. Würde ich als Ausgestoßene dorthin zurückkehren, die nie mit ihren Lieben zusammenleben konnte? Oder als mächtiges Mitglied des Olymps, das kommen und gehen konnte, wie es ihm gefiel?

»Und ich kann nichts tun?«, fragte ich sie erneut. Sie richtete sich auf und warf mir einen sanften Blick zu.

»Triff einfach weise Entscheidungen. Halte dich an deine Moral. Niemand von uns kann mehr tun als das.« Ich nickte ihr zu. Gott, ich hoffte, dass ich gute Entscheidungen treffen würde. Das war bisher nicht gerade eine meiner Stärken im Leben gewesen. »Und jetzt geh, ich habe noch viel zu erledigen. Diese Rauken wachsen nicht von selbst, weißt du«, schimpfte sie und ging zur Tür. Ich wollte ihr schon folgen, als sich ihre Worte ihren Weg durch meine schwankenden Gedanken bahnten.

»Rauken?«, wiederholte ich und erstarrte mitten im Schritt.

»Rauken, ja. Hast du Interesse an Wasserpflanzen?«, sagte sie und schaute mich über ihre Schulter hinweg an.

»Ja!«, quietschte ich. Professor Fantasma hielt inne und drehte sich zu mir um.

»Wirklich?«

»Ja«, sagte ich und nickte energisch, während mein Herz vor Aufregung zu klopfen begann. »Ja, ich liebe alles, was mit Wasser zu tun hat, also habe ich über die Pflanzenwelt im Reich des Skorpions gelesen. Ich mag die Feuerrauken am liebsten.«

»Oh, das sind aber auch schöne Pflanzen«, sagte Fantasma verträumt.

»Haben wir hier in der Akademie welche?«, fragte ich und versuchte, nicht die Luft anzuhalten, als sie ihr geisterhaftes Gesicht verzog.

»Oh nein, Liebes, sie blühen nur zwölf Stunden lang.« Ich spürte, wie meine Aufregung augenblicklich verflog.

»Ich habe aber viele Samen.« Ich sah ihr in die Augen. »Willst du welche?«

SIEBZEHN

Ich kam zehn Minuten zu spät zum Wasserunterricht, aber als ich Dasko erklärte, dass das daran lag, dass Fantasma mich aufgehalten hatte, nickte er mir zu und sagte, ich solle an der Wasserwand üben gehen. Ich ging schnell dorthin, und meine Gedanken überschlugen sich. Ich wusste nicht, ob ich Ikarus von den Samen erzählen sollte, die Fantasma mir gegeben hatte, oder nicht. Und wie sollte ich die Feuerrauke einpflanzen? Die Pflanzen mussten in einem Tank wachsen, an einem geheimen Ort, damit niemand Fragen stellen oder sich einmischen konnte. Die Worte von Nix schossen mir durch den Kopf.

»...der hochkultivierte Wassergarten unter der Schule...«

Das war's! Ich würde sie unter der Schule anpflanzen. Dort würden sie sicher sein. Und das konnte ich auch ohne Ikarus Hilfe tun, solange die Atemblasen auftauchten. Je eher ich sie einpflanzte, desto besser, dachte ich, als mir das Bild der schwarzen Augen des angegriffenen Mädchens in den Sinn kam. Ich beschloss, mich in der Nacht, wenn alle schliefen, hinauszuschleichen und sie zu pflanzen. Dann hätte ich Ikarus etwas Positives zu erzählen, wenn er bereit war, wieder mit mir zu reden.

Während des gesamten Abendessens wippte mein Bein ungeduldig und ich hatte Mühe, mich auf das zu konzentrieren, worüber meine Freunde sprachen. Ich wollte unbedingt, dass es Mitternacht wurde, damit ich endlich etwas Nützliches tun konnte, um den Schaden wiedergutzumachen, den ich verursacht hatte.

»Geht es dir gut? Du schienst heute Abend sehr abgelenkt zu sein«, sagte Zali, als wir endlich die Bibliothek verließen und ins Bett gingen. Sie selbst war immer noch ruhig und ich vermisste ihre muntere Fröhlichkeit.

»Ja, mir geht's gut. Ich hatte heute nur eine komische Unterhaltung mit Fantasma«, sagte ich.

»Ach ja?« Als wir zu unserem Schlafsaal zurückgingen, erzählte ich ihr von den Kelchen.

»Turbulent?«, wiederholte Zali, als ich meine Erzählung beendet hatte. Sie runzelte die Stirn. »Das ist eine beunruhigende Art, die Zukunft zu beschreiben.«

»Das dachte ich auch«, stimmte ich zu.

»Nun, vielleicht haben sich der Kelch oder Fantasma geirrt. Oder vielleicht ist turbulent etwas Gutes«, sagte sie. Ich lächelte sie an. Das war schon eher die optimistische Zali, die ich liebgewonnen hatte.

»Ja, das wollen wir hoffen.«

• • •

Nachdem ich gute Nacht gesagt und meinen Vorhang zugezogen hatte, schlüpfte ich so leise wie möglich in meinen Badeanzug, zog dann meinen Kapuzenpullover und meine Jeans wieder an und legte mich ins Bett. Ich wartete ungeduldig darauf, dass Zalis Atem langsamer wurde, und ging meinen Plan im Kopf durch. Als ich sicher war, dass sie schlief, kroch ich aus dem Bett, öffnete die Tür und schlich den Flur hinunter.

Ich huschte zwischen den Schatten der Gebäude hindurch und war noch vorsichtiger als sonst, als ich mich hinausschlich. Der Todesdämon war irgendwo in der Akademie, und Neos hatte gesagt, dass Seelenraub nicht seine einzige Waffe war. Es konnte also nicht schaden, besonders vorsichtig zu sein.

Als ich den Rand des Beckens erreichte, versteckte ich mich hinter einer der verzierten Säulen und zog meinen Kapuzenpullover und meine Jeans aus. Ein Kribbeln der Aufregung und Vorfreude durchfuhr mich, als ich an den leuchtenden Garten unter der Schule dachte. Ich konnte es kaum erwarten, ihn wiederzusehen. Ich ließ mein Bewusstsein in den Ozean um mich herum gleiten und spürte nach allem, was mich beunruhigen könnte. Etwas weiter unten spürte ich die Schildkrötenfamilie und ziemlich weit im Westen etwas, das ich für einen Schwertfisch hielt. Keine Haie oder Seeungeheuer. Etwas berührte meine Schulter und ich schrie fast vor Überraschung auf, kam mit einem Ruck wieder zu mir und wirbelte herum.

»Dora, ich bin es nur!«, zischte Zali. Ich atmete erleichtert auf und sprang auf meine Füße.

»Zali! Was machst du denn hier?«

»Ich wollte sehen, was du vorhast! Ich weiß, dass du dich ständig rausschleichst, aber ich dachte, du wolltest dich mit Ikarus treffen und ihr redet im Moment nicht miteinander. Ich habe mir Sorgen gemacht, dass du etwas Gefährliches machst«, flüsterte sie. Ihr Blick wanderte hinunter zu meinem Badeanzug. »Was machst du da?«

»Das ist eine lange Geschichte«, sagte ich. »Und sie *ist* gefährlich. Du solltest zurück ins Wohnheim gehen.« Sie warf mir einen strengen Blick zu und stemmte die Hände in die Hüften.

»Auf keinen Fall. Du musst mir mehr geben als das«, forderte sie. Ich blickte in ihr starres, grimmiges Gesicht.

»Okay, gut, aber nicht hier.« Ich packte sie am Arm und zog sie zu den Umkleideräumen. Wir schlichen hinein und ich beschwor einen kleinen Feuerball herauf, um den dunklen Raum zu erhellen.

»Was ist hier los?«, fragte sie mich, als ich mich im Schneidersitz auf den Fliesenboden setzte und seufzte.

»Das willst du wirklich nicht wissen«, sagte ich, als sie sich mir gegenübersetzte.

»Doch, das tue ich. Vor allem, wenn es gefährlich ist.«

»Aber...«, begann ich, doch sie unterbrach mich.

»Dora, ich habe dich im letzten Semester nicht gefragt, woher du deine Kräfte und Ikarus seine Flügel hattet, oder warum Dasko sich so sehr für euch interessiert, oder was kurz vor der Inspektion passiert ist. Ich dachte, ihr würdet es mir sagen, wenn ihr könntet und ihr euch sicher seid. Aber da ihr beide nicht miteinander redet, ein Todesdämon in der Schule sein Unwesen treibt und du dich alleine rausschleichst... Ich werde das nicht mehr auf sich beruhen lassen. Du bist meine beste Freundin. Und...« Sie holte tief Luft und schaute mir in die Augen. »Ich kann auch mutig sein. Ich bin nicht nutzlos. Ich kann dir helfen. Ich *will* dir helfen.«

Mein Herz fühlte sich an, als würde es aus meiner Brust springen, als ich in ihr entschlossenes Gesicht starrte. Sie war bereit, mir zu helfen? Ohne überhaupt zu wissen, was passiert war? Bevor ich mich stoppen konnte, kamen mir die Worte über die Lippen.

»Ich habe letztes Semester einen schrecklichen, schrecklichen Fehler gemacht. Dasko hat uns geholfen, eine Kiste zu finden, die nur die Magie der Titanen finden kann. Und... ich habe die Kiste geöffnet, obwohl ich es nicht sollte.«

»Eine Kiste?«

»Ja. Und...« Ich ließ meinen Blick sinken und schluckte. »Ich habe den Dämon rausgelassen«, flüsterte ich. Es herrschte vollkommenes Schweigen und ich brachte es nicht über mich, meine Freundin anzusehen. Die Scham überwältigte mich und ich spürte, wie sich meine Augen mit Tränen füllten.

»Ich nehme an, du wusstest nicht, dass ein Dämon in der Kiste war, als du sie geöffnet hast?«, sagte Zali schließlich.

»Natürlich nicht! Ich hätte sie nie geöffnet, wenn ich gewusst hätte, dass ich das verursachen würde!«

»Oh Dora, dann ist es nicht deine Schuld!«, sagte Zali und legte ihre Hand auf meine. Eine heiße Träne tropfte von meinem Gesicht auf ihre dunkle Haut.

»Das ist es aber«, schluckte ich. »Diese Schüler, die jetzt daliegen, mit ihren schrecklichen, seelenlosen Augen... Das ist alles meine Schuld.«

»Menschen machen Fehler. Es kommt darauf an, wie wir sie beheben«, sagte sie. »Hat die Box etwas mit deinen Kräften zu tun?«

»Ja«, nickte ich. »Und den Flügeln von Ikarus. Da war ein Fläschchen drin und ein Zettel, auf dem stand, dass wir es trinken müssen. Und es kommt noch schlimmer. Es waren noch zwei weitere Dämonen in der Kiste.«

»Ich weiß nicht, was gerade passiert ist, aber ich habe keine Ahnung, was du nach *Ikarus' Flügel* gesagt hast. Ich habe diese Sprache noch nie gehört«, sagt Zali und runzelte die Stirn.

»Oh, bei den Göttern, das passiert, wenn ich versuche, Dasko wichtige Dinge zu sagen. Es kommt in dieser blöden Titanensprache heraus, die nur Ikarus versteht. Ich weiß nicht einmal, wie das passiert.«

»Das ist ziemlich cool. Ich wünschte, ich könnte eine Geheimsprache sprechen«, sagte Zali. »Was hast du heute Abend vor? Hast du etwas damit zu tun, den Dämon zu stoppen?« Ich sah sie an.

»Ja. Es ist schwer zu erklären, ohne dass die Sprache der Titanen die Oberhand gewinnt, aber ich habe eine Liste von Dingen, die ich besorgen muss, um den Dämon zu fangen. Eines davon ist eine Feuerrauke.«

»Was ist das?«

»Es ist eine Wasserpflanze, die vier Wochen braucht, um zu wachsen, und dann nur für zwölf Stunden blüht. Ich habe heute ein paar Samen von Fantasma bekommen und muss sie so schnell wie möglich einpflanzen.«

»Im Pool?« Zali sah mich verwirrt an.

»Nein. Letztes Semester, als wir nach der Kiste gesucht haben, haben wir einen geheimen Unterwassergarten gefunden. Unter der Schule.« Zalis Augen weiteten sich, als sie mich anstarrte.

»Ein geheimer Unterwassergarten?«

»Ja. Der Garten steht auf dem Kopf, auf der Unterseite der Marmorplatte, auf der die Akademie gebaut ist. Und er leuchtet.«

»Das klingt nach der coolsten Sache *überhaupt*«, hauchte sie.

»Es ist ziemlich erstaunlich«, stimmte ich zu.

»Und da willst du jetzt hin? Wie atmest du dort?«

»Jedes Mal, wenn ich vorher da war, haben mich diese kleinen türkisfarbenen Blasen umgeben und ich konnte gut atmen. Sie haben auch Ikarus umhüllt. Ich glaube, sie sind Teil des Gartens.«

»Ich kann nicht glauben, dass du mir nie davon erzählt hast. Das klingt toll!« Zalis Stimme klang aufgeregt.

»Du hasst mich also nicht? Für das, was ich Alexsis, Dimitra und Kiko angetan habe?« Ihr Gesicht wurde weich, als sie wieder meine Hand drückte.

»Du hast nichts davon mit Absicht getan. Und du versuchst, es in Ordnung zu bringen. Natürlich hasse ich dich nicht.« Sie warf mir einen spitzen Blick zu. »Lass mich dir helfen.«

»Wirklich? Denn es wäre toll, wenn du mir helfen könntest.«

»Geheime leuchtende Wassergärten? Versuch mal, mich aufzuhalten!«

ACHTZEHN

Als wir beide in den Pool schlüpften, war meine Scham verflogen und die Entschlossenheit, die Dinge wieder in Ordnung zu bringen, war an ihre Stelle getreten. Und ich war ganz aufgeregt, als ich Zali meine Unterwasserentdeckung zeigte. Warum hatte ich mich ihr bisher noch nicht anvertraut? Sie war so freundlich und verständnisvoll, und es tat gut, jemanden zum Reden zu haben, nachdem ich so lange nicht mit Ikarus gesprochen hatte. Ich konnte ihr nicht alles erzählen, wie von Neos oder Ikarus' Vergangenheit, aber es schien, als *könnte* ich ihr von den Zutaten für den Trank erzählen. Vielleicht könnte sie mir auch mit der Mantikor-Feder helfen?

»Bereit?«, sagte sie und drehte sich am Rand der Kuppel zu mir um. Ich nickte, holte tief Luft, tauchte unter Wasser und stieß durch die magische Absperrung zwischen dem Schwimmbecken und dem Meer. Mit einem kräftigen Tritt drehte ich mich nach unten und sah, wie Zalis Beine flimmerten, als ihr leuchtender, schillernder Schwanz ihren Platz einnahm, während sie an mir vorbeisauste. Ich blieb dicht an der Marmorplatte und war erleichtert, als wir die Unterseite erreichten. Ich hielt mich am Rand des Felsens fest und Zali schwamm neben mich und tat dasselbe. Mit einem kräftigen Ruck ließ ich mich unter die Platte gleiten. Ein verwirrender Strudel begann, der mich immer wieder durch das Wasser wirbelte und das Adrenalin durch meinen Körper schießen ließ.

Als er aufhörte, hob ich den Kopf. Der Garten wuchs aus dem Felsen über mir und pulsierte in den elektrischen Farben von hunderten von Pflanzen und Fischen. Meine Brust schmerzte und ich schaute mich nach den Atemblasen um. Ein türkisfarbener Blitz erregte meine Aufmerksamkeit, dann kamen sie spiralförmig aus der Tiefe auf mich zu. Glücklich streckte ich meine Arme aus und sie kringelten sich um mich, bis sie mein Gesicht erreichten. Ich schloss meine Augen und nahm einen kleinen, vorsichtigen Atemzug. Trockene, kühle Luft füllte meinen Mund, also atmete ich tiefer ein und entspannte mich. Ich schaute mich nach Zali um und sah, dass die Blasen auch sie umgaben. Sie hielt ihren Arm vor ihr Gesicht und starrte sie mit einem albernen Grinsen an. Ich deutete nach oben und sie lehnte sich zurück, und ihre Kinnlade klappte herunter. Ihre bernsteinfarbenen Augen trafen wieder auf meine und ich lächelte sie an. Ich stieß sie an und wir schwammen an den Korallen entlang und beobachteten die Fische, die zwischen den Felsen und den schwankenden, leuchtenden Pflanzen hin und her schwammen. Ich hielt Ausschau nach allem, was an Feuerrauken erinnerte, nur für den Fall, dass es dort unten schon welche gab, aber es gab nichts, was dem Bild entsprach, das ich gesehen hatte. Ich hatte nicht geglaubt, dass ich so viel Glück haben würde.

Ich schwamm weiter und suchte nach der Stelle, an der wir die Pilzdinger gefunden hatten, die die Schlange aus der Höhle gelockt hatten. Ich erinnerte mich daran, dass es dort so etwas wie Erde gab, vielleicht wäre also in der Nähe Platz, um die Feuerrauken anzupflanzen. Als ich die Stelle fand, stellte ich erleichtert fest, dass in der dunklen, schlammigen Erde definitiv viel Platz war. Ich rollte mich auf den Rücken, um mich dem kleinen Fleck roter Pilze über mir zuzuwenden, und meine Kraft hielt mich dort, so dass ich kaum mit den Füßen strampeln musste.

Zaghaft streckte ich meine Hand nach dem Boden aus und riss sie zurück, als ein violetter Blitz vor mir durch das Wasser schoss. Zali packte mich an der Schulter und ich drehte mich um und sah in ihr besorgtes Gesicht. Ich tastete mit meinen Sinnen im Wasser nach etwas, das den violetten Energieschub verursacht haben könnte. Es war ein Aal, erkannte ich. Ich konnte ihn im Schilf am Rande des Pilzbeetes nicht sehen, aber seine Anwesenheit leuchtete irgendwie und ich konnte ihn *spüren*. Ich zeigte auf ihn, streckte die Hand aus und raschelte mit den Spitzen des Schilfs. Es gab eine schlängelnde Bewegung, und plötzlich brach der Aal aus den Pflanzen hervor. Ich riss meine Hände zurück, als violette Energie um das Wesen herum knisterte und kleine Neonfische um uns herumschwirrten. Der Aal war unglaublich anzuschauen. Er pulsierte in demselben elektrischen Licht wie der Rest des Gartens, einem intensiven Rosa. Während er vor den Pilzen hin- und herflitzte, zuckten kleine Blitze wie Adern seinen schlangenförmigen Körper hinunter und schossen dann in das Wasser um ihn herum. Es schien, als würde er seine Aufgabe, die Pilze zu bewachen, sehr ernst nehmen.

Zalis Griff um meine Schulter wurde fester und ich sah sie wieder an. Sie konzentrierte sich ganz auf den Aal, ihre bernsteinfarbenen Augen waren intensiv und lebendig, und ihre Lippen waren zusammengekniffen. Versuchte sie, mit dem Aal zu kommunizieren? Ich schaute wieder den Aal an. Sein hektisches Hin- und Herschwimmen wurde langsamer und auch die Stromstöße, die von ihm ausgingen, schienen nachzulassen. Langsam kam er zum Stillstand und schwebte vor dem Pilzbeet. Sein langer Körper kräuselte sich im Wasser. Dann drehte sich sein Kopf zu Zali um, und sein langer Kiefer öffnete und schloss sich ein paar Mal, bevor er mit einem harmlosen Blitz an uns vorbeischlängelte. Zali ließ meine Schulter los und strahlte mich an. Ich klatschte und um meine Handflächen bildeten sich Blasen, als sie aufeinandertrafen. Ich hätte wirklich daran denken sollen, Zali vorher hierher mitzubringen.

Immer noch vorsichtig grub ich ein wenig in der Erde

und legte das, was ich herausholte, in Zalis Hände. Dann öffnete ich den kleinen Beutel, den ich mir um den Hals gebunden hatte. Darin befanden sich vier Samen, und Fantasma hatte gesagt, dass eine gute Chance bestünde, dass ein oder zwei von ihnen aufblühen würden. Ich vergrub die Samen in dem dichten Pflanzenbeet und stopfte die Erde aus Zalis Händen wieder fest hinein, damit sie nicht herausfielen. Nachdem wir unser Werk gründlich begutachtet hatten, entfernten wir uns von dem Pilzbeet und kehrten zum Rand des Gartens zurück.

Wir ließen uns Zeit, und Zali bewunderte die Korallen und Felsen, auf denen es vor Leben wimmelte. Einmal zog sie mich ganz nah an einen Felsen heran, damit ich eine schneckenartige Kreatur mit verschlungenen orangefarbenen und lila Mustern auf ihrem matschigen Körper sehen konnte. Ich konnte nicht anders, als nach riesigen Seeschlangen Ausschau zu halten, auch wenn ich wusste, dass ich das nicht musste. Meine Kräfte erkannten alle Lebewesen in dem Garten und wussten, wo sie sich aufhielten. Die Schlange, auf die wir vorhin gestoßen waren, war direkt vor der Höhle. Sie hatte eine gewaltige Präsenz. Auf der anderen Seite des Gartens war etwas ebenso Großes, und ich dachte, es könnte eine Riesenkrabbe sein. Und es gab viele große Fische, einige waren flach und schmiegten sich an die Felsen, und andere waren so groß wie Haie und huschten zwischen den Pflanzen hin und her. Keiner von ihnen war an uns interessiert.

Schließlich erreichten wir den Rand der Platte, und als ich mich der wirbelnden Strömung näherte, die den

Garten begrenzte, begannen sich die türkisfarbenen Blasen von meinen Gliedern zu lösen. Ich verabschiedete mich dankbar, holte tief Luft und schwamm mit kräftigen Tritten durch die Strömung. Der Pool der Akademie kam in Sicht, als meine Lungen gerade zu protestieren begannen, und ich stieß durch die Kuppel und durchbrach glücklich die Oberfläche. Ich hatte es geschafft. Nein, *wir* hatten es geschafft. Die Feuerrauken waren eingepflanzt. Wir waren einen Schritt näher dran, den Seelenräuber zu fangen. Zali tauchte neben mir im Wasser auf und ihre Augen funkelten.

»Ey!«, quietschte sie, während sie sich die Haare aus dem Gesicht strich. »Ich habe mit dem Aal gesprochen! Nicht nur mit dem Aal! Ich habe mit so vielen Fischen gesprochen! Dieser Ort... Dora, er ist so unglaublich!«

»Es ist wunderschön«, stimmte ich zu und lächelte sie an. »Ich danke dir sehr. Ohne dich hätte ich den Aal nicht aus dem Weg räumen können.«

»Das ist okay. Ich habe nur nett gefragt«, sagte sie strahlend.

»Natürlich hast du das«, lachte ich.

In dieser Nacht ging ich zum ersten Mal, seit Ikarus und ich in den Turm eingebrochen waren, hoffnungsvoll ins Bett. Zali hatte sich begeistert bereiterklärt, den Fortschritt des Pflanzenwachstums zu überwachen, und nun hatte ich vier Wochen Zeit, eine Mantikor-Feder zu finden und zu lernen, damit ich nicht durch die Prüfungen fiel und von der Akademie flog.

Die nächste Woche verging wie im Flug, denn ich musste ständig mit Neos nachsitzen, hatte Nachhilfeunterricht bei Dasko und die Aufgaben aller Fächer wurden immer anspruchsvoller. Jedes Mal, wenn wir im Tempel oder in einem Klassenzimmer waren, suchte ich nach Ikarus, aber er wich meinem Blick so bewusst aus, dass ich mich nicht traute, ihn anzusprechen. Es war so offensichtlich, dass er nicht wollte, dass ich mich ihm näherte. Unglaublicherweise kam Thom eines Morgens auf mich zu. Er winkte mich nach dem Frühstück unbeholfen zu sich.

»Ich, ähm, habe mich gefragt, ob du schon alles über Mantikore gelernt hast?«, fragte er mich und lehnte sich gegen eine Säule, als wir im Haupttempel standen.

»Oh, bestimmt nicht. Es gibt schließlich immer etwas dazu zu lernen«, sagte ich und lächelte. Ich unterhielt mich gerne mit ihm, auch wenn ich mich wegen Ikarus ein bisschen unwohl fühlte. Er war nett, aufrichtig und freundlich.

»Es gibt ein paar wirklich gute Bücher in der Bibliothek. Vielleicht können wir uns gemeinsam welche ansehen. Vielleicht morgen Abend?«

Ich zögerte. Fragte er mich gerade nach einem Date? Unbehagen machte sich in meinem Magen breit, als ich an die Stunden zurückdachte, die Ikarus und ich in den letzten Monaten zwischen den Bücherregalen verbracht hatten.

»Oh, ich kann nicht, ich muss nachsitzen. Tut mir leid«, sagte ich schnell und verschwand in Richtung des Tempelausgangs, bevor er noch etwas sagen konnte. Ich hatte ein schlechtes Gewissen, weil ich weggelaufen war, aber mein Kopf hatte sich mit grünen Augen und schwarzen Flügeln gefüllt und ich traute mich nicht mehr, mit ihm zu reden. Ich wusste nicht, was ich sagen sollte.

Tak und ich hatten später an diesem Morgen Schwerttraining und als wir uns mit den hölzernen Waffen in der Hand gegenüberstanden, legte er den Kopf schief.

»Wann versöhnst du dich wieder mit Ikarus?«, fragte er. Ich seufzte.

»Ich kann ihn nicht zwingen, mit mir zu reden.«

»Nein, aber du könntest versuchen, mit *ihm* zu reden.«

»Das will er eindeutig nicht.«

»Greift an!«, brüllte Agrius und Tak stürzte sich mit seinem Schwert auf mich und schlug mir hart auf die Schulter.

»Das ist nicht fair! Du hast mich abgelenkt!«, protestierte ich. Er zuckte mit den Achseln und grinste.

»In einer echten Schlacht wirst du immer abgelenkt sein. Das ist eine gute Übung.« Ich stürzte zurück, tat so, als wollte ich auf seinen Arm zielen, ließ das Schwert fallen und schlug im letzten Moment gegen seine entblößte Hüfte.

»Aua!« Ich grinste ihn an.

»Was ist also mit Thom?«

»Was ist mit Thom?«, fragte ich schroff.

»Nun, er hat mir in der letzten Stunde erzählt, dass du ihn abserviert hast.« Ich sagte nichts, sondern parierte den Schlag, mit dem Tak auf meinen Oberschenkel zielte.

»Wenn du dich nicht für Thom interessierst, aber immer noch auf Ikarus stehst, dann geh und klär das!«

»So einfach ist das nicht. Ich wünschte, das wäre es.«

»Dann machst du es zu kompliziert.« Ich starrte ihn an, aber ein Teil von mir klammerte sich an seine Worte. Hatte er recht? Machte ich es schlimmer, als es sein musste? Vielleicht wartete Ikarus tatsächlich darauf, dass ich zu ihm ging und mit ihm redete.

Hufgetrappel lenkte meine Aufmerksamkeit auf sich und ich sah Chiron, der sich dem Trainingsplatz näherte. Langsam hörten alle auf, ihre Holzschwerter zu schwingen und richteten sich auf, als Agrius auf den Zentauren zu stapfte.

»Vronti«, rief Chiron, als er uns erreichte.

»Ja, Schulleiter«, sagte der silberhaarige Junge und trat vor. Mir fiel zum ersten Mal auf, dass er nicht mit Astra trainierte. Sie war überhaupt nicht im Unterricht. Ein Schauer lief mir über den Rücken. »Weißt du, wo sie ist?«, fragte Vronti mit fester Stimme und ich bemerkte, dass seine Haut blasser war als sonst. *Oh nein.* Ich hatte ein schlechtes, furchtbar schlechtes Gefühl.

»Ja«, sagte Chiron und Vronti war sichtlich erleichtert über die Antwort. »Aber ich fürchte, ich habe keine guten Nachrichten.« Vronti versteifte sich wieder und presste seinen Kiefer zusammen, und sein Gesicht war nun vollkommen weiß. Die Angst in seinen Augen jagte mir einen weiteren Schauer über den Rücken.

»Es hat sie erwischt, nicht wahr?«, flüsterte er. Es fühlte sich an, als ob sich Eis in meinem Körper ausbreiten würde. Nein, bitte, *bitte* nicht der Todesdämon. Was war mit dem Trank?

Chiron senkte den Kopf.

»Es tut mir leid«, sagte er.

Vronti stieß einen Schrei aus, wie ich ihn noch nie von einem Menschen gehört hatte. Mein Impuls war, zu ihm zu eilen, aber zwei Schüler waren zuerst da und fingen seine Ellbogen ab, als er nach vorne stolperte, den Kopf in den Händen. Ein Bild von Mandy tauchte in meinem Kopf auf, und meine Augen füllten sich mit Tränen. Ich verstand seinen Schmerz. Wenn meiner kleinen Schwester etwas zustoßen würde… wäre ich am Boden zerstört.

»Vronti, du musst es mir sagen: warum hat sie den Trank nicht getrunken?«, sagte Chiron mit leiser Dringlichkeit.

»Wir… wir hatten einen Plan«, keuchte Vronti. Er weinte nicht, aber sein Atem raste.

»Hast du deinen getrunken?« Chiron machte einen Schritt auf ihn zu, als er die Frage stellte, während die anderen nervös zurücktraten.

Vronti hob seinen Kopf und sah zu dem Zentauren auf. Langsam schüttelte er ihn.

»Nein«, flüsterte er.

»Trink ihn jetzt, du Narr!«, brüllte Agrius, stampfte nach vorne und schnappte sich Vrontis Tasche vom

Boden. Er wühlte achtlos darin herum, bis er eine kleine Flasche mit dem Trank fand, den wir alle jeden Morgen tranken. Er drückte sie Vronti in die Hand, der sie annahm, ohne den Lehrer anzuschauen. Er schaute nichts an, seine Augen waren glasig und seine Atmung war jetzt flach.

»Trink es«, sagte Chiron sanft. Vronti öffnete die Flasche und kippte die Flüssigkeit wortlos in seinen Mund. »Komm mit mir«, sagte der Schulleiter und alle traten zur Seite, als der Zentaur auf ihn zuging, ihm eine Hand auf die Schulter legte und ihn zum Tempel führte.

Niemand gab einen Laut von sich, lange nachdem sie aus unserem Blickfeld verschwunden waren. Mir war schlecht. Ich hatte gedacht, ich hätte mehr Zeit. Ich hatte sogar angefangen, mich hoffnungsvoll und weniger schuldig zu fühlen. Ich war ein Idiot gewesen. Wir waren nicht sicher. Solange der Dämon nicht aufgehalten wurde, war niemand sicher.

NEUNZEHN

Beim Abendessen ging es so leise zu, dass es unheimlich war. Das Klackern von Messern und Gabeln auf den Tellern war über dem Summen von nervösem Geflüster zu hören und ungewöhnlicherweise hatte ich keinen Appetit.

»Ich hoffe, Gida zieht seinen Plan, den Dämon anzulocken, nicht mehr durch«, sagte Zali leise.

»Ich auch«, murmelte ich und sah mich nach dem Satyr um. Ich entdeckte ihn, wie er bei den älteren Schülern saß, mit denen er immer zusammen war, wenn er nicht bei uns war.

»Er ist nicht dumm«, sagte Tak.

»Das war Astra auch nicht«, sagte Roz und warf ihm einen Blick zu. Eine Pause entstand.

»Stimmt.«

»Glaubst du, es ist ein Zufall, dass nur die Seelen von Mädchen entführt wurden?«, fragte Zali.

»Das habe ich mich auch gefragt. Es ist schon merkwürdig, vier Mädchen und keine Jungen.«

Ich hatte auch schon darüber nachgedacht. Hatten Todesdämonen eine Vorliebe für das weibliche Geschlecht?

Nach dem Abendessen, bei meinem nächtlichen Nachsitzen im Feuerraum, beschloss ich, Neos danach zu fragen.

»Warum hat der Dämon sich bisher nur Mädchen geholt?« Er seufzte und verschränkte die Arme vor der Brust, und seine roten Augen blickten in meine. Sie waren die ganze Zeit rot, wenn wir alleine waren.

»Ich weiß es nicht. Vielleicht ist es nur ein Zufall.« Ich hob eine Augenbraue.

»Wirklich?« Neos zuckte mit den Achseln.

»Es gibt keinen Grund, warum Keres nur Mädchen wählen sollte. Aber beide Zwillinge haben den Trank nicht getrunken und nur Astras Seele wurde gestohlen. Es könnte also etwas geben, das wir nicht wissen.«

Toll, dachte ich. Das war genau das, was wir brauchten. Mehr Geheimnisse.

»Aber ich würde den Jungs nicht empfehlen, den Zaubertrank nicht mehr zu trinken. Todesdämonen sind gefährliche Gestalten. Und jetzt zeig mir einen Feuerball.« Ich runzelte die Stirn, beschwor jedoch einen großen Feuerball herauf, der zwischen uns in der Luft erschien.

»Gut. Jetzt mach ihn größer und dünner.« Ich tat,

was er verlangte, und bildete eine Feuersäule, die fast so groß war wie ich selbst.

»Jetzt möchte ich, dass du etwas Neues ausprobierst. Halte deine Hand in die Flammen.«

»Was? Nein!« Das Feuer vor mir erlosch augenblicklich.

»Es wird dir nicht wehtun. Nicht, wenn du wirklich mit ihm verbunden bist.« Ich dachte darüber nach und versuchte, es mit dem zu vergleichen, was ich über meine Wasserkräfte wusste.

»Wie kommt es dann, dass ich, wenn ich mich mit dem Wasser verbinde, nicht atmen kann? Ist das nicht das Gleiche?«

»Du kannst unter Wasser atmen, wenn du deinen Körper verlässt und zum Wasser selbst wirst. Ich weiß, dass du auf diese Weise den Meeresdämon besiegt hast.« Ich starrte ihn an.

»Das war etwas anderes. Du verlangst nicht, dass ich meinen Körper verlasse, du verlangst, dass ich meine Hand ins Feuer lege.«

»Und wenn du dich den Flammen öffnest, werden sie dich nicht verletzen. Deine Magie wird wie eine Barriere wirken. Pass auf.« Er hob seinen Arm und warf den Kopf zurück. Seine Augen brannten in einem leuchtenden Scharlachrot, dann stand plötzlich sein ganzer Körper in Flammen. Ich keuchte und stolperte nach hinten, aber er kippte den Kopf wieder nach vorne und lachte, während er seine Arme ausbreitete. Flammen züngelten über sie, tanzten über seinen Körper hinweg und jeder Zentimeter davon war rot und orange vor Feuer.

»Wie...« Ich brach ab und starrte ihn an.

»Nur ein Feuerdämon oder ein Gott könnte das tun, Pandora. Aber du... Du hast die Macht der Titanen in deinen Adern. Du hast mehr Potenzial als jeder Schüler, den diese Schule seit Tausenden von Jahren gesehen hat.« Mir stockte der Atem. War das wahr? Dasko hatte etwas Ähnliches gesagt, auch wenn er nicht so eine kühne Behauptung aufgestellt hatte. *Tausende* von Jahren?

» Weißt du, unser Nachsitzen ist vor über einer Woche zu Ende gegangen .« Seine Worte durchbrachen meine Gedanken.

»Was?«

»Du hättest nach dem Essen nicht mehr herkommen müssen. Aber du bist trotzdem gekommen. Du weißt, dass das Feuer in dir ist. Du brauchst es genauso sehr, wie es dich braucht.« Flammen sprangen von seinen Schultern und er trat auf mich zu, seine Stimme war intensiv und verführerisch. »Lass es herein. Nimm es an. Nutze es. Du könntest unglaublich sein.«

Er hatte recht, wurde mir klar. Sowohl über das Ende des Nachsitzens, und über das Feuer. Ich konnte es in mir spüren.

Ich hatte es in der Rüstung gesehen, und ich hatte es in dem Kelch gesehen. *Eine turbulente Zukunft.* Eine Zukunft, die mit Feuer oder Wasser gefüllt war? Beides, dachte ich und biss entschlossen die Zähne zusammen. Ich könnte beides kontrollieren, oder?

Zögernd öffnete ich meinen Geist den Flammen, die über Neos Körper züngelten. Sie stürmten auf mich ein und mit einem Mal war ich lebendiger, als ich mich je gefühlt hatte. Kraft und Energie, die wild, schnell, unberechenbar und verzweifelt waren, erfüllten mich. Neos streckte mir seine Hand entgegen und bevor ich weiter darüber nachdenken konnte, ergriff ich sie.

Sie war heiß, aber sie brannte nicht. Es kribbelte und zischte, dann breitete es sich die Hitze in meinem Körper aus. Ich zog meine Hand langsam zurück, hielt sie in die Höhe und sah gebannt zu, wie eine einzelne Flamme um meine Fingerspitzen tanzte. Ich kniff die Augen zusammen, als das rasende Gefühl immer stärker wurde, und plötzlich sprang das Feuer aus meiner Hand. Es floss meinen Arm hinunter und ich schrie auf, als es meine Brust verschlang, denn die Hitze war nun intensiv und real.

»Ruf das Wasser herbei!«, rief Neos. Ich drückte meine Augen zu und blendete die tosenden Orange- und Rottöne aus. Ich dachte an den Ozean, der mich umgab, und nutzte die Kraft und Macht seiner kühlen Präsenz, so gut ich konnte. Ich keuchte auf, als kaltes Wasser von der Wasserwand zu mir hinüber sprudelte und sich über mich ergoss, als stünde ich unter einem Wasserhahn. Das Wasser löschte die Flammen vollständig.

Ich trennte meine Verbindung zur Kraft des Wassers und der Strom hörte genauso abrupt auf, wie er angefangen hatte. Einen Moment lang hörte ich nur, wie das Wasser von meiner Kleidung auf den Steinboden tropfte, und mein keuchendes Atmen. Dann begann Neos zu lachen.

»So etwas habe ich noch nie gesehen!« Seine Augen funkelten vor Aufregung. »Weißt du, wie wenige Menschen so mit Wasser umgehen können? Um ein Feuer zu löschen, das *du* kontrolliert hast...« Ich unterbrach ihn.

»Ich habe das Feuer nicht unter Kontrolle! Es ist so hektisch, so schnell, ich kann es nicht festhalten, wo ich es haben will.« Er winkte abweisend mit der Hand.

»Das wird sich mit der Zeit geben. Feuer hat eine spielerische Kraft, irgendwann wirst du lernen, dieses Spiel zu spielen.«

»Ich bin mir nicht sicher, ob ich das will«, sagte ich und meine Hände begannen zu zittern. Ich wollte ihm nicht sagen, wie viel Angst ich gehabt hatte, als die Flammen anfingen, an meinem Gesicht zu lecken. Aber ich wollte auch nicht zugeben, wie ich mich gefühlt hatte , als ich die Flammen in meiner Hand gehalten hatte. Im Vergleich zum Wasser konnte ich dem Feuer nicht vertrauen, aber das Gefühl von Leben, Freiheit und sich stetig steigernder Energie war... köstlich. Mir fiel kein besseres Wort ein, es zu beschreiben. Und die Wahrheit war, dass ich mehr wollte.

In dieser und allen folgenden Nächten träumte ich von riesigen Flutwellen, die gegen den Strand in meiner Heimat krachten, nur dass sie nicht mehr so aussah wie beim letzten Mal. Knisternde violette Blitze zuckten über den tiefschwarzen Himmel und die Steine, die das Ufer bedeckten. Sie sahen zerklüftet und grausam aus. Die monströsen Wellen, die immer wieder auf sie einschlugen, wurden vom unheimlichen scharlachroten Schein der Flammen erhellt, die sich unter der Wasseroberfläche kräuselten und tanzten, unfassbar schön und erschreckend zugleich. Ich erwachte aus jedem dieser Träume schweißgebadet und mit pochendem Herzen.

Mein Kampf um die Beherrschung von Wasser und Feuer plagte nicht nur meine Träume und meinen Elementarunterricht, sondern begann auch meinen anderen Unterricht zu beeinträchtigen. Wir bekamen Übungstests in Geschichte der Mythologie und Altgriechisch und ich schaffte es, in beiden durchzufallen. Ich wusste, dass ich es nicht tun sollte, aber anstatt für die schriftlichen Prüfungen zu lernen, ging ich weiterhin zu meinem nächtlichen Feuerunterricht mit Neos. Jedes Mal, wenn ich mich mit den anderen in der Bibliothek mit einem Buch hinsetzte, um die griechischen Wörter für Tiere, die fliegenden Schiffsklassen des Olymps oder die Namen der antiken Flussnymphen zu lernen, überflutete brennende Energie meinen Körper und ich konnte einfach nicht stillsitzen. Es war, als wäre der Ozean um mich herum unruhig und die einzige Möglichkeit, ihn zu beruhigen, war, meine Kraft einzusetzen.

• • •

»Dora, willst du mir helfen, für den Geografie-Test morgen zu üben?«, sagte Zali etwas mehr als eine Woche nach der Entführung von Astra beim Abendessen zu mir.

»Ja, klar, aber ich muss erst zu meinem Feuerkurs«, sagte ich mit einem Bissen Nudeln im Mund.

»Ich glaube, Neos würde dich in der Nacht vor den Probeprüfungen freistellen«, sagte Roz von der anderen Seite des Tisches.

»Ja, ich meine, Elementarkräfte zu haben, ist ziemlich sinnlos, wenn du sowieso aus der Akademie rausfliegst«, fügte Tak hinzu. »Dann musst du zurück in die Welt der Sterblichen, wo du sie nicht nutzen kannst.« Ich zuckte mit den Achseln.

»Ich lerne einfach vor den eigentlichen Prüfungen. Es ist einfacher, so etwas schnell zu pauken. Die elementaren Kräfte brauchen Zeit und Übung.« Ich konnte Neos in meinen Worten hören, es war dasselbe, was er und Dasko mir immer wieder sagten.

»Hmm, nun, die Prüfungen sind nur noch zehn Tage entfernt. Das ist ziemlich knapp«, sagte Zali zweifelnd.

»Ich komme schon klar«, sagte ich zu ihr.

Aber der Geografie-Test lief so schlecht, dass Chiron mich bat, nach dem Unterricht zu bleiben.

»Pandora, du hast die Hälfte der Fragen in diesem Test falsch beantwortet«, sagte er ernst zu mir.

»Es tut mir leid«, antwortete ich.

»Es geht nicht darum, dass es dir leidtut, sondern darum, dass du nicht genug lernst, um in der Akademie zu bleiben und ein produktives Mitglied des Olymps zu werden. Ist irgendetwas nicht in Ordnung?«

Ich blickte in sein warmes, offenes und ehrliches Gesicht, das mich so sehr an das meines Vaters erinnerte. *Ich habe den Todesdämon freigelassen, ich habe Feuermagie in mir, die mich ängstigt und begeistert. Fantasma sagt, ich habe eine turbulente Zukunft vor mir, ich kann nicht schlafen und Ikarus hasst mich.* Ich verdrängte meine Gedanken und sagte: »Ich weiß nur so wenig über den Olymp, weil ich aus der Welt der Sterblichen komme.« Chiron sah mich stirnrunzelnd an.

»Das ist keine Entschuldigung, Pandora. Willst du Nachhilfeunterricht? Ich bin sicher, Dasko würde dir gerne helfen, und ich auch.« Ich schnaubte unwillkürlich und der Zentaur hob die Augenbrauen.

»Tut mir leid. Es ist nur so, dass ich jetzt schon eine Menge Extrakurse habe.«

»In Feuer und Wasser. Ja, das habe ich gehört. Du weißt, dass alle Kurse hier an der Akademie wichtig für dein Überleben sind, wenn du die Akademie verlässt. Deshalb musst du sie bestehen, um zu bleiben. Du verstehst doch, wie wichtig sie sind, oder?«

»Ja, natürlich.«

»Für dich sind sie sogar noch wichtiger. Du hast derzeit keine Familie und keinen Platz in dieser Welt. Du fängst bei null an, wenn du von hier weggehst, und das bedeutet, dass nichts in deinem Arsenal hilfreicher sein könnte, als alles über die Geografie des Olymps , wie Götter, Halbgötter und Dämonen leben und wie man ihre Sprache liest und spricht zu wissen.« Ich starrte ihn an. Ich war so entschlossen, wieder nach Hause zu kommen, dass ich gar nicht bedacht hatte, was er sagte. Ich würde bei null anfangen. Wenn ich die Schule abschloss, würde ich in den Olymp geschickt werden, wo ich nirgendwo hingehen könnte, und keine Ahnung hätte, wie ich dort leben sollte.

»Ich sehe, dass du und Ikarus viel weniger Zeit miteinander verbringen«, sagte Chiron sanft. Meine Bauchmuskeln krampften sich zusammen und ich senkte den Blick.

»Ja«, sagte ich leise.

»Du solltest versuchen, das wieder in Ordnung zu bringen. Er ist ein sehr kluger junger Mann und ihr beide habt mit dem See-Dämon im letzten Semester etwas wirklich Großartiges bewirkt. Ihr könnt euch gegenseitig helfen.«

»Braucht er Hilfe?« Sorge erfüllte mich.

»Nicht bei seinen schriftlichen Studien, nein. Aber je mehr er sich in sich selbst zurückzieht, desto mehr verliert er seinen Ehrgeiz. Und Olympus könnte seinen Ehrgeiz gebrauchen. Er könnte außergewöhnlich sein. So wie du.« Ich seufzte.

»Alle sagen das immer wieder. Dasko sagt, ich müsse besser mit Wasser umgehen können, Neos sagt Feuer, du sagst das, Fantasmas blöder Kelch sagt, meine Zukunft sei sowieso versaut und dann ist da noch der Dämon...« Ich brach ab. Chiron sah mich mit einem ernsten Blick an. Ich wartete auf die misstrauischen Fragen und versuchte, mir Lügen auszudenken, um meinen Fehler zu vertuschen.

»Du musst dir im Moment keine Sorgen um den

Dämon machen. Der Trank beschützt die Schüler. Lass dir von den Lehrern bei deinen Studien helfen.«

»Ja, Schulleiter.«

»Möchtest du zusätzlichen Unterricht?«

»Nein, danke. Zali hat mir ihre Hilfe angeboten. Und... und vielleicht hilft mir Ikarus mit dem Sprachunterricht.« Chiron lächelte mich an.

»Er ist einer der Besten in der Schule in Altgriechisch.«

Als ich den Geografie-Saal verließ, musste ich mich beeilen, um pünktlich zum Wasserunterricht zu kommen. Chirons Worte spukten mir im Kopf herum, während ich am Ende des Klassenraums stand und geistesabwesend Schmetterlinge von der Wasserwand aufsteigen und im Kreis herumschwirren ließ. Meine sonntäglichen Trainingseinheiten im Schwimmbad mit Dasko zeigten Wirkung.

Chiron hatte recht, das wurde mir klar. So verlockend und wichtig meine Elementarmagie auch war, so wichtig war es auch, die Welt zu verstehen, in die ich hineingebracht worden war. Der Gedanke, allein auf dem Olymp herumzustreifen, verwirrt und hoffnungslos, war genauso schrecklich wie der Gedanke, ohne meine Familie in die Welt der Sterblichen zurückzukehren. Würde ich wirklich bei null anfangen? Der schmerzhafte Gedanke an meine Mutter schoss mir durch den Kopf. Sie hatte gesagt, dass sie mich *besuchen* würde, wenn ich meinen Abschluss machte. Wo wohnte sie? Schuldgefühle durchzuckte mich, als mir klar wurde, dass Chiron genau das gemeint hatte. Wenn ich aufmerksamer gewesen wäre und die Bücher gelesen hätte, die ich lesen sollte, dann wüsste ich wahrscheinlich, wo Seenymphen wie meine Mutter lebten.

»Zali?« Sie saß im Schneidersitz auf ihrem Bett und hatte ein Buch auf dem Schoß, als ich nach dem Wasserunterricht unseren Schlafsaal betrat.

»Ja?«

»Ist das Angebot, mir bei der Vorbereitung zu helfen, noch gültig?«

»Sicher ist es das.«

»Danke«, sagte ich dankbar und ließ meine Tasche auf das Bett fallen. »Ich habe die Geografieprüfung wirklich vermasselt. Ich werde den Wasserunterricht mit Dasko am Sonntag nicht mehr machen und auch den Feuerunterricht werde ich kürzen.«

»Wir haben zehn Tage, das ist genug«, lächelte sie mich an.

»Wirklich?«

»Natürlich. Aber wir müssen heute Abend nach den Feuerrauken sehen.« Ich nickte. Wir hatten vereinbart, wöchentlich nach den Pflanzen zu sehen, damit wir, wenn sie nicht wuchsen oder etwas passierte, so schnell wie möglich neue Samen besorgen konnten. Zali war so verliebt in den Garten, dass sie am liebsten täglich nach ihnen gesehen hätte . Als wir das letzte Mal nachgesehen hatten, ging es ihnen gut, und die grünen Triebe ragten schon ein paar Zentimeter aus der Erde.

»Genau. Wir haben jetzt noch eine halbe Stunde bis zum Abendessen. Da können wir noch ein bisschen lernen. Hast du dein Buch über den göttlichen Stammbaum hier?«, fragte mich Zali.

»Ja, es muss hier irgendwo sein«, sagte ich und machte mich auf die Suche nach dem schweren Buch. »Ich dachte, ich könnte Ikarus bitten, mir bei der Sprache zu helfen«, murmelte ich, während ich mich über den Bücherstapel am Ende meines Bettes beugte. Ich zuckte zusammen, als Zali hinter mir kreischte und in die Hände klatschte.

»Das wurde auch Zeit«, strahlte sie, als ich mich zu ihr umdrehte.

ZWANZIG

Ich presste zum hundertsten Mal meine schwitzenden Handflächen zusammen, holte tief Luft und zwang mich, zwischen die Bücherregale zu treten. Ich konnte Ikarus sehen, der mit seinem zerfledderten Sherlock-Holmes-Buch auf dem Boden saß und seine Flügel nach vorne gestreckt hatte, damit er sich an die Regale lehnen konnte. Mit hämmerndem Herzen öffnete ich meinen Mund.

»Hallo«, sagte ich. Er sah zu mir auf und ließ sein Buch sinken.

»Hallo.«

»Darf ich mich kurz zu dir setzen?« Seine stechenden grünen Augen bohrten sich in meine und mein Atem ging schneller. Ich brauchte nicht so nervös zu sein, sagte ich mir streng. Ich hatte Stunden mit diesem Jungen verbracht. Er kannte mich und ich kannte ihn. *Wir hatten eine Bindung.*

»Ich denke schon«, sagte er. Das war kein guter Anfang. Ich rutschte ihm gegenüber in den Gang.

»Ich wollte dich um einen Gefallen bitten«, sagte ich, weil ich dachte, dass es weniger peinlich wäre, gleich zur Sache zu kommen als Smalltalk zu machen. Er hob die Augenbrauen.

»Ich falle in Griechisch durch. Chiron meinte, dass du mir helfen könntest, weil du so gut darin bist.«

»Du fällst in allen schriftlichen Fächern durch, stimmt's?« Ich schaute finster drein.

»Woher weißt du das?«

»Ich bin nicht dumm. Und du verbringst deine ganze Freizeit mit diesem Dämon.« In seiner Stimme lag eine Schärfe, die mich sofort in die Defensive drängte.

»Spionierst du mir nach?«

»Nein. Aber ich habe ein Auge auf Neos geworfen. Und du bist immer bei ihm.« Ich starrte Ikarus an und er starrte direkt zurück.

»Er hilft mir, meine Feuermagie zu kontrollieren«, sagte ich durch zusammengebissene Zähne.

»Klar. Und du hältst es für eine gute Idee, so viel Zeit mit einem Dämon zu verbringen, der von einem Titanen für alle Ewigkeit weggesperrt wurde?«

»Wenn Oceanus sie für immer einsperren wollte, hätte er nicht eine Spur hinterlassen, der man folgen kann, und eine Phiole, aus der die Nachkommen der Titanen trinken können. Er wollte offensichtlich, dass die Kiste irgendwann geöffnet wird«, schnauzte ich ihn an.

»Jetzt verteidigst du ihn also?«

»Nein! Aber er hat ein paar gute Argumente, und er ist die einzige Hoffnung, die ich habe, den Seelenräuber aufzuhalten. Außerdem werde ich immer besser im Umgang mit Feuer.« Ikarus Augen blitzten auf und seine Flügel flatterten um ihn herum.

»Ich traue ihm nicht«, knurrte er.

»Das musst *du* nicht.«

»Ach wirklich? Also machst du das jetzt ganz allein?«

»Ich habe doch keine andere Wahl!« Ich bereute es, die Worte ausgesprochen zu haben. Ikarus wich meinem wütenden Blick aus und wir sagten beide einen langen, langen Moment lang nichts.

»Ich werde dir mit der Sprache helfen«, sagte er schließlich.

»Oh. Danke«, sagte ich überrascht.

»Aber wenn du diesem Dämon weiterhin vertraust, kann ich dir bei nichts anderem helfen.« Enttäuschung und Verärgerung durchzuckten mich. Ich war nicht zu ihm gekommen, um ihn um Hilfe mit dem Trank oder dem Dämon zu bitten, aber er war die einzige Person, die die Wahrheit kannte. Wie konnte er nicht sehen, dass Neos unsere einzige Hoffnung war?

»Ich habe keine Wahl, Ikarus. Wenn er jemanden verletzen wollte, hatte er Monate Zeit, es zu tun.«

»Ich glaube nicht, dass er dir wehtun will. Ich glaube, er will dich benutzen.«

»Wofür?«

»Ich weiß es nicht.«

»Hast du noch andere Vorschläge, um den Todesdämon aufzuhalten und die Seelen der armen Mädchen zurückzuholen?«, forderte ich ihn heraus.

»Noch nicht. Nein.«

»Dann muss ich es versuchen.«

»Gut.«

»Gut.« Ich stand auf, die Wut schoss durch meinen Körper.

»Ich tue mein Bestes, weißt du«, sagte ich, »um das wieder in Ordnung zu bringen.« Ikarus schaute zu mir auf und ich sah einen Schimmer von dem Jungen, den ich auf der Spitze des Pegasusturms so gut kennengelernt hatte.

»Wir treffen uns nach dem Essen für eine Stunde hier, um Altgriechisch zu pauken«, sagte er. Ich schaute ihm in die Augen und wollte, dass er mehr sagte. Er sollte mir sagen, dass er mir verzieh oder dass er mich vermisste. Aber er sagte nichts, also drehte ich mich um und ging, bevor meine Gefühle mich überwältigen konnten.

Danach traf er sich jeden Tag mit mir, aber wir sprachen über nichts anderes als die Sprache der Götter. Jedes Mal, wenn ich seine Lippen beim Sprechen beobachtete oder mir wünschte, seine Hand würde meine streicheln, während wir uns über ein Buch beugten, erinnerte ich mich an seine Worte. *Wenn du diesem Dämon weiterhin vertraust, kann ich dir nicht helfen.* Die Erinnerung daran machte mich jedes Mal so wütend, dass ich die trüben Gedanken verdrängte und mich konzentrierte. Wenn es ihm lieber wäre, dass ich meine Feuermagie ungezähmt und unkontrolliert ließ und mich dem Todesdämon allein stellte, dann sollte es wohl so sein. Ich brauchte ihn nicht.

Es bestand jedoch kein Zweifel, dass er mir half, meine Sprachkenntnisse zu verbessern. Er hatte eine seltsame kleine Technik, die es mir unendlich leichter machte, mir komplizierte Wörter zu merken. Er brachte mich dazu, an etwas zu denken, das dem Wort, das wir lernten, ähnlich war, und stellte es mir dann mit der Bedeutung vor. So erinnerte mich das griechische Wort *skafos* an das Wort *Gerüst*. Ikarus wusste nicht, was ein Gerüst ist, aber das war auch egal. Wichtig war nur, dass *skafos* »Boot« bedeutet. Als ich mir also ein Boot vorstellte, über dem ein Gerüst aufgebaut war, konnte ich es mir leicht merken.

Zali testete mich jeden Morgen und jeden Abend in den Kräften der Götter und den Stammbäumen, und abends in der Bibliothek fragte Gida uns alle über die zwölf Reiche des Olymps aus. Roz war in Geografie fast so schlecht wie ich, also stellte er uns beiden die meisten Fragen. Sie war im Reich des Krebses, Heras Reich, aufgewachsen und ihre Familie hatte offenbar wenig Interesse am Rest der Welt.

Langsam, aber sicher rückten die Prüfungen näher, aber genauso langsam und sicher fühlte ich mich besser vorbereitet. Ich verdrängte die ständig nagende Erinnerung daran, dass ich immer noch nicht näher dran war, eine Mantikor-Feder zu finden. Bei unserem dritten Besuch gedieh die Feuerrauke so gut wie erhofft. Die

Triebe waren jetzt einen Meter lang und unter der grünen Haut der langen Schilfpflanzen begann sich etwas zu wölben. Seit Astra war niemand mehr entführt worden und es schien unwahrscheinlich, dass jemand es riskieren würde, den Schutztrank nicht zu trinken, nach dem was mit ihr passiert war.

Als der Morgen der ersten Prüfung anbrach, war ich früh wach und fühlte mich so bereit wie nie zuvor. Die Prüfungen waren über drei Tage verteilt, insgesamt zehn an der Zahl, und als Erstes stand das Fliegen an. Es gab Spekulationen, dass die Prüfung aus einer Art Hindernislauf bestehen würde, und als wir die Spitze des Pegasusturms erreichten, erkannten Zali und ich, dass die Gerüchte stimmten. Überall um den Turm herum schwebten flammende Ringe, hoch und niedrig, groß und klein.

»Hallo, Klasse«, rief Fräulein Alma, als wir uns alle auf dem Sims versammelten. »Hermes wird gleich zu uns kommen, um die Prüfung zu beaufsichtigen. Heute gibt es kein Wettrennen, ihr werdet einzeln an die Reihe kommen. Ihr braucht zehn Punkte, um die Prüfung zu bestehen. Für jeden der vierzehn Ringe, die ihr durchfliegt, bekommt ihr einen Punkt, außer für den höchsten und den niedrigsten Ring, die zwei Punkte wert sind. Ihr habt jeweils drei Minuten Zeit. Bitte sattelt die Pegasoi.« Ich wünschte Zali Glück und gab mein Bestes, um Ikarus' Blick zu erhaschen, was mir aber nicht gelang. Daher rannte ich schnurstracks zum Stall von Peto. Er war genauso unruhig wie ich, und ich konnte deutlich die nervöse Energie spüren, die von den

Schülern ausging, die jetzt lautstark durch die Ställe rumpelten.

»Wir werden uns heute wundervoll schlagen«, sagte ich zu ihm, als ich ihm den Sattel auf den Rücken hob. Er schnaubte. »Ich überlasse dir das Kommando. Flieg einfach durch so viele Ringe, wie du kannst.« Als der Pegasus bereit war, führte ich ihn vorsichtig aus dem Stall und zurück zum Vorsprung, wo bereits einige Schüler warteten. Ein helles weißes Licht blitzte auf, und Hermes erschien neben Fräulein Alma. Sie verneigte sich tief und ich folgte ihrem Beispiel.

»Ich bin seit Jahren nicht mehr auf einem Pegasus geritten«, sagte der Gott fröhlich. Ich blinzelte. »Kann ich es mal versuchen, wenn die Kinder durch sind?« Er schaute erwartungsvoll zu Fräulein Alma.

»Natürlich, mein Herr«, stotterte sie.

»Ausgezeichnet«, strahlte er.

Ikarus war zuerst an der Reihe. Ich sah gebannt zu, wie er mit seinen riesigen Flügeln schlug und sich vom Vorsprung herunterstürzte. Ich war nicht die Einzige, die sich über den Rand der Plattform lehnte, um zu beobachten, wie er seine Flügel um sich legte und wie ein Pfeil auf den untersten Flammenring zuschoss. Als er näherkam, breitete er seine Flügel weit aus, drehte scharf ab und strebte den Ring an, um sie dann wieder um sich zu legen, als er hindurch sauste. Ich konnte kaum atmen, als ich ihm dabei zusah, wie er durch den Parcours flog, als wäre es die einfachste und natürlichste Sache der Welt.

Wir hatten zweimal in der Woche zusammen Flugunterricht, aber er startete immer auf der anderen Seite des Turms und flog weit weg von allen anderen. Er hatte offensichtlich hart trainiert. Als er mit allen vierzehn Ringen und noch drei Sekunden auf der Uhr wieder auf der Plattform landete, brachen alle in Beifall aus. Seine Wangen färbten sich rosa und ich wurde fast von dem Drang übermannt, ihn zu umarmen.

»Nun. Ich habe schon lange niemanden mehr so fliegen sehen. Gut gemacht«, sagte Hermes. Diesmal wurde Ikarus ganz rot im Gesicht und schüttelte sein windzerzaustes Haar in sein Gesicht, während er den Kopf senkte.

»Danke, mein Herr«, murmelte er.

»Der Nächste!«, rief Fräulein Alma. Ich war als Fünfte an der Reihe und Peto wollte unbedingt von der Plattform runter, als ich in den Sattel kletterte und meine roten Converse an seine Flanken legte. Es war, als würde er neidisch werden, wenn er sah, wie alle anderen den ganzen Spaß hatten.

»Bist du bereit, Junge?«, flüsterte ich ihm zu und kraulte ihn hinter den Ohren. Er schüttelte seine riesigen Flügel kräftig aus und wieherte.

»Los gehts!« Er flog traumhaft, schlug eine harte, aber präzise Kurve ein, während wir uns jedem brennenden Reifen näherten, und zog seine Flügel gerade weit genug ein, wenn wir durch die plötzliche Hitze flogen. Das Feuer fühlte sich jedes Mal anders an, wenn wir uns einem Ring näherten; als würde es nach mir rufen. Ich konzentrierte mich auf die aufgewühlten

Wellen unter mir und versuchte, das Gefühl auszublenden und Stabilität aus dem Ozean zu ziehen. Doch als wir auf den neunten Ring zuflogen, verschwamm meine Sicht leicht. Ich kniff die Augen zu und vertraute Peto, und als ich sie öffnete, schrie ich auf. Der Ring, der nur wenige Meter vor uns lag, war ein Inferno. Flammen so groß wie der Pegasus sprangen und tanzten um ihn herum und Peto wieherte laut und schlug mit seinen riesigen Flügeln, als er versuchte, die Richtung zu ändern, aber es war zu spät. Wir waren zu nah dran, und sein Schwung war zu groß. Ich hob eine Hand hoch in die Luft, rief das Wasser und betete, dass es rechtzeitig ankam, während wir auf die Flammen zusteuerten. Ein gewaltiger Salzwasserstrahl schoss aus dem Meer empor, traf den brennenden Ring und stieß ihn mit weniger als einer Sekunde Vorsprung aus unserem Weg. Peto drehte sich um, und ich spürte, wie seine Beine unter mir heftig strampelten, als wir uns von dem Ring entfernten.

»Es ist okay, es ist okay, Junge. Uns geht es gut«, versuchte ich ihn zu beruhigen, während meine Gedanken rasten. Hatte ich die Flammen dazu veranlasst? Ich hörte einen Gong und fokussierte mich neu. Das bedeutete, dass ich noch zehn Sekunden Zeit hatte. Und ich hatte nur acht Ringe erreicht. Adrenalin schoss durch mich hindurch. Ich durfte in diesem Kurs nicht durchfallen, er war einer der wenigen, in denen ich gut war. Es war keine Zeit mehr, um durch zwei weitere Ringe zu fliegen, aber die Bemühungen des Pegasus, dem letzten Ring auszuweichen, hatten uns hoch über den

Hauptkurs gebracht. Mein Blick fiel auf den höchsten Ring, der sich nur noch wenige Meter über uns befand. Er war zwei Punkte wert. »Komm schon, Peto, wir können es noch schaffen!«, drängte ich ihn, und er schlug schnell mit den Flügeln. Ich klammerte mich an die Gegenwart des Wassers und weigerte mich, die Flammen, die um den Ring herum flackerten, zur Kenntnis zu nehmen. Ich kanalisierte die gigantische Präsenz des Meeres unter mir und verdrängte alle Gedanken an Feuer aus meinem Kopf.

EINUNDZWANZIG

»Bist du in Ordnung?«, sagte Zali, als wir wieder auf der Plattform landeten. »Was ist mit dem Feuer um den Ring passiert? Das war ganz schön knapp.« Sie stellte weitere Fragen, während ich von Petos Rücken herunterkletterte.

»Mir gehts gut«, sagte ich, als ich mich umdrehte, und erstarrte. Hermes stand hinter ihr und starrte mich an. Zali drehte sich um, um zu sehen, was meine großen Augen verursacht hatte, dann quietschte sie, duckte sich zur Seite und senkte ihren Kopf. Auch ich senkte den Kopf und mein Herz klopfte.

»Interessant«, sagte der Gott schließlich. »Der Nächste!«

Die Ringe wurden für keinen der anderen Schüler plötzlich zu einer tödlichen Flamme und Unbehagen erfüllte mich, als ich beobachtete, wie sie ihre Runden drehten. Hatte *ich* die Flammen dazu gebracht, das zu tun? Ich glaubte es nicht, aber wer hier könnte oder würde mir das antun? Instinktiv schaute ich mich nach den silbernen Haaren um, die auf mysteriöse Weise immer dann auftauchte, wenn mir an dieser Schule etwas Schlimmes zustieß, aber Vronti war nicht in meiner Flugklasse.

Zali war als Letzte an der Reihe, und sie machte ihre Sache großartig, denn sie schaffte es ohne Probleme durch elf Reifen. Alle Schüler der Klasse bestanden die Prüfung und Fräulein Alma sah zufrieden aus, als wir alle zum Schlepper liefen.

»Welcher Pegasus macht am meisten Spaß zu reiten?«, hörte ich Hermes fragen, als wir Schüler eingestiegen waren.

Die nächste Prüfung war Bogenschießen und eine weitere, die ich einigermaßen gut meisterte. Diesmal führte Hermes nicht die Aufsicht, sondern nur Chiron und Agrius waren anwesend. Wie ich gehofft hatte, traf ich alle Ziele gut und landete unter den ersten fünf. Und zu meiner Freude schlug ich Tak um einen Platz.

»Ich kriege dich im Schwertkampf!«, rief er mir spielerisch zu. Ich glaubte ihm.

Sprache war als Nächstes an der Reihe, und mein Herz schlug mir bis zum Hals, als wir den Klassenraum betraten. Die Flammenschale in der Mitte des Raumes erwachte zum Leben, als wir uns setzten, und das Bild eines Pferdes schwebte darüber.

»Das ist ein einfacher Test«, sagte Dasko, als wir alle unsere Plätze eingenommen hatten. Vor uns lag ein nummeriertes Blatt Papier mit vielen kleinen Strichzeichnungen neben einem leeren Feld. »Ihr müsst nur das altgriechische Wort für jedes Bild, das erscheint, aufschreiben. Auf eurem Prüfungsbogen gibt es eine Zeichnung, um euch zu helfen, wenn ihr eines der Bilder vergessen habt. Ihr habt vierzig Minuten Zeit.« Ich atmete tief durch und setzte meinen Stift auf das Papier, als er rief: »Fangt an!«

Die Lektionen von Ikarus hatten sich ausgezahlt. Als die vierzig Minuten um waren, wusste ich, dass ich nur vier oder fünf Fehler gemacht hatte, und ein paar weitere hatte ich halbwegs richtig erraten. Aber den Rest hatte ich gewusst. Als wir das Klassenzimmer verließen, versuchte ich erneut, seinen Blick zu erhaschen, aber er schaute entschlossen weg und ignorierte alle. Ein Stich der Traurigkeit durchzuckte mich, als mir klar wurde, dass ich jetzt, wo die Sprachprüfung vorbei war, keine Ausrede mehr haben würde, jeden Tag bei ihm zu sitzen.

Meine letzte Prüfung an diesem Tag war das Wasserelement. Hermes war wieder da und beaufsichtigte sie, aber ich war überhaupt nicht nervös, als wir uns an der Seite des Raumes aufstellten. Als ich an der Reihe war, stimmte ich mich auf den Ozean ein, der die Akademie umgab, und ließ mich von seiner Kraft erfüllen. Ich drehte mich zur Wasserwand und hob meine Hände. Ich erinnerte mich daran, was Dasko getan hatte, als er mich das erste Mal in den Wasserraum gebracht hatte. Ich zog das Wasser über mich, formte und gestaltete es mit meinem Willen, bis eine kleine Schildkrötenfamilie, die ganz aus Wasser bestand, durch die Luft um meinen Kopf schwamm. Ich lächelte über das leise Schnaufen meiner Mitschülerinnen und Mitschüler.

»Sehr gut, Pandora«, sagte Dasko und strahlte.

»Sehr gut, in der Tat«, echote Hermes, seine Stimme klang melodisch. Ich blickte den Gott an und verlor die Kontrolle über die größte Schildkröte. Ich holte scharf Luft, als das kalte Wasser aus der Luft über mir direkt auf mein Hemd tropfte. Ein paar Leute lachten und Dasko gluckste.

»Ich denke immer noch, dass das die Bestnote rechtfertigt. Weiter.«

Beim Abendessen herrschte eine gewisse Erschöpfung, und der Tempel leerte sich fast vollkommen, als die Teller und Tische verschwanden. Zali und ich taten es den anderen Schülern gleich, und ich schlief zur Abwechslung mal gut.

Die erste Prüfung am nächsten Morgen war Geschichte der Mythologie. Zali und ich gingen alles, was wir gelernt hatten, während des Frühstücks noch einmal durch, aber meine Nerven lagen trotzdem blank, als ich im Klassenzimmer Platz nahm.

»Ihr werdet drei Prüfungen bestehen müssen. Eine über die Olympier, eine über die Titanen und eine über Halbgötter«, sagte Dasko zu uns allen. »Für jeden Test habt ihr eine halbe Stunde Zeit. Ihr könnt jetzt anfangen.«

Es lief so gut, wie ich es mir erhofft hatte. Es gab viele Fragen, auf die ich die Antwort wusste, wie zum Beispiel: Wer ist die Göttin Nyx und wer ist ihr Ehemann? Auch gab es viele Fragen, bei denen ich raten musste, wie zum Beispiel: Wie viele Kinder hatten sie und nenne drei ihrer Namen.

Ich glaubte, dass ich bei den Fragen zu den Titanen am besten abgeschnitten hatte, aber es war nicht verwunderlich, dass ich mir die meisten Details über meine eigenen Vorfahren merken konnte. Dasko sagte uns, dass er in den nächsten Tagen alle schriftlichen Arbeiten bewerten würde und wir auf die Ergebnisse warten müssten. Wir bekamen eine zwanzigminütige Pause bis zur nächsten Prüfung im Schwertkampf und Speerwerfen.

»Bist du bereit, erniedrigt zu werden?« Tak zwinkerte mir zu, als ich ihn am Rande des Trainingsplatzes traf.

»Große Worte von einem kleinen Jungen«, neckte ich zurück.

»Oooh, du kannst gleich etwas erleben.«

»Klasse!«, brüllte Agrius und wir wurden alle still. »Heute wird Hermes beurteilen, ob ihr gut genug seid, um die Prüfung zu bestehen oder nicht.« Ich schluckte und Tak sah mich von der Seite aus an. Sein Gesicht spiegelte meine Gedanken wider. *Vielleicht* sollten wir die Sache ernster nehmen. »Wählt entweder ein Schwert oder einen Speer. Schwerter hier drüben, Speere dort drüben«, brüllte er und deutete auf die beiden Seiten des Feldes. Die Wahl fiel mir leicht, denn ich konnte viel besser mit dem Schwert umgehen als mit dem Speer. Tak schaute einen Moment lang nachdenklich auf beide Seiten, dann zuckte er mit den Schultern und ging zu den Speeren hinüber. So enttäuscht ich auch war, meinen Trainingspartner gehen zu sehen, dachte ich doch, dass er die richtige Entscheidung getroffen hatte. Tak war wirklich gut im Speerwerfen. Acht von uns hatten sich Schwerter ausgesucht und ich schaute mir die anderen an. Meine Zuversicht wankte leicht, als ich Vronti erblickte, der grimmig und kalt dreinschaute. Agrius trat zu uns herüber und es gab einen vertrauten Blitz aus hellem Licht, dann stand Hermes neben ihm. Er strich sich mit Finger und Daumen über seinen roten Bart, während er uns alle mit gesenktem Kopf betrachtete.

»Vronti, als Schulsprecher kannst du anfangen. Wähle deinen Partner.« Ich schimpfte innerlich über Agrius' unverhohlene Bevorzugung seines Lieblingsschülers und wusste genau, was als Nächstes passieren würde. Er machte das in jeder Klasse und ich kam nie gut dabei weg. Agrius hasste mich.

»Pandora«, sagte Vronti und drehte sich zu mir um. Ich bemühte mich, nicht laut aufzustöhnen, während Adrenalin durch mich hindurchpulsierte. Das würde hart werden.

. . .

Ich nahm ein hölzernes Übungsschwert aus der Wanne und Vronti und ich stellten uns einander in der Mitte des Trainingsrings gegenüber. Ein Teil von mir wollte nach seiner Schwester fragen, aber als ich in sein stählernes, emotionsloses Gesicht sah, konnte ich mich nicht dazu überwinden. Was, wenn er dachte, es sei ein billiger Versuch, ihn abzulenken? Außerdem wusste ich, dass sich ihr Zustand nicht verändert hatte.

»Drei, zwei, eins, los!« Agrius hatte kaum zu Ende geschrien, als Vronti schnell und erbarmungslos auf mich zukam. Ich schrie auf, als sein Schwert auf meine Schulter prallte, und sprang zur Seite. *Pass auf, Pandora,* ermahnte ich mich. Ich konzentrierte mich auf sein Schwert, seine Arme und versuchte, seine Muskeln zu beobachten, um zu erahnen, in welche Richtung er sich als Nächstes bewegen würde. Ich parierte seine nächsten drei Hiebe und schaffte es, selbst einen zu landen, den er mit Leichtigkeit abblockte.

»Titanen gehören nicht in diese Schule«, zischte er mir zu, als ich ihm gegenüber keuchte. Ich starrte ihn an. Er hatte Unrecht. Ich gehörte hierher.

»Ich bin nicht gefährlich«, sagte ich und schlug nach seinen Beinen. Er sprang leichtfüßig aus dem Weg und holte gleichzeitig mit seinem Schwert schnell aus und erwischte dabei fast mein Handgelenk.

»Natürlich nicht im Schwertkampf«, spottete er. Wut stieg in mir auf.

»Warum hasst du Titanen?«, fragte ich ihn, holte erneut aus und änderte im letzten Moment die Richtung. Er bewegte sich schnell, aber ich erwischte seine Rippen.

»Zeus hasst Titanen, und es gibt kein größeres Beispiel, dem man folgen kann«, sagte er mit finsterem Blick. Ich verzog das Gesicht und das Adrenalin schoss durch mich hindurch, während sich meine Wut vergrößerte.

»Was, wenn ich nicht wie andere Titanen bin? Wie kannst du mich beurteilen, wenn du nichts über mich weißt?«

»Mein Vater sagt, du bist genauso wie alle anderen.« Meine Augenbrauen schnellten vor Überraschung in die Höhe. Zeus hatte was gesagt? Über mich? Die Ablenkung war alles, was er brauchte. Vronti stürmte nach vorn, ließ sein Schwert sinken und trat mir gleichzeitig gegen die Beine. Ich machte eine Rückwärtsrolle, schlug hart auf dem Boden auf, wich aber sowohl seinem Schwert als auch seinem Tritt aus. Als ich wieder auf die Beine kam, drehte ich mich im Kreis und schlug mit dem Schwert in einem Bogen um mich. Es war mir unangenehm, ihm den Rücken zuzudrehen, aber ich spürte einen befriedigenden Aufprall, als mein Schwert auf etwas Festes traf. Vronti stolperte zurück und ein kleines Rinnsal Blut lief an seinem Gesicht herunter. Ich hatte ihn am Kopf getroffen.

»Genug! Ich sehe Blut. Dieser Kampf geht an Pandora«, knurrte Agrius. »Das ist das Einzige, was dich rettet, denn Vronti war eindeutig der bessere Schwertkämpfer«, funkelte er mich an.

»Einverstanden«, sagte Hermes. »Der Nächste.« Vronti knurrte frustriert, warf sein Schwert zu den anderen zurück und stolzierte wieder zur Gruppe zurück.

Er wischte sich das Blut von der Stirn und warf mir einen Blick zu, bei dem ich sicher war, dass er Pflanzen verdorren lassen könnte, so voller Gift war er. Wahrer Hass glitzerte in seinen Augen. Ich wandte mich unbehaglich ab und ließ mein eigenes Schwert zurück in die Wanne fallen, wobei ich leicht keuchte. Ich hatte Glück gehabt, aber ich hatte bestanden.

Meine nächste Prüfung war in Magische Objekte. Als wir den unterirdischen Raum betraten, lagen auf dem langen Tisch drei Dolche. Professor Fantasma gab uns allen ein Blatt Papier und sagte uns, wir sollten uns auf die Kissen setzen. Ich setzte mich hin und schaute auf das Papier hinunter. Zu jedem Dolch gab es eine einfache Skizze und darunter standen drei einzelne Sätze. Ich las sie sorgfältig durch.

Dieser Mann ist ein furchteinflößender Held, weise im Kampf und stark an Kraft.

Dieser Mann ist ein Feigling, der lügt und betrügt, um sich selbst zu retten.

Dieser Mann hat keine körperliche Kraft, würde aber sterben, um seine Familie zu retten.

»Klasse«, sagte Fantasma, und wir sahen alle zu ihr auf. »Ihr habt mit jeder Waffe fünf Minuten Zeit. Ich möchte, dass ihr die Waffe ihrem vorherigen Besitzer zuordnet, wie auf eurem Zettel beschrieben. Das waren alles sehr leidenschaftliche Charaktere, die starke Spuren auf ihren Dolchen hinterlassen haben. Ihr solltet in der Lage sein, herauszufinden, wem welche Waffe gehörte.« Ich stellte mich zu den anderen, um die Dolche in die Hand zu nehmen, ohne zu wissen, was mich erwartete. Ich hatte Wochen gebraucht, um eine Verbindung zu Nix herzustellen, aber zwei der Kelche hatten mir wiederum innerhalb von Sekunden klare Hinweise auf ihre unangenehmen Absichten gegeben.

Sobald ich den ersten Dolch in die Hand nahm, verspürte ich einen überwältigenden Drang, mich zwischen den Bücherregalen im hinteren Teil des Raumes zu verstecken. Ich machte sogar zwei Schritte auf sie zu, bevor ich merkte, was ich tat. Konzentriere dich, sagte ich mir. Ich konzentrierte mich auf die Waffe. Es war eine einfache Klinge mit einem abgenutzten Griff, der mit dunkelrotem Leder umwickelt war. Wollte sie, dass ich weglaufe, weil sie Angst hatte, oder weil sie wollte, dass ich jemanden verteidigte? Ich schloss meine Augen und versuchte, mich mit ihr zu verbinden. Ein Schauer der Angst durchlief mich. Das war das Messer des Feiglings, da war ich mir sicher. Der nächste Dolch war zart und feminin, und in den Griff waren auf jeder Seite drei winzige Rubine eingearbeitet. Zuerst spürte ich nichts, aber nach etwa einer Minute konnte ich die Gesichter von Papa und Mandy nicht mehr aus dem Kopf bekommen. War dies der Dolch des Mannes, der sich so sehr um seine Familie sorgte? Als ich das letzte Messer nahm, war ich mir dessen sicher. Der Drang, den Dolch zu benutzen, war groß. Ich wollte meine Arme, meine Beine, meine Kraft einsetzen, ich wollte kämpfen. Es gab keinen Zweifel, dass dieser Dolch einem Kämpfer gehört hatte.

Ich ging zurück zu meinem Blatt und schrieb meine Antworten auf. Die meisten anderen Schüler füllten ihre Zettel in einer ähnlichen Zeitspanne aus, aber ein paar kehrten immer wieder zu den Messern zurück und umklammerten sie mit zusammengekniffenen Augen. Als endlich alle etwas aufgeschrieben hatten, sammelte Fantasma die Zettel ein und sagte uns, dass wir bald die Ergebnisse bekommen würden. Das war wahrscheinlich die einfachste und definitiv die kürzeste Prüfung, die ich bisher hatte, dachte ich, als ich zurück in meinen Schlafsaal ging, um für die morgige Geografie-Prüfung zu lernen.

ZWEIUNDZWANZIG

Als ich am dritten und letzten Prüfungstag mein Frühstück aß, war ich nervös. Geografie würde schwer werden, aber Feuer war meine größte Sorge. Da ich das flüchtige Element nur unzureichend beherrschte, konnte ich mich nicht sicher fühlen, wenn ich es unter Druck einsetzen musste. Wenigstens sollte Schwimmen nicht so schlimm werden.

Feuer war die erste Prüfung des Tages und ich war unruhig, als ich den Feuerraum erreichte, weil ich es unbedingt hinter mich bringen wollte. Hermes war schon da, als ich eintrat, und mir fiel auf, dass Neos Abstand zu ihm hielt. Wie konnte er seine Identität vor einem Olympier verbergen? Ich dachte an die Worte von Ikarus. *Ich traue ihm nicht.* Ich hatte keinen Zweifel daran, dass Neos mächtiger war, als er zugeben wollte. Aber solange er mir mit dem Todesdämon und meiner Feuer-magie helfen konnte, war ich mir sicher, dass ich keine andere Wahl hatte, als mit ihm zusammenzuarbeiten.

Wir waren nur zu sechst in der Klasse, also kam ich schnell an die Reihe.

»Könntest du bitte eine Flamme heraufbeschwören?«, fragte Neos, als ich an die Flammenschüssel herantrat. Ich beschwor einen kleinen Feuerball, der über der Schüssel schwebte. »Danke. Kannst du ihn jetzt durch die Luft bewegen?« Ich tat, was er verlangte. Im Stillen betete ich, dass er Hermes nicht zeigen würde, was ich wirklich konnte. Wenn ich vor Hermes die Kontrolle verlieren würde, würde ich versagen. »Gut. Jetzt lösche das Feuer.« Ich löschte die Flamme. »Errichte jetzt eine Feuerwand am Ende des Raumes.« Ich hatte den drei vorangegangenen Schülern dabei zugesehen, wie sie genau dasselbe taten, also hatte ich keine Probleme, alles zu tun, was er verlangte. Hermes nickte wortlos, als ich fertig war, und dann trat die nächste Schülerin vor. Als sie die Schritte wiederholte, durchflutete mich ein Gefühl der Erleichterung. Ich hatte die Feuerprüfung geschafft, ohne jemanden in Brand zu setzen, mich eingeschlossen.

Geografie war bei weitem nicht so schlimm, wie ich dachte. Mein stundenlanges Lernen mit Zali und Gidas Fragen mussten Wirkung gezeigt haben, denn ich war sogar ein bisschen aufgeregt, als ich sah, dass die erste der drei Aufgaben olympische Schiffe betraf. »Beschreibe die Unterschiede zwischen den Schiffen der Wirbelsturmklasse und der Taifun-Klasse.« Ich schrieb schnell nieder, was ich über die Unterschiede in der Anzahl der

Masten, der Art der Bewaffnung und der Klasse der Langboote der beiden Schiffe wusste.

Die zweite Frage war ebenfalls einfach. »Nenne die vier verbotenen Reiche.« Hephaistos' Reich des Skorpions, Hades' Reich der Jungfrau, Aphrodites Reich der Fische und Artemis' Reich des Schützen.

»Beschreibe das jahreszeitliche Klima in drei Reichen deiner Wahl.« Ich schrieb meine Antwort eifrig nieder und nannte die extremen Jahreszeiten in Apollos Reich des Steinbocks, die wilden elektrischen Stürme in Zeus' Reich des Löwen und die stets milde Wärme in Heras Reich des Krebses. Als der Gong das Ende der Prüfung andeutete, war ich erstaunlich zufrieden mit mir.

Die allerletzte Prüfung war Schwimmen und ich fühlte mich nicht so sicher, wie ich erwartet hatte, als ich meinen Badeanzug anzog. Arketa war gut darin, meinen Schwimmunterricht zu ruinieren, und hatte es geschafft, mich in fast jedem Rennen auf die eine oder andere Weise zu schlagen. Als wir am Schwimmbad ankamen, war ich erleichtert, dass Hermes nicht anwesend war. Fräulein Alma war aber schon im Wasser und winkte uns alle zu sich.

»Wie bei euren anderen Prüfungen ist dies kein Wettrennen, aber es gibt ein Zeitlimit von acht Minuten. Es gibt fünf Truhen an verschiedenen Stellen im Ozean. Einige sind nur durch Rohre erreichbar und sie enthalten Fähnchen in verschiedenen Farben. Ihr müsst eine von jeder Farbe einsammeln. Am äußersten Rand der Strecke gibt es zwei Atemkisten für den Fall, dass ihr es nicht rechtzeitig zurück ins Becken schafft.«

Wir hatten im Unterricht schon einmal Atemkisten benutzt und ich schaute auf den Ozean hinaus, um sie zu finden. Es waren kleine, mit Luft gefüllte Glaswürfel, unter denen man hindurchschwimmen und in die man den Kopf stecken konnte, und ich konnte einen an jedem Ende eines riesigen Netzwerks von Rohren sehen, die sich wie ein Labyrinth nach oben, unten, links und rechts bogen. Ich konnte auch zwei Kisten sehen, die isoliert im Meer schwammen, und eine war viel weiter draußen als die andere.

»Ihr werdet in Dreiergruppen schwimmen. Arketa, Pandora und Alexander, ihr seid zuerst dran«, sagte Fräulein Alma. Mein Herz sank. *Natürlich* würde ich in der Gruppe von Arketa sein. Ich konnte nicht anders, als sie anzusehen, als wir durch das Schwimmbecken auf die Lehrerin zu wateten. Sie warf mir im Gegenzug einen bösen Blick zu. Ich würde ihr einfach aus dem Weg gehen, dachte ich. Ich würde mir die Truhe schnappen, auf die sie nicht scharf war.

»Auf die Plätze, fertig, los!« Ich stürzte mich mit einem tiefen Atemzug aus dem Becken durch die Kuppel. Arketa schwamm geradewegs auf eine der Truhen zu, und Alexander auf die andere. Damit blieb das Labyrinth der Rohre für mich übrig. Ich schwamm schnell zum nächstgelegenen Eingang und mein Herz schlug ein wenig schneller, als ich sah, wie dunkel es in den marineblauen Röhren war. Ich schickte meine Sinne ins Wasser, in der Hoffnung, so die Truhen zu finden, aber ich konnte nur lebende Dinge wahrnehmen und die Truhen blieben für meine Kräfte unsichtbar. Ich suchte mir eine Richtung aus und schwamm, wobei meine Kräfte eine Strömung erzeugten, um mich zu beschleunigen. Die Röhren leuchteten und es war gar nicht so dunkel, wie ich anfangs gedacht hatte. Sie waren auch breit genug und es gab viele kurze Rohre, die von jeder Röhre direkt ins Meer führten, sodass ich keine Platzangst bekam. Es dauerte nur ein paar Sekunden, bis ich die erste Truhe fand, die in der Mitte eines der längeren Rohre schwamm, und ich hob schnell den Deckel an, holte ein gelbes Fähnchen heraus und steckte sie in die Seite meines Badeanzugs. Ich brauchte mehr Luft. Ich bewegte mich zu einem der Ausgänge, tauchte aus den Rohren auf der linken Seite der Strecke auf und schwamm schnell zu der dortigen Atemkiste.

Sobald mein Kopf in der trockenen Kiste war, holte ich ein paar Mal tief Luft und schaute durch das klare Glas nach den anderen beiden. Arketa war an der zweiten freiliegenden Truhe und Alexander war nirgends zu sehen. Ich stieß mich von der Atemkiste ab und schwamm zurück zu den Rohren. Arketa würde als Nächstes dorthin gehen und ich wollte ihren Weg lieber nicht hier in den Rohren kreuzen. Ich schlängelte mich durch die Rohre und suchte nach den anderen beiden Kisten und jubelte still, als ich endlich auf die zweite stieß. Ich nahm das blaue Fähnchen und schwamm zu einem anderen Ausgang, an dessen Ende klares blaues Wasser zu sehen war. Nachdem ich einen kurzen Halt an der Atemkiste gemacht hatte, tauchte ich zurück zu den

Rohren und überholte Alexander, der auf dem Weg war, mehr Luft zu holen. Er hatte eine blaue und eine grüne Fahne in seiner Badehose stecken, also hatte er noch die gelbe Truhe in den Rohren zu finden. Von Arketa gab es keine Spur. Ich bewegte mich so weit wie möglich nach rechts, tauchte dann wieder in die Röhren ein und stieß fast sofort auf die letzte Truhe. Ich grinste, als ich das grüne Fähnchen herauszog und sie zu den anderen in meinen Badeanzug steckte.

Nur noch zwei weitere Kisten, dachte ich, als ich mich auf ein Ausgangsrohr zubewegte. Ich schwamm geradewegs auf die Atembox zu, in der Hoffnung, genug Luft zu bekommen, um die letzten beiden Flaggen in einem Zug zu holen und dann zurück zum Pool zu gelangen. Als mein Kopf in die mit Luft gefüllte Box eintrat, sah ich Arketa, die ihren Kopf in die andere Atembox steckte. Ich konnte gerade noch vier farbige Fähnchen an ihrer Hüfte ausmachen und verzog das Gesicht. Sie würde mich schlagen. Schon wieder. Dann wurde ich auf eine Bewegung hinter ihr aufmerksam, dunkel und weit entfernt im Meer. Ich schaltete schnell meine Sinne ein, tastete das Wasser nach Leben ab und zuckte zurück, als sie auf das Wesen trafen, das sich uns näherte. Es war ein Hai. Und er war hungrig.

Ich winkte Arketa verzweifelt zu und deutete hinter sie. Zuerst starrte sie mich nur an, aber dann drehte sie sich um. Der Hai war näher an ihr und kam schnell näher. Ich holte tief Luft und drückte mich zur gleichen Zeit wie Arketa nach unten und aus der Atemkiste, aber der Hai war schneller als wir beide. Mein Blut schien mir in den Adern zu gefrieren, als ich sah, wie er durch das Wasser auf sie zu glitt. Seine tiefschwarzen Augen leuchteten und sein Maul war voller messerscharfer Zähne. Sie steuerte auf die Sicherheit der Rohre zu, die näher an ihr dran waren als das Becken. Der Hai öffnete sein riesiges Maul und verschlang das leere Wasser, als Arketa in das Rohr schlüpfte, gerade als er sie erreichte. Erleichterung überkam mich und ich begann, in Richtung des sicheren Beckens zu schwimmen, als ich bemerkte, wie Alexander nur wenige Meter vom Hai entfernt aus einem Rohr auftauchte. Ich spürte, wie sich die Reaktion des Haies von Frustration zu räuberischer Ruhe wandelte, als er den Jungen anvisierte. Ich beschwor meine Kraft herauf, zog so viel Wasser zu mir, wie ich nur konnte und ließ es auf den Hai los, wobei ich verzweifelt versuchte, den Energiestoß von Alexander wegzulenken.

Ich sah zu, wie der Wasserstrom, den ich erzeugt hatte, auf den Hai einschlug und ihn von seinem Kurs auf Alexander abbrachte. Seine angsterfüllten Augen trafen auf meine und er schwamm schneller als ich ihn je hatte schwimmen sehen auf mich und das Becken zu. Meine Lungen begannen zu brennen, aber Arketa war immer noch in den Rohren. Ich konnte sie nicht dort lassen. Der Hai hatte sich umgedreht, und seine kalten Augen hatten mich entdeckt.

Mit einer Bewegung seines Schwanzes kam er auf mich zu. Ich schleuderte ihm noch mehr Energie entgegen. Die Kreatur öffnete ihr Maul und gab den erschreckenden Blick auf ihre Zähne frei, die mich in Stücke reißen würden, wenn ich sie nicht aufhalten konnte. Ich konnte seine Aufregung über die bevorstehende Tötung spüren. Ich schloss meine Augen und ließ mein Bewusstsein in das Wasser um mich herum fließen. Meine Sicht veränderte sich völlig und der Hai wurde zu einem winzigen Fleck in einer unendlichen blauen Welt. Ich konzentrierte mich auf ihn und stieß mit der ganzen Kraft des mächtigen Ozeans zu. Ich kam wieder zu mir und öffnete die Augen rechtzeitig, um zu sehen, wie der Hai rückwärts durch das Wasser flog, so weit, dass er in der Ferne bald nicht mehr zu erkennen war. Es war, als ob er wie eine Fliege weg geschnippt worden wäre. Ein Krampf umklammerte meine Brust und Panik schoss durch mich hindurch, als sich mein Mund unwillkürlich öffnete und Meerwasser hineinströmte. Dann legten sich starke Hände um meine Schultern und ich versuchte verzweifelt, meinen Körper daran zu hindern, einzuatmen. Im nächsten Moment wurde ich blitzschnell durch das Wasser gezogen.

Wir durchquerten den Pool, aber nicht bevor meine Lunge den Kampf verlor. Poolwasser füllte meinen Mund, meine Nase und meinen Brustkorb und ich war mir nur schemenhaft bewusst, dass ich aus dem Wasser gezogen wurde. Blinde Panik hatte mich voll in ihrem Griff und ich bekam keine Luft mehr, bis mich etwas hart zwischen den Schulterblättern traf. Das Wasser verließ meinen Brustkorb und ich setzte mich auf, um mich über die Fliesen zu beugen, würgte, und begann röchelnd nach Luft zu schnappen.

»Langsam, langsam«, hörte ich eine Frauenstimme sagen. »Du bist okay.« Es war Fräulein Alma, wurde mir klar. Flecken tanzten vor meinen Augen und ich hatte einen ekelhaften Geschmack im Mund.

»Arketa?«, keuchte ich.

»Sie habe ich auch.« Ich drehte meinen Kopf und sah Zali neben mir im Pool, Tränen liefen ihr über die Wangen.

»Ich dachte, Alma könnte euch nicht mehr retten«, flüsterte sie. Ich hatte nicht die Kraft, ihr zu antworten, versuchte aber, ihr ein Lächeln zu schenken. Ich hörte, wie jemand anderes würgte, die starken Hände verließen meinen Rücken und ich sackte auf den Fliesen zusammen.

DREIUNDZWANZIG

Ich wurde in die Krankenstation gebracht, wo Fantasma mich untersuchte und ankündigte, dass ich ein paar Stunden lang beobachtet werden musste. Ich fühlte mich krank, zittrig und müde. Eine halbe Stunde später kam Fräulein Alma herein. Sie stützte Arketa, die kein Wort zu mir sagte, als man ihr in eines der anderen Betten half.

»Ich wollte euch nur sagen, dass es offensichtlich war, dass ihr beide alle Fähnchen eingesammelt habt, also habt ihr unter diesen Umständen beide die Prüfung bestanden«, sagte Alma sanft. »Und Pandora, das hast du besonders gut gemacht. Wahrscheinlich hast du ihnen beiden das Leben gerettet.« Arketa sah ohne ihren üblichen giftigen Blick zu mir auf, stattdessen runzelte sie die Stirn. »Jetzt ruh dich aus«, sagte die Lehrerin und verließ den Raum.

»Warum hast du mich gerettet? Du hättest den Hai mich einfach fressen lassen können, ohne dein eigenes

Leben zu riskieren«, sagte Arketa, als die Tür zufiel. Ich starrte sie an.

»Meinst du das ernst? Glaubst du, ich lasse jemanden zurück, damit er von einem Hai gefressen wird?« Sie zuckte mit den Achseln.

»Hasst du mich so sehr?«, fragte ich leise.

»Ich weiß, wozu deinesgleichen fähig ist«, antwortete sie ebenso leise. Wut schwoll in mir an, aber ich kämpfte gleichzeitig auch mit Schuldgefühlen. Ich hatte heute vielleicht zwei Leben gerettet, aber vier Mädchen wurden meinetwegen ihrer Seele beraubt. Vronti und Arketa wussten das allerdings nicht. Warum hatten sie ein solches Problem mit Titanen?

»Das ist das zweite Mal heute, dass mir gesagt wurde, *meine Art* sei böse. Aber ich weiß nicht, womit du das begründest. Ikarus hat Kikos Leben gerettet. Und ich hätte weder dich noch Alexander heute sterben lassen«, sagte ich so ruhig, wie es mir möglich war. Sie starrte mich an, und ich starrte zurück.

»Ich bin sicher, du hast deine eigenen, verdrehten Gründe«, sagte sie schließlich und drehte sich in ihrem Bett um, mit dem Rücken zu mir.

Ich unterdrückte einen frustrierten Seufzer und rollte mich in die andere Richtung. *Gut.* Sollte sie doch denken, was sie wollte. Ich konnte eindeutig nicht gewinnen. Und ich war sehr, sehr müde.

Sie ließen uns drei volle Tage warten, bevor wir unsere Prüfungsergebnisse bekamen. Ich wurde aus dem Krankenzimmer entlassen, nachdem ich aus einem wahnsinnig langen Schlaf aufgewacht war, und dann hatten wir alle zwei Tage für uns, abgesehen vom Putzen unserer Schlafsäle.

Die meiste Zeit der zwei Tage verbrachte ich damit, mit Nix darüber zu reden, wie man Todesdämonen fangen konnte, oder Bücher über Mantikore zu lesen. Ich betete, dass Neos sein Wort hielt und wusste, wie man den Dämon fangen konnte, denn Nix wusste nur, wie Götter Dämonen aufhalten konnten, was keine große Hilfe war. All die Nachforschungen, die ich anstellte, lenkten mich jedoch nicht vollständig von der Angst vor den bevorstehenden Ergebnissen ab. Wir durften nur in einem Fach durchfallen, und ich war so nervös wegen Geschichte und Griechisch. Ich hatte das Gefühl gehabt, dass Geografie und Magische Objekte gut gelaufen waren, aber der Gedanke, alleine durch die Welt zu ziehen, hielt mich nachts trotzdem wach. Was würde ich tun, wenn ich durchfiel?

Als wir in Daskos Klassenzimmer auf unseren Plätzen saßen, drückte Zali meine verschwitzte Hand.

»Wir schaffen das schon«, flüsterte sie. Der Lehrer begann, Papiere zu verteilen, und es dauerte gefühlt eine Million Jahre, bis er bei mir ankam. Ich entriss sie ihm halb und blätterte sie schnell durch, ohne ihm ins Gesicht zu sehen.

Bestanden, bestanden, bestanden, bestanden.

Ich stieß einen tiefen Seufzer aus. Ich hatte es

geschafft. Ich hatte alle Prüfungen bestanden. Ich sah Zali an, die strahlte.

»Ich habe sie auch alle bestanden«, sagte sie. Ich umarmte sie und freute mich zum ersten Mal, seit ich die Kiste von Oceanus geöffnet hatte. Wenigstens *etwas* war richtig gelaufen.

Plötzlich durchbrach ein Schrei das laute Geplapper im Klassenzimmer. Ich drehte mich um und ließ Zali los, um nach der Quelle des Lärms zu suchen. Mein Blut gefror mir in den Adern.

Taks Körper schwebte über seinem Stuhl im vorderen Teil des Klassenraums, und sein Körper war schlaff. Ich hörte nur halb, wie Zali neben mir schrie, als ich aufsprang und zu ihm eilte. Er schwebte einen Moment in der Luft, dann stürzte er wieder zu Boden, auf Dasko und Ikarus, die mir zuvorgekommen waren.

»Ruf Chiron!«, rief Dasko, hob Tak hoch und brachte ihn in den vorderen Teil des Klassenzimmers, wo mehr Platz war. Ich drängte mich durch die Schüler, die sich mit bleichen Gesichtern um ihn versammelt hatten. Roz kniete neben seinem regungslosen Körper, und Tränen liefen ihr über die Wangen.

»Er war heute Morgen so nervös und abgelenkt, dass ich...«, ein Schluchzen unterbrach ihr Flüstern. »Ich glaube, er hat vergessen, seinen Schutztrank zu nehmen.«

Ich fühlte mich, als hätte mir jemand in den Bauch geboxt. *Nein, nein, nein, bitte nicht.* Ich rang nach Luft, als ich auf die Knie sank und ihm sanft die Haare aus dem Gesicht strich. Seine Augen waren völlig schwarz.

. . .

Die nächste Stunde verging wie im Rausch. Wir wurden von den Lehrern zurück in unsere Schlafsäle getrieben und Tak wurde zu den vier Mädchen gebracht, die der Seelenräuber bereits angegriffen hatte. Zali hatte kein einziges Wort gesagt und ich wusste nicht, was ich zu ihr sagen sollte. Ich wusste nicht, was ich tun sollte, was ich denken sollte, wie ich mit mir selbst leben sollte.

Wütend war ich auch, sowohl auf den Dämon als auch auf mich selbst. Jedes Mal, wenn ich an Taks lachendes Gesicht dachte, kämpfte ich mit panischer Angst und weigerte mich zu glauben, was da passiert war. Diese schwarzen Augen... Jedes Mal, wenn ich sie vor meinem geistigen Auge sah, brannte mir die Galle in der Speiseröhre. *Was hatte ich getan?*

Ein Klopfen an der Schlafsaaltür ließ mich aufschrecken. Ich saß auf meinem Bett , die Beine an die Brust gepresst, und meine Gedanken außer Kontrolle. Ich sah Zali an, aber sie starrte nur mit hohlem Blick zurück.

»Wir brauchen die Mantikor-Feder«, sagte Ikarus, als ich die Tür öffnete. Er drängte sich in unser Zimmer und setzte sich auf mein Bett. Ich starrte ihn an. »Wir brauchen die Mantikor-Feder, jetzt«, wiederholte er. »Wie lange dauert es noch, bis die Feuerrauke blüht?«

»Jetzt«, krächzte Zali. » Sie blüht von jetzt bis morgen.«

»Gut. Ich habe eine Idee.«

»Ich dachte, du wolltest Neos nicht vertrauen und seinen Zaubertrank machen?«, stammelte ich. Ikarus

221

stechend grüne Augen trafen auf meine, und sie waren grimmig.

»Wir haben jetzt keine andere Wahl. Zu dritt können wir ihn vielleicht bekämpfen, wenn es nötig ist.« Ich wandte mich an Zali.

»Bist du bereit dafür?«, fragte ich sie.

»Ich habe zwar nicht alles verstanden, was du gerade gesagt hast, aber wenn es bedeutet, Tak zu helfen, werde ich alles tun«, sagte sie und stand auf.

»Wir müssen vielleicht kämpfen. Mit Dämonen.« Zali verengte ihre Augen.

»Ich habe gerade alle meine Prüfungen mit Bravour bestanden. Ich kann genauso gut kämpfen wie jeder andere an dieser Schule. Sogar so gut wie zwei übermächtige Titanen.« Mein Herz schwoll vor Bewunderung an und ich schlang meine Arme um sie und drückte sie fest an mich.

»Ich weiß, dass du es kannst. Du bist die beste Freundin, die ich haben kann«, flüsterte ich. Sie drückte mich zurück und Hoffnung durchströmte mich.

»Das bist du auch«, antwortete sie. »Wir können das schaffen.« Ich ließ sie los und die Entschlossenheit in ihrem Blick spiegelte meine Gefühle wider. Ich wandte mich an Ikarus.

»Was schlägst du vor?«

Wir beschlossen, dass Zali die Feuerrauke einsammeln sollte, während Ikarus und ich versuchen würden, die Feder zu holen. Ich war besorgt, dass Zali alleine gehen würde, besonders nach dem Hai-Vorfall, aber sie war eine Meerjungfrau und konnte mit den Meeresbewohnern kommunizieren. Sie konnte unter Wasser wahrscheinlich viel besser auf sich selbst aufpassen als ich .

»Ich glaube wirklich nicht, dass er damit einverstanden sein wird«, flüsterte ich Ikarus zu, als wir durch den Flur des Jungenschlafsaals schlichen.

»Dann musst du ihn eben überreden«, antwortete er kurz angebunden. Ich konnte sehen, dass er von diesem Plan genauso wenig begeistert war wie ich, aber er hatte recht. Es war die beste Chance, die wir hatten. Als wir die richtige Tür erreichten, holte ich tief Luft und klopfte an.

»Pandora?«, sagte Thom mit überraschtem Gesicht, als er die Tür öffnete.

»Hallo«, lächelte ich. »Ich muss dich um einen wirklich großen Gefallen bitten.«

»Oh. Ähm, komm rein«, sagte er und öffnete die Tür weiter.

»Könntest du vielleicht lieber mit uns kommen?«

»Uns?«

»Ja.«

»Das ist also kein Date«, sagte Thom mit einem Grinsen. Ikarus hustete laut und Thoms Grinsen verrutschte, als er bemerkte, dass er auf meiner anderen Seite im Schatten stand.

»Nein, nein, ist es nicht. Es ist aber sehr wichtig. Ich glaube, du kannst den Leuten helfen, die angegriffen wurden.« Seine Miene wurde ernst und er trat auf den Korridor hinaus.

»Dann komme ich natürlich mit. Wohin gehen wir?«

· · ·

»Das kann doch nicht dein Ernst sein«, sagte Thom, als wir auf dem Dach des Elementargebäudes standen, in dem der Shifting-Unterricht stattfand. »Hast du eine Ahnung, wie gefährlich das ist?«

»Aber wenn wir es nicht versuchen, können wir Tak und den anderen nicht helfen. Ich *brauche* eine Mantikor-Feder.«

»Das ganze Interesse an Mantikoren... Das war also nur deswegen?« In seiner Stimme schwang Enttäuschung mit und ich versuchte, meine Schuldgefühle herunterzuschlucken.

»Nein, ich finde Mantikore wirklich faszinierend«, sagte ich ihm. Das war die Wahrheit. »Aber jetzt musst du dich in einen verwandeln, damit ich eine Feder bekommen kann.« Ich schenkte ihm mein flehendstes Lächeln. Ich hörte, wie Ikarus hinter mir seine Flügel ausschüttelte.

»Pandora, ich habe *keine* Kontrolle über mich, wenn ich in dieser Form bin. Und du kannst einem Mantikor nicht einfach die Federn ausrupfen. Ich könnte dich umbringen!«

»Kette dich einfach an, wie du es immer tust, und lass mich den Rest machen. Ich werde dir nicht nahe genug kommen, um mich zu verletzen, versprochen.« Er starrte mich einen Moment lang an.

»Wozu brauchst du die Feder?«

»Es geht um einen Trank, der uns helfen soll, den Todesdämon aufzuhalten.«

»Wird es Allen ihre Seelen zurückbringen?«

»Nein. Aber es wird verhindern, dass der Dämon noch mehr nimmt. Und *dann* können wir daran arbeiten, die gestohlenen Seelen zurückzubekommen.« Thom holte tief Luft.

»Okay, ich mach's.« Eine Welle der Erleichterung und des Adrenalins pulsierte durch mich.

»Danke, danke«, hauchte ich.

»Bei den Göttern, ich hoffe, ihr wisst, was ihr tut«, murmelte er und zuckte mit den Achseln.

Das hoffte ich auch.

Als wir sicher waren, dass sein Knöchel mit der Fessel gesichert war, warf Thom mir einen letzten nervösen Blick zu und forderte mich auf, ein paar Meter zurückzutreten. Ich schenkte ihm ein beruhigendes Lächeln und zog mich zurück.

Ikarus stand hinter mir und beobachtete mich besorgt. Thom schloss seine Augen und hob den Kopf. Ein beunruhigendes Zittern durchfuhr seinen Körper, dann nahm blitzschnell ein knurrender Mantikor seinen Platz ein, dessen Hinterbein gefesselt war. Seine dunklen Augen trafen auf meine und ich suchte sie nach einer Spur von Thom ab. Ich sah keine. Meine Aufmerksamkeit richtete sich auf die großen roten Flügel, die aus dem Körper des Löwen ragten. Sein Skorpionschwanz war aufgerichtet und lag zwischen den Flügeln auf dem Rücken, während seine Brust vom Knurren vibrierte und er mit seinem Hinterbein an der Fessel zog. *Eine Feder.* Ich brauchte nur eine Feder.

Ich rief meine Wasserkraft und konzentrierte mich auf den Pool unter uns. Nach einer Sekunde kletterten lange, wirbelnde Bänder aus Wasser über den Rand des Gebäudes und flossen auf meine ausgestreckte Hand zu. Ich schnippte mit den Fingern, und die wässrigen Stränge änderten ihre Richtung und zielten auf den Mantikor. Seine Katzenaugen blickten auf die Wassertaue, er hob seine riesige Vorderpfote und schlug nach dem ersten Seil, das ihn erreichte. Das Seil fiel auseinander und das Wasser spritzte auf den Boden. Ich fluchte, als der Mantikor knurrte und an der Fessel zerrte, um zu versuchen, sich wieder auf uns zuzubewegen. Ich rief weitere Seile aus dem Pool herbei und konzentrierte mich. Sie mussten fest sein, wie damals, als ich sie zum Sammeln der Unterwasserpilze benutzt hatte. Ich versuchte es erneut und konzentrierte mich mit aller Kraft darauf, das Wasser auf die Flügel zuzuschicken. Als der Mantikor diesmal nach dem Seil schlug, fuhr seine Pfote direkt hindurch und das Seil hielt. Ein Lächeln umspielte meine Lippen, aber ich blieb konzentriert, als die Seile aus Wasser seinen linken Flügel trafen. Ein Brüllen ertönte und die Kreatur begann, heftig mit den Flügeln zu schlagen, sodass die Seile durch die Luft flogen. Ich schaffte es jedoch, sie festzuhalten und wich dem Tier aus, das nun ins Wasser sprang und zubiss. Wären die brutalen Reißzähne und der glänzende Stachel nicht gewesen, hätte es wie ein Kätzchen ausgesehen, das einem Spielzeug nachjagt.

Ich wartete vorsichtig auf den richtigen Moment und schlug zu, sobald die rasenden Bewegungen des Mantikors ein Augenblick lang ruhiger wurde. Eines der Seile glitt nach unten, zur Unterseite des Flügels, und ich wickelte das Ende schnell um eine der untersten Federn. Mit einem Ruck zog ich das Wasserseil zu mir zurück. Der Mantikor brüllte so laut, dass ich zusammenzuckte, dann löste er sich vor uns auf, und Thom erschien wieder auf dem Dach. Er war in die Hocke gegangen, trug kein Hemd und keuchte.

»Aua!«, sagte er und stand auf. »Das tat weh!«

»Aber das war es wert«, strahlte ich ihn an, als sich das Wassertau über meinen Händen auflöste und die ledrige rote Feder in meine offene Handfläche fiel.

VIERUNDZWANZIG

Wir hatten vereinbart, Zali in den Umkleidekabinen zu treffen, und Thom hatte darauf bestanden, mitzukommen, sobald wir ihn von seinen Fesseln befreit hatten. Ikarus schimpfte immer noch leise darüber, aber ich fand es nur fair. Immerhin hatte er eine wichtige Rolle gespielt. Wir sprinteten zu den Umkleidekabinen und warteten gespannt, bis Zali triefend nass in ihrem Badeanzug durch die Tür platzte. Sie hielt die schönste Pflanze in der Hand, die ich je gesehen hatte. Obwohl sie insgesamt grün war, schimmerten rote und orangefarbene Lichter entlang der langen, gras-ähnlichen Stängel , und jeder von ihnen wurde von einer Blüte gekrönt, die alle Farben des Feuers reflektierte.

»Ihr solltet sie mal unter Wasser sehen«, hauchte Zali, während wir alle die Pflanze bestaunten. »Es ist unglaublich.«

»Sie sieht auch hier ziemlich gut aus«, murmelte Thom.

»Hast du den Rost?«, fragte Ikarus und drehte sich zu mir um. Ich nickte. »Dann lass uns gehen. Wir müssen nach Neos suchen.«

Zali und Thom wussten nicht, dass es um Neos ging, denn jedes Mal, wenn wir über ihn sprachen, wechselten wir in die Sprache der Titanen. Deshalb schauten sie genauso verwirrt drein wie Neos erfreut schien, als wir an seine Bürotür im Zwischengeschoss des vorderen Tempels klopften. Er warf einen Blick auf die beiden und schaute dann zwischen mir und Ikarus hin und her.

»Ihr habt euch also vertragen«, sagte er mit einem Lächeln.

»Wir haben die Zutaten«, knurrte Ikarus.

»Ausgezeichnet«, antwortete er und seine Augen blitzten scharlachrot auf. »Kommt doch rein.«

»Dora, sind seine Augen rot?«, flüsterte Zali, als wir Ikarus ins Büro folgten.

»Ja«, antwortete ich.

»Ist er... nicht ein normaler Lehrer?«

»Nein«, schüttelte ich den Kopf.

»Ist er ein Mensch?« Ich schüttelte wieder den Kopf und sie schluckte. Sein Büro war schlicht und ließ nicht erkennen, dass dort jemand regelmäßig Zeit verbrachte. Ein großer Holzschreibtisch wie der von Chiron dominierte den Raum, aber in der Mitte lag nur ein kleiner Stapel Papiere. An den Wänden war nichts zu sehen und die Bücherregale, welche die rechte Wand säumten, waren leer, bis auf ein oder zwei einfache schwarze Bücher. Neos deutete auf den Schreibtisch.

»Dann lasst mal sehen«, sagte er. Zali trat vor und legte die Feuerrauke auf den Tisch. Ich folgte ihrem Beispiel und legte die Mantikor-Feder und das kleine Fläschchen mit Rost ab.

»Und das Blut...« Ich streckte meinen Arm aus. Ikarus trat vor.

»Blut? Was im Namen des Zeus ist hier los?«, fragte Thom.

»Oh, das hat nichts mit Zeus zu tun, das versichere ich dir«, grinste Neos. »Wir werden viel mehr Platz brauchen. Und wenn ihr alle dabei sein wollt, müsst ihr auf einen Kampf vorbereitet sein. Habt ihr alles, was ihr braucht?« Er schaute uns alle nacheinander an, und seine roten Augen leuchteten dämonisch. Wir alle nickten. Mein Magen verdrehte sich zu einem Knoten. »Gut. Ich muss noch etwas aus dem Büro von Chiron holen. Ich treffe euch in ein paar Minuten auf dem Dach des Elementargebäudes.«

»Was willst du von ihm?«, fragte ich. Neos sah mir in die Augen.

»Wenn du einen Dämon fangen willst, brauchst du eine Kiste, in die du ihn stecken kannst. Und ich kenne zufällig genau die richtige.« Meine Muskeln verkrampften sich unwillkürlich, als ich an die Kiste dachte, die Chiron konfisziert hatte, als er sie letztes

Semester leer am Pool gefunden hatte. Die Kiste, die ich niemals hätte öffnen dürfen.

»Gut. Nehmt die Sachen und lasst uns gehen«, sagte Ikarus.

»Habt ihr irgendwelche Waffen?«, fragte Thom, als wir durch den Haupttempel zum Trainingsgelände rannten. Da alle noch in ihren Schlafsälen eingeschlossen waren, sahen wir niemanden.

»Ja. Zwei Dolche«, antwortete Ikarus.

»Ich nicht«, keuchte ich.

»Ich auch nicht«, sagte Zali.

»Ich habe nur eine Steinschleuder«, stellte Thom fest.

»Du kannst dich in einen Mantikor verwandeln. Ich denke, du

schaffst das schon«, sagte ich.

»Und du kannst Haie mit Wasser bekämpfen. Du packst es wahrscheinlich auch«, antwortete er und sah mich lächelnd von der Seite her an. Ikarus schlug plötzlich mit den Flügeln und hob ohne ein Wort ab, um auf das Dach des sich schnell nähernden Elementargebäudes zu fliegen. »Ich habe den Eindruck, dass er mich nicht mag«, sagte Thom.

»Mmmm«, antwortete ich.

Wir drei nahmen die Wendeltreppe auf das Dach und ich sah, dass Ikarus an der Ecke stand und zum Haupttempel hinüberblickte. Mit einem tiefen Atemzug machte ich mich auf den Weg zu ihm.

»Jemand könnte dich dort sehen. Deine Flügel fallen auf, weißt du.« Er ging ein paar Schritte von der Kante weg und drehte sich dann langsam zu mir um.

»Ich verstehe es, weißt du. Er ist ein netter Kerl. Und lustig ist er auch«, sagte er leise. Ich starrte ihn an.

»Was verstehst du?«

»Du und Thom. Aber das darf uns nicht daran hindern, Tak zu retten.«

»Thom und ich? Da ist nichts zwischen mir und Thom!«

»Ich sehe, wie du mit ihm flirtest. Es ist offensichtlich«, sagte er. Ich ärgerte mich darüber, dass er annahm, ich sei an jemand anderem interessiert, und war gleichzeitig erleichtert, dass er eifersüchtig war.

»Ikarus, zwischen mir und Thom, da ist nichts.« Ich machte einen Schritt auf ihn zu und schluckte. »Ich vermisse dich. Ich vermisse dich so sehr.« Er hob den Kopf und seine schönen grünen Augen schauten mich verwundert an.

»Wirklich?«

»Ja. Jeden Tag.«

»Warum hast du mir das nicht gesagt?«

»Du hast gesagt, du brauchst Zeit! Und immer, wenn ich dich gesehen habe, bist du entweder sofort gegangen oder schienst so uninteressiert. Die Hälfte der Zeit hast du mich nicht einmal angeschaut.«

»Wenn ich dich ansehe, vermisse ich dich noch mehr.« Mein Herz flatterte in meiner Brust und mein

Atem stockte. Hatte er wirklich gesagt, was ich seit Wochen hören wollte?

»Dora, ich dachte beim Tanz... Ich dachte, du wärst glücklicher mit Thom. Er ist so viel unkomplizierter als ich. Und wahrscheinlich auch viel lustiger.«

»Ikarus, ich glaube nicht, dass es einfacher ist, einen Freund zu haben, der sich in ein tödliches Tier verwandelt, anstatt mit dir auszugehen. Und außerdem will ich mit niemand anderem zusammen sein! Ich habe so viel Spaß mit dir. Du wolltest mich zum Fliegen mitnehmen.« Seine Augen wurden weicher, als ich ihn ansah, und die harten Züge verschwanden aus seinem Gesicht.

»Das Fliegen geht immer besser. Ich glaube, ich bin jetzt stark genug, dich zu tragen«, sagte er leise und ein Lächeln umspielte seine weichen Lippen. Der Gedanke daran, in seinen Armen durch den Himmel zu schweben, mit diesen riesigen, wunderschönen Flügeln, die uns umschlangen, versetzte mich in helle Aufregung.

»Das würde ich gern mit dir tun«, hauchte ich.

»Ich auch.«

»Lasst uns einen Todesdämon fangen!« Neos Stimme durchbrach den Moment, laut und unangemessen fröhlich.

»Das hier wird bald vorbei sein. Und dann fliegen wir zusammen«, sagte Ikarus, und Wärme breitete sich in meinem ganzen Körper aus, als er nach vorne trat und meine Hand in seine nahm. »Lasst uns Tak zurückholen.«

Neos wirkte hektisch, als wir alle Zutaten wieder auf dem Dach auslegten. Es erinnerte mich daran, wie sich die Kraft des Feuers anfühlte, wenn ich darauf zugriff: erregbar und unberechenbar. Und gefährlich. Er stellte die Kiste auf dem Dach ab, und mir wurde schlecht, als ich sie sah. Hätte ich das blöde Ding doch bloß in Ruhe gelassen... Als hätte er meine Gedanken gehört, drehte sich Neos zu mir um.

»Wenn du sie nicht geöffnet hättest, säße ich immer noch da drin fest, du hättest keine Kraft und er hätte sie auch nicht.« Er zeigte auf Ikarus' Flügel. Ikarus sah ihn mit zusammengekniffenen Augen an.

»Lasst uns weitermachen«, knurrte er.

»Ähm, hast du gesagt, du würdest da drin festsitzen?«, kam Thoms Stimme von hinten.

»In der Tat, junger Mann. Pandora hat im letzten Semester eine Entscheidung getroffen«, antwortete Neos und ich schloss die Augen, während mich Scham und Schuldgefühle überfielen. »Sie öffnete eine Kiste, die Oceanus vor langer Zeit versiegelt hatte. Und heraus sprang ein Todesdämon. Und ich.« Er zeigte uns eines seiner verruchten Lächeln und seine roten Augen leuchteten auf. Thom schaute mich an.

»Ist das wahr?«, flüsterte er.

»Sie wusste nicht, was da drin war«, sagte Zali genau zur gleichen Zeit wie Ikarus sagte: »Es war nicht ihre Schuld.« Dankbarkeit explodierte in meinem Herzen, aber ich nickte Thom zu.

»Ich habe die Kiste geöffnet und die Dämonen herausgelassen. Und das tut mir sehr, sehr, sehr leid.

Aber ich bringe das wieder in Ordnung, ich schwöre es. Wir werden den Dämon jetzt fangen, und dann wird Neos uns helfen, einen Gott zu finden, der Hades davon überzeugen kann, die Seelen zurückzugeben.«

»Ich wusste es. Ich wusste es!«, zischte eine weibliche Stimme und mein Magen krampfte sich zusammen, als Arketa am oberen Ende der Wendeltreppe erschien.« Ich wusste, dass das deine Schuld war.« Leise Tränen liefen ihr über das Gesicht. »Kikos Seele wurde deinetwegen entführt, du mieser, kranker Titanenabschaum!«

»Es tut mir leid, Arketa«, sagte ich verzweifelt. »Ich werde es jetzt in Ordnung bringen. Unser Plan *wird* funktionieren. Wir werden sie zurückholen.«

»Das wird es. Das ist die beste Chance, die wir haben«, sagte Zali leise. »Hilf uns.« Ich drehte meinen Kopf zu meiner Freundin um. Uns helfen? Es war unmöglich, dass Arketa...

»Was soll ich tun?«, schnauzte Arketa, und mir blieb der Mund offenstehen, als sie über das Dach auf uns zuging. »Glaubt ihr, ich überlasse euch etwas so Wichtiges? Du machst wohl Witze. Ich hole mir Kiko zurück, egal was passiert.« Sie sah grimmig aus. Ihre Augen waren voller Tränen, aber entschlossen. Ich glaubte ihr.

»Schön, dass du dabei bist«, sagte Neos und verschränkte die Arme vor der Brust. »Woher wusstest du, dass wir hier sind?«

»Ich habe mich rausgeschlichen, um Kiko zu besuchen und habe dich gesehen, wie du hierher gerannt bist«, sagte sie finster.

»Was müssen wir tun?«, fragte Thom leise.

»Wir mischen diesen Trank jetzt an und warten dann auf den Keres-Dämon. Ihr habt heute alle euren Schutztrank genommen, ja?« Wir nickten alle.

»Gut. Wenn sie hier ankommt, wird der Trank sie sichtbar machen. Wir müssen sie nur in der Kiste einsperren.«

»Wie?« Neos zuckte mit den Schultern.

»Kommt darauf an. Was könnt ihr alle gut?«

»Willst du uns nicht helfen?« Ich starrte ihn ungläubig an.

»Ja, das habe ich doch schon gesagt. Ich werde dir sagen, wie man den Trank macht.«

»Was ist mit dem Dämon?«

»Oh, *ich* kann keine Dämonen fangen. Ich *bin* einer. Das wäre gegen alle unsere Regeln.« Ikarus jaulte vor Frustration auf.

»Ich habe dir gesagt, dass wir ihm nicht trauen können!«, schnauzte er.

»Aber, aber, Flügeljunge. Du kannst mir voll und ganz vertrauen. Zwei Titanen, ein Mantikor und ein paar Halbgötter sollten es mit einem Keres-Dämon aufnehmen können. Setzt einfach das ein, was ihr am besten könnt.«

In meinem Kopf tobte die Unentschlossenheit. Was, wenn Ikarus recht hatte? Was, wenn Neos die ganze Sache nur geplant hatte, um uns beide mit einem Schlag durch den Todesdämon auszulöschen? Und ich hatte meine beste Freundin und Thom mitgebracht und jetzt war auch noch Arketa dabei. Aber wenn Neos die Wahrheit sagte und er daran glaubte, dass wir das Ding besiegen konnten... dann hatten wir keine andere Wahl. Wir mussten es versuchen.

»Wenn jemand jetzt gehen will, ist das in Ordnung. Das ist mein Chaos und ich muss es wieder in Ordnung bringen«, sagte ich laut.

»Ich bleibe«, sagte Ikarus.

»Ich habe dir schon gesagt, dass ich bleibe«, zischte Arketa. Zali warf mir einen genervten Blick zu.

»Ich will helfen«, sagte Thom und hob sein Kinn. Mein Herz schwoll an vor Hoffnung, als ich sie alle ansah. Ich würde nicht allein kämpfen müssen.

»Toll. Wessen Blut nehmen wir?«, fragte Neos und klatschte in die Hände.

KAPITEL
FÜNFUNDZWANZIG

Ich hielt den Atem an und zuckte zusammen, als Ikarus' Messer meine Haut anritzte. Es musste mein Blut sein, denn ich hatte uns diesen Schlamassel eingebrockt. Aber Ikarus hatte darauf bestanden, dass niemand sonst einen Dolch gegen mich verwendete.

»Tut mir leid«, flüsterte er, als das Blut aus dem kleinen Schnitt in meiner Fingerkuppe quoll. Ich lächelte ihn beschwichtigend an.

»Es tut schon nicht mehr weh«, sagte ich. Neos erschien über seiner Schulter und hielt einen einfachen Keramikbecher in der Hand, der wie einer der Kelche aus dem Unterricht für Magische Objekte geformt war. Ikarus nahm ihn entgegen.

»Wie viel brauche ich?«, fragte ich ihn.

»Nur ein paar Tropfen«, antwortete er, und Ikarus hielt mir den Becher unter die Hand. Ich drückte meinen Finger und sah zu, wie drei oder vier Tropfen der roten Flüssigkeit auf den Boden des Kelches fielen. »Ausgezeichnet«, sagte Neos und wandte sich wieder den Gegenständen auf dem Dach zu.

»Jetzt füge den Rost hinzu«, sagte er. Ikarus reichte mir den Becher und bückte sich dann, um das kleine Fläschchen aufzuheben, das wir vor Monaten gestohlen hatten. Als er den Stopfen herauszog, atmete Neos tief ein. »Das habt ihr gut gemacht. Der Träger dieser Rüstung ist eines gewaltsamen Todes gestorben.«

Mein Magen drehte sich um, als Ikarus den Inhalt des kleinen Fläschchens in den Becher kippte. Ein leises Zischen ertönte und ich konnte dem Drang kaum widerstehen, in den Becher zu sehen.

»Jetzt die Feder. Pandora, das muss du machen.« Ich reichte Ikarus den Kelch und nahm die Feder in die Hand. »Jetzt verbrenne die Feder so, dass die Asche in den Becher fällt«, wies Neos mich an.

Ich hielt die Feder über den Kelch und beschwor einen kleinen Feuerball herauf. So vorsichtig wie möglich zündete ich das Ende der Feder an. Sie brannte langsam, und der Geruch war unangenehm. Die Asche fiel wie Staub in den Becher.

»Gut. Die Feuerrauke zuletzt. Zerdrücke die Blume, dann zerreiß sie in kleine Stücke und gib sie dazu.« Es fühlte sich falsch an, etwas so Schönes zu zerstören, aber ich zerdrückte die flammenartige Blume widerwillig in meiner Faust, riss die Blütenblätter in kleine Stücke und ließ sie in den Kelch fallen. Aus dem Gebräu stieg nun ein stetiger Strom von Rauch auf.

»Wie lange wird es dauern, bis der Dämon kommt?«, fragte Thom.

»Der Panzerrost war stark, also wird es nicht lange dauern, bis sie kommt«, sagte Neos. »Erhitze den Becher«, sagte er zu mir. Ich nahm ihn von Ikarus entgegen und konzentrierte mich. Ein Feuerring erschien um den Boden des Bechers. Die Keramik schien in einem schwachen Rot zu glühen, als sie sich in meinem Griff erhitzte.

»Müssen wir dich fesseln?«, fragte Zali Thom. Er nickte und lief hinüber, um die Metallfessel an seinem Bein zu befestigen zu lassen.

»Wie willst du kämpfen oder fliehen, wenn es sein muss?«, fragte ich ihn.

»Ich werde wieder zum Menschen und löse die Kette«, sagte er. Ich sah ihn zweifelnd an.

»Bist du sicher, dass es nicht sicherer für dich wäre, nicht angekettet zu sein?«

»Nein. Definitiv nicht. Ich werde euch genauso angreifen wie den Dämon, wenn ich in dieser Form bin.«

Aus dem Kelch, den ich in der Hand hielt, quoll Rauch hervor, der in dicken Schwaden um mich herumwirbelte. Plötzlich wurde mir kalt. Ich schaute zu Ikarus hinüber, bis unsere Blicke sich trafen, und er schüttelte seine Flügel hinter sich aus. Dann jauchzte Neos vor Vergnügen.

»Stell die Tasse auf dem Dach ab!«, rief er, und ich tat dankbar, was er sagte. Sofort stieg der Rauch auf, wurde immer dichter und verschlang uns völlig. Alles, was ich sehen konnte, waren Neos glühend rote Augen, die mich durch den Dunst ansahen. Der Rauch erdrückte mich nicht, wie ich es von normalem Rauch erwartet hätte, sondern fühlte sich eher wie Nebel an, leicht, aber spürbar auf meiner Haut. Er roch nach Eisen und Feuer. Adrenalin schoss durch meinen Körper, als ich einen hohen, schrillen Ton hörte. Ich sandte meine Sinne aus, spürte nach dem Ozean und nutzte seine Kraft.

»Dora?«, hörte ich durch den Rauch Zalis zögerliche Stimme.

»Ich bin hier«, rief ich zurück und schaute in die Richtung, in der ich sie vermutete. Ein Knurren ertönte, und ich bewegte mich vorsichtig, weil mir plötzlich bewusstwurde, dass ich nicht mehr sehen konnte, ob ich in Reichweite von Thom war. Mit Schrecken stellte ich fest, dass ich auch Neos' leuchtende Augen nicht mehr sehen konnte. Wo war er?

Das schrille Geräusch wurde leiser und ich erstarrte, als ein Schatten vor mir auftauchte. Die Kälte, die ich vorher gespürt hatte, legte sich vollständig um mich und meine Haut fühlte sich an, als wäre sie zu eng für meinen Körper. Die Angst packte mich und bevor ich merkte, dass ich es heraufbeschworen hatte, wirbelte Wasser um meine beiden Hände. Ich hob sie in Richtung des Schattens.

»Kleiner Titan«, zischte eine Stimme. Sie klang wie das Geräusch eines Schwertes, das aus der Scheide gezogen wird. Es war ein schneidendes, schreckliches Geräusch. »Ängstlicher kleiner Titan.« Der Schatten wuchs und näherte sich uns durch den wirbelnden Nebel.

Mein Herz hämmerte in meiner Brust, Schweiß vermischte sich mit dem Wasser in meinen Handflächen, und meine Gedanken überschlugen sich so schnell, dass keiner von ihnen noch klar war. Wo waren Ikarus und Zali? Wo war die Kiste? Was in aller Welt hatte ich mir dabei gedacht, mich diesem Ding zu stellen? *Warum hatte ich die Kiste geöffnet?*

Hinter mir raschelte und polterte es und ich unterdrückte einen Schrei und sprang auf, als ich Ikarus' Stimme hörte.

»Ich bin's«, sagte er und meine Haare wurden mir aus dem Gesicht geblasen, als seine Luftmagie um ihn herumwirbelte und er neben mich trat. Der Rauch reagierte jedoch nicht darauf, er war schwer wie Blei und dicht wie Suppe.

»Zwei kleine Titanen«, zischte die Stimme und der Schatten kräuselte sich.

»Und eine Meerjungfrau!« Ich spürte Zali auf meiner anderen Seite, als ich sie rufen hörte. Ein furchterregendes Gackern ging von dem Ding aus, aber es wurde von einem Brüllen hinter uns übertönt. Es war Thom, der seine Stimme zu unserer hinzufügte. In meinem Inneren brodelte die Kraft. Wir konnten das schaffen. *Gemeinsam.*

Grün leuchtende Ranken schossen plötzlich rechts an mir vorbei und griffen nach dem Dämon. Sobald sie jedoch die Schatten berührten, verdorrten sie und starben, wurden tiefschwarz und fielen plump zu Boden. Ich hörte einen Schrei der Frustration aus dem dichten Rauch. Es war Arketa. Der Dämon drehte sich langsam in ihre Richtung.

»Versuch es noch einmal, Arketa«, schrie ich und hob meine Hände. Als der Schatten sich zu bewegen begann, flogen die Ranken wieder nach vorn und ich schoss mein Wasser auf sie, mit dem Wunsch, dass es sie schützend umhüllen sollte. Das taten sie auch, und als sie auf den Schatten trafen, blieben sie diesmal grün und hell. Langsam wickelten sie sich um die schattenhafte Gestalt.

»Findet die Kiste!«, rief ich. »Jemand muss die Kiste finden!« Ich hörte Ikarus' Flügel, dann spürte ich einen Luftstoß, als er abhob. Ich verstärkte die Ranken von Arketa und spürte, wie sich die Kreatur unter ihnen abmühte. Das schrille, unheimliche Heulen wurde immer lauter. Plötzlich hörte der Dämon auf zu zappeln und verstummte völlig. Misstrauen stieg in mir auf. Es sollte nicht so leicht sein, die Kreatur zu bezwingen sein, dachte ich.

Ich hatte recht. Mit einem plötzlichen Energiestoß löste sie sich aus unseren Fesseln und die Kraft, die auf mich zurückschoss, ließ mich nach hinten stolpern. Ich hörte Arketa schreien und wollte dem schattenhaften Dämon gerade meine Kraft entgegenschleudern, als ich merkte, dass er sich materialisierte.

Lähmender Schrecken erfasste mich. Das Ding, das jetzt nur noch wenige Meter vor mir entfernt stand, sah aus wie etwas aus meinen schlimmsten Albträumen. Flügel, dreimal so groß wie die von Ikarus, umrahmten den wohlgeformten, üppigen Körper einer Frau. Aber alles an ihr war verkehrt. Ihre Haut war tiefschwarz und lederartig und mit riesigen Wunden übersät. Ihre Flügel waren verrottet und zerrissen. Ihr Gesicht war zu einem permanenten, grässlichen Schrei verzerrt und ihre leeren Augen waren so seelenlos, wie sie ihre Opfer zurückließ.

»Törichter kleiner Titan«, zischte sie wütend, während sie näherkam. Ihr klaffender Mund bewegte sich nicht, als sie die Worte sagte, und einen Herzschlag lang fühlte ich mich so krank vor Angst, dass ich kaum denken konnte. Doch dann durchströmte mich ein Energieimpuls aus dem Meer, der die Angst und den Nebel aus meinem Kopf vertrieb und meine Muskeln stärkte.

»Jetzt«, rief ich, und wieder flogen die Ranken auf den Dämon zu. Sobald mein Wasser die Ranken umhüllte und sie sich an der Kreatur festklammerten, spürte ich einen Kälteschock neben mir. Die Ranken begannen zu gefrieren und hielten das Ding in Schach. Zali hat das Wasser gefrieren lassen, wurde mir klar. Der Dämon krümmte sich und zischte, als Arketa weitere glühende Ranken auf ihn schoss und ich sie mit lebensspendendem Wasser bedeckte, bevor sie das verfaulte Fleisch des Keres-Dämons trafen, während Zali sie zu Eis verfestigte.

»Haltet sie fest!«, hörte ich Ikarus von irgendwo über uns rufen, und ich stellte mich breitbeinig hin und steckte noch mehr Energie in meine Magie. Der Wind peitschte in meinen Haaren und ein menschengroßer Tornado sank von oben in den Rauch. Mittendrin sah ich, wie die Kiste herumgewirbelt wurde und sich ihr näherte.

Sie brüllte, als sie die Kiste sah, und ein gutturaler, tierischer Laut entwich ihren Lippen, die sich nach wie vor nicht einen Millimeter bewegten. Ich spürte, wie sich die Ranken für einen kurzen Moment lockerten. Das war alles, was sie brauchte. Das Eis gab ein scharfes Knacken von sich, als sie sich mit ihren großen, hässlichen Flügeln in die Höhe katapultierte. Die Angst um Ikarus schoss durch mich hindurch und ich rannte auf den Tornado zu. Ich griff nach der Kiste in der Mitte und schaute nach oben, weil ich den Keres-Dämon unbedingt im Auge behalten wollte.

Ich spürte einen gewaltigen Energiestoß, der mich zu Boden warf, kurz bevor der Tornado explodierte und die Luft über das Dach schoss. Ich hörte ein Grunzen und dann wieder das krächzende Gackern und drehte mich um. Der Rauch war verschwunden, denn die Explosion des Tornados hatte ihn vollständig verschlungen. Der Anblick von Ikarus und dem Dämon, die in der Luft miteinander rangen, ließ mich auf die Beine kommen und ich schleuderte meine Wassertaue auf die massiven Flügel des Dämons. Arketas Ranken schossen ebenfalls in die Höhe und legten sich um ihre Taille. Gemeinsam zogen wir sie zurück auf das Dach und in die Kiste. Sie krallte sich an Ikarus fest und ihre knorrigen Hände weigerten sich, ihn loszulassen, während sie ihn ebenfalls nach unten zerrte. Dann stieß sie ihn mit einem weiteren unheimlichen Gebrüll von sich und er flog rückwärts, wobei sein Körper eine Spur aus Schatten hinter sich herzog. Ich schrie seinen Namen und drehte mich halb um, um zu seinem fallenden Körper zu rennen, als ich Neos hörte.

»Nein! Du hast sie, lass nicht los!« Mein Blick fiel auf ihre strampelnde Gestalt, die von Arketas Ranken zu der offenen Kiste hinuntergezogen wurde.

»Er hat sich von ihr losgerissen!«, schrie Zali und ich

spürte, wie die Kraft meinen Körper durchflutete, als ich hörte, wie Ikarus neben uns auf dem Dach aufschlug. Meine Wassertaue spitzten sich zu und ich zerrte den Dämon mit aller Kraft nach unten, direkt auf die Kiste zu, die ich so sehr hasste. Sie schrie auf, als ihr ausgestreckter Arm die Kiste berührte, dann stiegen wirbelnde Schatten daraus empor, die sie ergriffen und ihren grauenvollen Körper umschlangen.

Einen Augenblick lang sah ich in ihr furchtbares Gesicht und ihre seelenlosen Augen, dann wurde sie blitzschnell in die Kiste gezogen. Arketa stürzte sich auf sie und knallte den Deckel zu. Im selben Moment hörte ich einen Schrei hinter mir. Ich wandte mich von Arketa ab, die große Augen machte und zitterte. Die gesamte Welt schien anzuhalten.

Ikarus war auf dem Dach gelandet, direkt neben Thom. Und der hatte seinen Mantikor-Stachel über Ikarus bewusstlosen Körper erhoben.

SECHSUND-ZWANZIG

Bevor ich nachdenken konnte, spritzte ich Wasser auf den Mantikor. Es traf ihn direkt in die Brust und er sprang zurück, um gegen den festen Strahl anzukämpfen. Zali sprang nach vorne und duckte sich vor dem Mantikor, um Ikarus aus dem Weg zu ziehen, aber der Mantikor brüllte und entwich, schneller als ich es für möglich gehalten hätte, meinem Wasserstrahl und packte Ikarus Arm mit seinen riesigen Kiefern. Er begann, ihn über das Dach zu schleppen, wobei seine Flügel hinter ihm herschleiften. Ich schrie auf, als ich sah, wie das Blut aus seinem Arm floss und der Mantikor erstarrte und blinzelte. Hatte er meine Stimme erkannt?

»Thom! Thom, ich bin's. Lass ihn bitte los«, rief ich so ruhig wie möglich, hörte auf, mit Wasser auf ihn zu spritzen, und kam langsam näher. Sein Griff um Ikarus' Arm wurde schwächer, als er wieder blinzelte.

»Thom, der Dämon ist weg. Komm jetzt zu uns zurück«, sagte ich so ruhig, wie es mir möglich war, während mein ganzer Körper vor Sorge um Ikarus zitterte. Der Mantikor öffnete langsam sein Maul und der blutige Arm fiel mit einem dumpfen Geräusch zu Boden. Übelkeit machte sich in meinem Magen breit, als ich ihn ansah.

»Komm zurück zu uns, Thom«, flüsterte Zali. Der Mantikor sah sie an und hockte sich hin, die bernsteinfarbenen Augen waren groß und rund. Das Licht um ihn herum kräuselte sich, dann trat Thom an seine Stelle. Entsetzen machte sich auf seinem Gesicht breit, als er Ikarus sah.

»Nein, nein, nein, nein«, flüsterte er, während die Farbe aus seinem Gesicht wich. »Bitte, bitte sag mir, dass ich das nicht getan habe.« Ich war blitzschnell an Ikarus' Seite und drehte ihn vorsichtig um.

»Du hast ihn nicht bewusstlos gemacht«, hörte ich Zali zu Thom sagen. »Nur, ähm, das mit dem Arm, das warst du.«

»Ich brauche etwas, um die Blutung zu stoppen«, sagte ich und starrte auf Ikarus' totenbleiches Gesicht, während mich eine schreckliche Taubheit überkam. Zali zog sich den Pullover über den Kopf und reichte ihn mir schnell. Ich wusste nicht, ob er den Sturz überleben würde, geschweige denn die tiefe Wunde. Ein Pullover konnte daran auch nichts ändern. Ich legte meine zitternde Hand auf seine Brust. Ich konnte seinen Herzschlag kaum spüren, und er war langsam. *Er lag im Sterben.*

»Mach Platz«, bellte jemand. Meine Kraft setzte ein, und Wut und Angst übernahmen die Oberhand, als mich jemand hart aus dem Weg schob und ich auf meinen Hintern fiel. Es war Neos. Er fing an, etwas zu singen, so leise und in einer fremden Sprache, die ich noch nie gehört hatte. Ich kam wieder auf die Beine, und das Wasser wirbelte in Windeseile um meine Hände.

»Was machst du mit ihm?«, forderte ich und verschluckte mich an meinen Worten. Er antwortete nicht, sondern setzte den Gesang fort. Die Vernunft verdrängte meine rasenden Gefühle, als Ikarus' ganzer Körper rot zu glühen begann. Wenn er Ikarus tot sehen wollte, musste er einfach nichts tun. Nein, er half ihm. Ich ging auf die andere Seite, ließ mich auf die Knie fallen, hob Ikarus' Kopf an und strich ihm die Haare aus der Stirn. Neos hatte seine Augen geschlossen und seine Hände auf Ikarus' Brust gelegt. Das rote Glühen begann dort und breitete sich bis zu seinen Flügeln aus. Tränen strömten aus meinen Augen und fielen auf sein schönes Gesicht.

»Bitte«, flüsterte ich. »Bitte, ihr Götter, lasst ihn wieder gesund werden.«

Neos wippte plötzlich auf seinen Fersen zurück, ließ Ikarus' Brust los und atmete tief durch.

»Er wird wieder gesund werden, aber die Götter waren es nicht. Es hat keinen Sinn, sie anzubeten.« Er sah mir in die Augen, und in seinen Augen tanzten Flammen. Ich riss meinen Blick von ihm los und als ich auf ihn hinunterblickte, stöhnte Ikarus leise auf.

»Ikarus?« Er antwortete nicht.

»Er wird ein paar Tage lang bewusstlos sein. Und der Arm wird wahrscheinlich eine Zeit lang brauchen, um zu heilen. Aber der Sturz hätte ihm den Rücken brechen können. Das hätte ihn bestimmt umgebracht.«

»Du hast ihn gerettet?«

»Ja.«

»Warum?«

»Ich habe es dir gesagt. Der Olymp braucht Titanen. Ihr zwei könnt das Gleichgewicht wiederherstellen.«

»Danke«, flüsterte ich, während meine Tränen immer noch auf Ikarus'

Wange tropften.

»Die anderen Lehrer werden bald hier sein. Überlass mir das Reden«, sagte er und sprang auf, während das Rot aus seinen Augen wich. Ich schaute mich um. Zali hatte ihre Arme um Thom gelegt, der sichtlich zitterte und blass war. Arketa stand ein paar Meter von mir entfernt und hatte ihre Arme um die Kiste geschlungen.

»Pass gut auf sie auf«, sagte ich zu ihr. Sie nickte. »Was passiert jetzt? Wie bekommen wir die Seelen zurück?«, fragte ich Neos, während ich das Getrappel der Hufe von Chiron unter uns hörte.

»Jetzt musst du Oceanus finden«, sagte er.

»Ich verstehe einfach nicht, warum es immer so schwierig sein muss«, seufzte ich. »Warum kann Hades die Seelen nicht einfach zurückgeben, wenn wir ihm seinen Keres-Dämon ausliefern?«

»So funktioniert es halt nicht«, sagte Neos.

Wir saßen alle im Krankenzimmer um das Bett von Ikarus herum. Thom wurde wegen seines Schocks behandelt und sah langsam wieder wie er selbst aus und klang auch so. Seit den Stunden auf dem Dach hatte er kaum noch gesprochen. Arketa saß mit verschränkten Armen und Beinen auf dem Bett und ihr Gesichtsausdruck war finster. Es war nicht zu leugnen, dass wir ihre Hilfe im Kampf gegen den Todesdämon gebraucht hatten, und sie schien auch jetzt nirgendwohin gehen zu wollen. Zali saß neben mir und drückte meine linke Hand, während meine rechte die von Ikarus festhielt.

Neos hatte Chiron, Dasko, Fantasma und den anderen erzählt, wir hätten die Kiste aus Chirons Büro gestohlen und den Dämon damit geködert. Er überzeugte sie davon, dass er über unseren Kampf auf dem Dach gestolpert war, gerade als wir den Dämon für immer besiegt und die Kiste zerstört hatten. Seine Tarnmagie hatte sie vor den Augen aller anderen versteckt.

»Vielleicht können wir ihn überzeugen«, sagte Thom.

Neos hob die Augenbrauen.

»Du glaubst, du könntest mit Hades, dem Herrn der Unterwelt, dem schwer fassbaren und geheimnisvollen allmächtigen olympischen Gott, reden? Du würdest nicht einmal in seine Nähe kommen.«

»Arbeitet Hermes nicht für Hades? Kann er nicht mit ihm reden?«

»Hermes wird keine Gefallen für ein paar Kinderseelen einlösen. Olympier leben für alle Ewigkeit. Er kümmert sich nicht um ein paar sterbliche Halbgötter.« Zali versteifte sich neben mir.

»Er hat uns den Trank gegeben und schien wütend

zu sein, dass die Götter den Dämon nicht entfernen wollten«, protestierte sie.

»Weil er sich um seinen Ruf und diese Schule sorgt. Du weißt, dass sie mit den anderen Akademien konkurriert?« Ich runzelte die Stirn. Das hatte ich nicht gewusst.

»Und was ist mit Zeus? Eine der Seelen ist Astra, eine Nachfahrin von ihm.« Neos schnaubte.

»Hast du eine Ahnung, wie viele Nachkommen Zeus hat? Wenn er nicht in der Stimmung ist, sich mit seinem Bruder zu streiten, wird er sich Hades nicht nähern.«

»Vielleicht würde er es tun, wenn Vronti ihn fragt«, sagte ich.

Neos schüttelte den Kopf, als eine kalte Stimme sagte: »Er hat recht. Zeus hat kein Interesse.« Alle sprangen auf, als Vronti den kleinen Raum betrat.

»Wie lange stehst du schon da?«, keuchte ich.

»Lange genug. Habt ihr den Todesdämon wirklich gefangen?« Ich nickte, ebenso wie Zali und Thom. Arketa sagte nichts.

»Ja. Aber du darfst es niemandem sagen. Wir wollen dasselbe wie du. Wir wollen die Seelen zurückholen.« Er starrte mich einen langen Moment lang an, dann flackerte sein Blick zu Ikarus bewusstlosem Körper hinüber.

»Ich habe mit Zeus gesprochen. Ich habe ihn gefragt, ob er Astras Seele zurückbekommen könnte, wenn ich den Dämon fange. Er lehnte ab.« Seine Augen waren leer und hart, als er sprach, und mein Herz brach ob des Kummers in seinem Gesichtsausdruck. Ich setzte mich langsam wieder hin, und alle taten es mir gleich, außer Neos, der in die Hände klatschte.

»Seht ihr? Wenn ihr wollt, dass Hades euch zuhört, dann brauchen wir jemanden, der wichtig genug ist, dass er ihm zuhört. Jemanden, der euch einen Gefallen schuldet.« Neos richtete seinen Blick auf mich. »Pandora, du kannst Oceanus finden. Wenn du ihn befreist, wird er verpflichtet sein, dir zu helfen.« Ich konnte nicht verhindern, dass ein kleiner Teil meines Verstandes mich an Nix und das Versprechen erinnerte, das ich ihm gegeben hatte. *Stell dir vor, du findest einen lange verschollenen Titanen...*

»Woher weißt du, dass er gefangen ist? Er ist vor all den Jahren mit Prometheus verschwunden. Vielleicht ist er absichtlich weggegangen und will nicht gefunden werden.«

»Ich war einer der Letzten, die ihn gesehen haben. Und ich versichere dir, so mächtige Wesen verschwinden nicht einfach.«

»Wer hat ihn gefangen?«

»Zeus, würde ich vermuten. Er ist der Einzige, der stark genug ist.«

»Würde ich dann nicht den Zorn von Zeus riskieren, wenn ich ihn finde und befreie?«

»Die Welt hat sich weiterentwickelt. Die beiden müssen ihre Differenzen beilegen, zum Wohle des Olymps.« Er wiederholte Daskos Worte. Was war in Olympus los? Ich wünschte, mein warmherziger Lehrer wäre jetzt hier, um mir zu versichern, dass ich das Richtige tat. Aber ich wusste, was er sagen würde.

»Wie kann ich ihn finden?«, fragte ich. Neos rote Augen leuchteten und ein Grinsen breitete sich auf seinem Gesicht aus.

»Du brauchst ein Schiff. Ein Schiff, das der große Titan selbst gebaut hat. Es ist so eng mit ihm verbunden, dass es ihn suchen wird, wenn sein eigen Fleisch und Blut am Ruder steht.« Ich schluckte. Also *war* es wirklich nur ich, die ihn finden konnte.

»Wo ist das Schiff?«

»Auf dem Grund des Meeres. Es handelt sich um einen weiteren Test, der von Oceanus vorbereitet wurde. Nur ein wahrer Nachkomme von ihm kann es vom Meeresgrund holen.«

»Okay«, hauchte ich. »Wo?« Neos breitete seine Arme weit aus.

»Das Reich des Wassermanns gehörte Oceanus, lange bevor Poseidon es bekam. Es ist genau hier, kleiner Titan. Es wurde vor Jahrhunderten zusammen mit der Kiste versteckt.« Arketa stand plötzlich auf und hob die Kiste vom Bett neben sich.

»Dann lasst uns gehen.«

»Jetzt?«, fragte ich.

»Ja. Warum sollten wir warten?« erwiderte Arketa entschlossen. Neos grinste und stand auf.

»Dem stimme ich voll und ganz zu«, sagte er.

»Aber was ist mit Ikarus?«

»Ihm wird es hier gut gehen. Sie werden sich um ihn kümmern. Du brauchst ihn nicht, um das Schiff zu anzuheben.« Panik schoss durch mich hindurch. Ich brauchte ihn *doch*. Ich brauchte ihn, damit er mir sagte, dass ich das Richtige tat.

»Wenn Oceanus helfen kann, Astras Seele zurückzubekommen, dann tun wir das«, sagte Vronti. Ich schaute zwischen ihm und Arketa hin und her und erinnerte mich an die Art, wie sie mich behandelt hatten.

»Das ist nicht eure Entscheidung«, sagte ich so heftig, wie ich konnte. »Ihr habt mir das Leben so schwer gemacht, wie ihr nur konntet! Seit ich hier angekommen bin, weil ich ein Titan bin! Und jetzt braucht ihr plötzlich beide meine Titanmagie?«

»Und wessen Schuld ist das?«, spottete Arketa.

Autsch. Da konnte ich ihr nicht widersprechen. Ich ignorierte sie und sah stattdessen Vronti an.

»Ich bin mir ziemlich sicher, dass du ein paar Mal versucht hast, mich umzubringen«, sagte ich und mein Herz setzte aus, als er seinen Blick senkte. *Er war es tatsächlich gewesen.*

»Zeus... Zeus hat uns gebeten, dafür zu sorgen, dass du in der Akademie nicht gut abschneidest. Er wollte nicht, dass du dein erstes Jahr überlebst.« Neos stieß einen langen, tiefen Pfiff aus. Zeus, der die Menschen in einem ewigen Höllenloch gefangen hielt, wollte nicht, dass ich lebte?

»Weil ich ein Titan bin?« Vronti zuckte mit den Schultern.

»Wollte er, dass du Ikarus tötest?«

»Nein.«

»Du warst es also, der mich im Mantikor-Gehege eingesperrt hat? Und im letzten Semester den Dachboden angezündet hat?« Er nickte, ohne mir in die Augen zu sehen.

»Ich und Astra, ja. Und all die anderen kleinen Unfälle, die du hier hattest.« Wut kochte in mir hoch.

»Warum? Warum will er meinen Tod?«

»Ich weiß es nicht. Ich habe nicht danach gefragt. Es ist schwer, nicht zu tun, was der Herr der Götter einem sagt.« Ich starrte ihn an. Ich glaubte ihm nicht, dass er die Befehle von Zeus nicht ausführen wollte. Ich wusste, dass es ihm Spaß gemacht hatte, mich zu quälen. Aber so sehr, dass er versuchte, mich zu töten?

»Wenn Zeus es sowieso auf dich abgesehen hat, ist es vielleicht gar keine so schlechte Idee, sich einen mächtigen Verbündeten zu suchen«, sagte Neos.

Mein Verstand raste und versuchte zu verarbeiten, was ich gerade erfahren hatte. Taks Gesicht, seine Augen, die mit dieser schrecklichen, leeren Schwärze gefüllt waren, verdrängten jedoch den Rest meiner Gedanken. Wir mussten ihn retten.

SIEBENUND-ZWANZIG

Ich nahm einen langen, ruhigen Atemzug, als wir uns alle in den Schlepper im Pegasusturm quetschten. Alle außer Ikarus, dachte ich nervös. Gott, ich wünschte, er wäre bei mir. Hätte man mir an diesem Morgen gesagt, dass ich zusammen mit Neos, Zali, Thom, *Vronti und Arketa* auf die Spitze des Pegasusturms fahren würde, um das Schiff von Oceanus aus den Tiefen des Ozeans zu holen, hätte ich es nie geglaubt. Als wir die Spitze erreichten, ging ich zügig zum Rand. Die salzige Luft füllte meine Lungen und die Kraft in mir erwachte zum Leben.

»Du musst deine Sinne weiter schärfen, als du es je zuvor getan hast, kleiner Titan. Oceanus hat diese Box gefertigt. Fühle in sie hinein. Nimm ihre Energie auf, damit du weißt, wonach du suchen musst«, erklärte mir Neos. Arketa reichte mir die Kiste widerwillig. Ich wollte das Ding nicht anfassen, aber ich tat, was er mir sagte. Ich schloss meine Augen und presste meine Hände an die

Kiste, so wie Fantasma es mir im Unterricht beigebracht hatte.

Einen Moment lang konnte ich das Meer rauschen hören, das um mich herum tobte. Eine gewaltige Macht, die so groß war, dass sie die ganze Welt einhüllte, flackerte in mein Bewusstsein. Da war er. Das war Oceanus' Handschrift. Ich gab Arketa die Kiste zurück und öffnete meine Augen.

»Ich hab's«, murmelte ich, trat an den Rand der Plattform und blickte auf das tiefblaue Meer hinunter. Jetzt gehts los, dachte ich, und meine Sinne verließen meinen Körper, und stürzten sich in die Wellen.

Ich bemerkte sofort die Schildkrötenfamilie, einen ganzen Haufen Haie und eine Walschule, alle innerhalb eines Kilometers der Akademie. Ich ignorierte sie und tauchte tiefer. Der Garten unter der Akademie leuchtete vor meinem geistigen Auge auf, und das lebendige Summen und Brummen bedeckte die Unterseite der Bodenplatte.

Ich drang weiter in die Tiefe und es wurde dunkler, das Licht begann zu schwinden, während mein Bewusstsein mit dem Wasser verschmolz und mich das Gefühl überkam, ein Teil davon zu werden. Um mich herum gab es vereinzelte Funken Lebens, manche so groß wie ein Wal, andere so winzig wie eine Garnele, und ich ignorierte sie alle und ließ mich weiter in die dunkle Tiefe sinken. Ich streckte meine Arme aus und suchte nach dem Gefühl der Macht, dem Gefühl der Unermesslichkeit.

Die Dunkelheit wurde immer erdrückender, und die

Funken von Leben wurden immer weniger. Meine Atmung fühlte sich flach und angestrengt an und ich wusste, dass mein körperloses Ich, das auf den Grund des Ozeans sank, nicht atmen musste, also musste es mein echter Körper sein, der sich abmühte. Ein Gefühl der Gefahr stieg in mir auf, ein Gefühl der *Unrichtigkeit*. Ich war zu tief gesunken. Aber was, wenn das Schiff in der Nähe war? Das *musste* es sein.

Und dann spürte ich etwas am Rand meiner Sinne. Tosende Wellen tobten in der stillen Schwärze. Eine unbändige Kraft, die die Welt umhüllte und ihr Leben schenkte. Weiter und weiter ließ ich mich fallen und das Gefühl zog mich an.

Plötzlich füllten Farbe und Licht mein Blickfeld. Ein altes Schiff, morsch und kaputt, leuchtete auf dem Meeresboden unter mir. Ich griff danach und ließ meine schwindende Kraft darauf los. Ich hörte einen Schrei, einen echten menschlichen Schrei, und die Schwärze begann, sich um mich herum zu schließen. Mein Körper verlor das Bewusstsein, wurde mir klar. Nein, das durfte ich mir nicht erlauben, ich war zu nah dran!

Verzweifelt zerrte ich an dem Schiff, aber es rührte sich nicht. Das Gefühl der kolossalen Macht war zu stark für mich. *Was, wenn...* Eine Welle tiefer Müdigkeit durchflutete mich und die Schwärze schloss sich wieder um mich. Ich konzentrierte mich auf das leuchtende Wrack des Schiffes und versuchte, meine Gedanken zu ordnen. Die Macht von Oceanus war ein Teil des Meeres. *Ich* war ein Teil des Meeres. Ich erkannte, dass es falsch war, sich gegen seine Macht zu stemmen. Mit einem letzten Energieschub öffnete ich mich der Kraft des Schiffes, der Kraft *von Oceanus*, wie Dasko es mir im Schwimmbad beigebracht hatte.

Lebensenergie, rein und stark und unglaublich, erfüllte mich. Die Kraft durchströmte mich und ich erhob mich schnell aus der Dunkelheit und schwebte durch das Meer. Und dann hörte ich, wie Zali meinen Namen sagte, und mir wurde klar, dass ich wieder in meinem eigenen, keuchenden Körper war.

»Dora! Dora, du bist nicht...« Ihre Worte wurden unterbrochen, als ich mich zu ihr umdrehte und Thom schreien hörte.

»Schau!« Ich schaute mit allen anderen auf den Ozean hinaus und sah gerade noch rechtzeitig, wie das alte Schiff aus der aufgewühlten Wassermasse unter uns auftauchte. Das Wort *Tethys* war deutlich am Bug zu lesen.

Peto wieherte, als er mich ein paar Stunden später sah. Ich hatte das verrottende Schiff eine Meile von der Akademie entfernt versteckt, aber wir mussten dorthin und uns auf den Weg machen, bevor Chiron oder - schlimmer noch - Hermes uns aufhalten konnten.

»Hey Junge. Wir machen jetzt einen kleinen Ausflug. Und wir haben einen Passagier«, sagte ich ihm. Thom half mir, Ikarus auf Petos breiten Rücken zu heben, und ging dann, um seinen eigenen Pegasus zu holen. Thom hatte anfangs gesagt, dass er nicht mitkommen würde, weil er eine Gefahr für uns alle wäre, aber Zali bestand darauf, dass wir an seinem Shifting arbeiten könnten. Er hatte unsere Stimmen erkannt und seinen Angriff eingestellt, und sie überzeugte ihn davon, dass es Hoffnung für ihn gab.

Vronti und Arketa würden mitkommen, ob ich es wollte oder nicht. Sie waren beide mächtig und klug, und es war unbestreitbar, dass ich ihre Hilfe brauchte, aber sie hassten mich beide. Der Gedanke, dass wir alle zusammen auf dem Schiff sein würden, war sehr beunruhigend. Neos kam nicht mit. Er sagte, dass es ein falsches Signal an Oceanus senden würde, einen Dämon mitzubringen, den er gefangen genommen hatte. Das kam mir sehr verdächtig vor, aber ich konnte nichts dagegen tun. Er hatte Ikarus das Leben gerettet und im Moment hatte ich keine andere Wahl, als ihm zu vertrauen.

Als wir sicher auf dem Deck aufsetzten, hatte ich keinen Zweifel daran, dass er die Wahrheit über das Schiff von Oceanus sagte. Das uralte Holz summte vor Energie, als meine roten Schuhe auf die Planken trafen. Es war überwältigend. Die anderen landeten neben mir und das Deck war groß genug, um fünf Pegasoi unterzubringen. Zali und Thom halfen mir, Ikarus von Petos Rücken herunterzuholen, und ich rümpfte angewidert die Nase, als wir ihn auf die schleimigen, schmutzigen Planken legten. Wir luden unsere Satteltaschen mit Essen, Wasser, Decken und Kleidung von den Pegasoi ab und ich verabschiedete mich widerwillig von Peto. So sehr ich mir auch wünschte, er könnte mit uns kommen, es gab einfach keine Ställe an Bord und wir hatten nicht genug Essen für die Pegasoi.

»Wie sollen wir dieses Boot lenken?«, fragte Zali, als sie sich auf den Rückweg gemacht hatten, und schaute sich missmutig auf dem kaputten Schiff um.

»Ich muss mich mit dem Boot verbinden«, antwortete ich. «Das hatte Neos jedenfalls gesagt.» Ich erinnerte mich daran, was ich im Geografie-Unterricht über Schiffe gelernt hatte, und ging zu dem riesigen Mast hinüber, um die zerrissenen und zerfetzten Segel zu betrachten. Sie schimmerten schwach im Licht. Ich holte tief Luft und legte meine Hand an den Mast.

Die Macht von Oceanus schwoll in mir an und eine unbändige Freude erfüllte meinen ganzen Körper. Ich sah erstaunt zu, wie die Segel sich wieder zusammenfügten und zu glänzen begannen, während sie sich im Wind bauschten. Ich hörte die anderen aufkeuchen und murmeln und drehte mich um, um zu sehen, wie sich die morschen Holzplanken von selbst reparierten und zu glänzen begannen, als wären sie gerade poliert worden.

Wie aus dem Nichts tauchte ein roter Teppich auf, der zum Achterdeck im hinteren Teil des Schiffes führte, und ein massives Speichenrad richtete sich auf seinem zuvor gebrochenen Pfosten auf. Der faulige Geruch verebbte und wurde durch einen frischen, köstlichen Meeresduft ersetzt. Wenige Minuten später war die *Tethys* bereit, in See zu stechen.

• • •

Ich bat das Schiff zaghaft, ins Reich der Zwillinge zu fahren, da es das nächstgelegene Reich war. Das Schiff erhob sich langsam von der Meeresoberfläche. Wir stiegen höher und höher, bis uns wirbelnde, pastellfarbene Wolken umgaben. Wir standen alle auf dem Deck und schauten erstaunt umher. Glitzernde Staubspiralen flogen an uns vorbei und spiegelten sich auf den schönen Segeln. In der Hoffnung, dass das Schiff von selbst dorthin flog, worum ich es gebeten hatte, machte ich mich auf Erkundungstour.

Meine höchste Priorität war es, einen bequemen Platz für Ikarus zu finden, bis er aufgewacht war. Wir fanden heraus, dass es drei Ebenen unter Deck gab, die alle über Schlepper an jeder Seite des Schiffes sowie einen an der Rückseite des Achterdecks zugänglich waren. Auf der ersten Ebene gab es Kabinen mit Betten, eine Kombüse und eine Krankenstation. Wir machten es Ikarus in der größten Kabine, die ich finden konnte, so bequem wie möglich.

Auf der nächsten Ebene befanden sich riesige schleuderartige Geschütze, die Vronti *Ballistas* nannte. Die unterste Ebene war ein Frachtdeck, und ich staunte über die vielen Kisten und Boxen, die den Rumpf füllten. Kleine runde Bullaugen ließen weniger Licht herein als in die Decks darüber und die Neugierde brannte in mir, als ich mich in dem riesigen, schattigen Raum umsah. Was könnte sich wohl im Frachtraum eines so alten Schiffes befinden? Das Geräusch von Schritten ließ mich erstarren, als ich zwischen den Kisten umherwanderte.

»Leute?«, rief ich. Thom war bei Ikarus und Arketa

hatte darauf bestanden, nichts zu tun, bis sie in der Kabine, die sie für sich beansprucht hatte, ein Bad genommen hatte. Und ich dachte, Vronti und Zali wären hinter mir. Ich drehte mich um und sah, wie sie zehn Meter hinter mir den Deckel einer hüfthohen Kiste aufhebelten.

»Ich habe etwas gehört«, sagte ich und eilte zu ihnen zurück. Vronti ließ den Deckel fallen und schritt vorwärts.

»Wir scheinen einen blinden Passagier zu haben«, sagte er, während die violette Energie um seine erhobenen Hände herum aufzuleben begann. Ich runzelte die Stirn und trat neben ihn, wobei ich in die dunklen Schatten des Rumpfes blinzelte.

»Wer...«, sagte ich, aber meine Worte gerieten ins Stocken, als eine Gestalt nach vorne ins Licht trat. Mir fiel die Kinnlade herunter.

»Mama?«

DANKE FÜRS LESEN!

Ich hoffe, es hat dir Spaß gemacht, mehr über die Abenteuer von Pandora und Ikarus zu lesen!

Das nächste Buch „Auf Dämonenjagd" ist hier erhältlich!